Georges Simenon

# *Der fremde Vetter*

*Roman*

*Aus dem Französischen von*
*Stefanie Weiss*



Diogenes

Titel der Originalausgabe: ›Chez Krull‹

Die Übersetzung wurde für
die Neuausgabe 2006 überarbeitet
Umschlagfoto von Michael S. Yamashita (Ausschnitt)



www.diogenes.ch
60/06/8/3
ISBN 13: 978 3 257 21798 8
ISBN 10: 3 257 21798 6

# I

Das erste, was Hans noch vor dem Aussteigen aus dem Taxi vom Haus Krull sah, war ein durchscheinendes Werbeplakat, das hinter der verglasten Ladentür der Krulls hing. Auch Hans war ein Krull, aber ein echter, einer aus Deutschland.

Eigenartig... Da waren jede Menge Details, die auf ihn einstürmten, und doch war er nur auf dieses Plakat und seine zwei Worte in Spiegelschrift fixiert. *Amidon Remy,* entzifferte er. Das Plakat war blau, von einem schönen Südseeblau, mit einem friedlichen weißen Löwen in der Mitte.

Alles übrige bildete im Moment nur das Drumherum zu diesem Löwen mit seiner makellos weißen Mähne: zum Beispiel das andere, ebenfalls transparente Plakat mit der Aufschrift *Bleu Reckitt,* das ohne erkennbaren Grund vergleichsweise nebensächlich wirkte; das galt auch für das Wort SCHENKE, das in gelben Buchstaben quer über die beiden Türflügel gemalt war, sowie für das mit Tauen, Signallampen, Pfeifen und Teilen eines Pferdegeschirrs vollgestopfte Schaufenster. Ja sogar die Eindrücke hier draußen – ein in der Sonne liegender Kanal, eine Baumreihe, die reglos daliegenden Lastkähne und die gelbe Straßenbahn, die bimmelnd immer weiter am Quai entlangfuhr – traten in den Hintergrund.

*Amidon Remy*, buchstabierte Hans, während er aus dem Wagen stieg. Das Wort erschien ihm um so fremdartiger, geheimnisvoller, als er nicht viel Französisch konnte und nicht wußte, daß es sich um Wäschestärke der Marke *Remy* handelte.

›Wollen wir mal sehen, wie die französischen Krulls so sind!‹ dachte er, während er das Wechselgeld in die Tasche steckte und am Haus hinaufblickte.

Über dem Ladengeschäft stand ein Fenster offen, und man konnte den Oberkörper eines jungen Mannes in Hemdsärmeln erkennen, der offenbar an einem Tisch saß und schrieb. Aus einem anderen Teil des Hauses drangen kräftige Klavierakkorde.

Da entdeckte Hans im dämmrigen und entfernt wirkenden Inneren des Ladens, hinter der Auslage mit dem Schiffszubehör, den grauhaarigen Kopf einer Frau, ihre Stirn, die Augen. Im gleichen Augenblick beugte sich im ersten Stock der hemdsärmlige junge Mann aus dem Fenster und betrachtete neugierig das Taxi; dann wurde weiter rechts noch ein Fenster geöffnet, und das spitze Gesicht eines jungen Mädchens tauchte auf.

Hans brauchte nur noch drei Meter auf dem Trottoir zurückzulegen und die Glastür aufzustoßen. In der linken Hand hielt er einen Koffer aus gelblichem Leder beziehungsweise aus einem dieser täuschend echt wirkenden deutschen Lederimitate. Da er groß war, machte er große Schritte. Einen Schritt und noch einen. Er streckte die Hand aus, um den Türknauf zu drehen, doch da öffnete sich die Tür ganz von allein.

Eine ungewöhnliche Frauenstimme schallte ihm entgegen und übertönte alle anderen Geräusche – heiser, überkippend, voller Dissonanzen.

»Natürlich sind Sie 'ne liederliche Schlampe, und Sie wissen's auch genau! Ein liederliches Pack seid ihr alle miteinander hier im Haus, ein Gesindel! Nicht nur Diebe, dreckige kleine Diebe, sondern liederliches Pack...«

Hans mußte mit seinem Koffer in der Hand stehenbleiben, während zwei Frauen sich auf der Schwelle schubsten; jede versuchte die andere nach draußen zu stoßen, und die Megäre hatte es sich in den Kopf gesetzt, ihren Monolog zu Ende zu führen.

*Liederlich,* dieses Wort war Hans besonders aufgefallen. Er glaubte zu wissen, was es bedeutete, fand es aber bei einer Familie wie den Krulls wenig passend. Ein weiteres Wort sollte sich gleich dazugesellen, und das kam aus dem Munde der Händlerin mit den weißgrauen Haaren, die wohl seine Tante war.

»Hören Sie auf, Pipi, machen Sie hier keinen Ärger!«

*Pipi* setzte sich bei Hans in einer seiner Gehirnwindungen fest, direkt neben *Amidon Remy.*

All dies war in der kurzen Zeit geschehen, in der er aus dem Wagen gestiegen war, den Chauffeur bezahlt und die paar Schritte zum Eingang gemacht hatte.

Da tauchte auch schon der junge Mann aus dem Obergeschoß im Laden auf, packte die Betrunkene am Arm und stieß sie so heftig weg, daß sie mehrere Meter weit taumelte.

»Sie sind Hans Krull?« wandte er sich an Hans und streckte die Hand nach seinem Koffer aus.

»Ja, der bin ich«, gab Hans auf deutsch zur Antwort.

Obwohl er zur Familie gehörte, mußte man sich doch erst an ihn gewöhnen: Die Tante musterte ihn von oben bis unten und wieder von unten bis oben; es war ihr aber anzumerken, daß der Koffer mit den blanken Metallbeschlägen sie am meisten beeindruckte.

»Treten Sie ein, Cousin«, sagte der junge Mann und blickte noch einmal drohend zu der Frau hinüber, die vorhin mit Pipi angeredet worden war.

Hinzu kam der Geruch. Das heißt, nicht sofort; da war zuerst noch die Ladenglocke. Sie ertönte beim Öffnen und Schließen der Ladentür, und Hans hatte das Gefühl, noch nirgendwo eine solche Glocke gehört zu haben.

Dann, drinnen im Laden, der Geruch. Ein Gemisch aus Teer zum Streichen der Kähne, aus Seilen und Gewürzen, überlagert von den alkoholischen Getränken, die an der einen Ecke der Zinktheke ausgeschenkt wurden.

»Kommen Sie mit in den Salon, Cousin... Wir hatten nicht gedacht, daß Sie einen Wagen nehmen... Anna! Elisabeth! Cousin Hans ist da!«

Hinter dem Laden wurde eine Küche sichtbar, und Hans spürte, daß sie der Mittelpunkt des Hauses war. Er wurde aber weiter nach rechts und über einen abweisenden blaugefliesten Korridor in einen Salon gebeten, wo ein junges Mädchen gerade hastig von einem Drehschemel vor dem Klavier aufstand.

»Guten Tag, Cousin.«

»Tag, Cousine.«

»Das ist Elisabeth – Vater nennt sie Lisbeth... Und das ist Anna... Ich selber heiße Joseph.«

»Sprechen Sie auch Französisch?« fragte Elisabeth, während ihre Mutter die Hände über dem Bauch gefaltet hielt und wie angewurzelt im Türrahmen stehenblieb.

»Nicht besonders gut... Aber Sie werden mir's beibringen...«

Neu zu sein und sich irgendwo einführen zu müssen ist immer unangenehm, aber Hans machte das nichts aus. Er blieb gutgelaunt – von einer ganz speziellen guten Laune, die hier im Hause unbekannt war. Es war eher eine Leichtigkeit, eine körperliche wie auch seelische Unbekümmertheit. Er hatte ein gewandtes Auftreten, bewegte sich mit tänzerischer Anmut, während seine kleinen Augen lebenslustig und vielleicht etwas boshaft funkelten.

»Wenn Sie möchten, kann ich Ihnen jetzt Ihr Zimmer zeigen, Cousin«, ließ Joseph sich beflissen vernehmen. Er mochte im gleichen Alter wie Hans sein, fünfundzwanzig, wirkte neben ihm aber steif und hölzern.

Die Treppenstufen waren frisch gebohnert und knarrten. Im ganzen Haus roch es so wie im Laden, nur weniger intensiv, und im ersten Stock kam noch ein wenig Schlafzimmergeruch dazu. Das Fenster im Treppenhaus gab den Blick auf einen Hof frei, in dem ein einziger Baum stand.

»Hier entlang, Cousin... Es ist ein Mansardenzimmer, geht aber zum Kanal hin... Wollen Sie sich nicht frisch machen?«

Hans warf einen Blick auf seine Hände. Sie waren tadellos sauber. Er lächelte, und er war nahe daran, das zu erklären. Sollte er es ihm sagen oder nicht? – Nicht sofort, beschloß er dann.

Irgendwann, später, würde er ihm vielleicht erzählen, daß er in Köln, in der Straßenbahn, die Bekanntschaft einer hübschen Frau gemacht und ihr geholfen hatte, einige Dinge über die Grenze zu schmuggeln. Und daß er sie, als sie am Bahnhof ausgestiegen waren, mit ins ›Hôtel du Chemin de Fer‹ genommen hatte ... Das war so die Art von Abenteuern, die ihm ständig und fast unabsichtlich zustießen.

Sie hatte sich noch nicht einmal ausgezogen. »Ich bin um halb fünf mit meiner Schwägerin verabredet, und mein Mann kommt um sechs nach Haus ...«, hatte sie gesagt.

So war es gekommen, daß Hans sich schon frisch gemacht hatte, bevor er bei den Krulls eintraf. Er hatte die junge Frau nicht nach ihrem Namen gefragt, und sie war in eine gelbe Straßenbahn gestiegen.

»Sie haben beinahe schon die ganze Familie kennengelernt«, erläuterte Joseph gewissenhaft, während Hans seinen Koffer öffnete und ein paar Kleinigkeiten herausnahm. »Mama ist für den Laden zuständig ...«

»Warum hat sie die andere Frau ›Pipi‹ genannt? Heißt die so?«

»Ein Spitzname eben ... Für meine Mutter ist die Person ein Alptraum. Sie lebt mit ihrer Tochter und einem Penner zusammen auf einem Schiffswrack, einem alten Kahn im Kanal, der nur noch teilweise aus dem Wasser ragt. Sie macht Besorgungen für die Schiffer; besonders natürlich für solche, die hier nicht festmachen und in kurzer Zeit die Schleuse passiert haben. Sie ist von morgens bis abends betrunken, und wenn sie mal muß, dann hockt sie sich hin, wo sie gerade geht und steht, aufs Trottoir, ans Ufer ...«

»Ach so, verstehe.«

»Meine Schwester Anna, sie ist die Älteste ...«

»Wie alt ist sie?«

»Dreißig... Anna führt den Haushalt. Sie hat gerade in der Küche Wäsche gebügelt, als Sie gekommen sind... Und Elisabeth ist siebzehn. Sie nimmt Musikunterricht und will einmal Klavierlehrerin werden.«

»Und Sie?«

»Ich bin Mediziner und sitze gerade an meiner Doktorarbeit über den beidseitigen Pneumothorax, die ich in vierzehn Tagen fertig haben muß.«

»Und euer Vater?«

»Er ist von morgens bis abends in der Werkstatt beim Korbflechten, zusammen mit seinem Arbeiter... Sollen wir zu ihm?«

Die Werkstatt war im Erdgeschoß, am Ende des Flurs, mit Tür zum Hof. Die beiden Männer, die hier die Weidenruten flochten, hockten auf so niedrigen Schemeln, daß es aussah, als säßen sie zu ebener Erde.

Der eine von ihnen, der mit seinem schönen weißen Bart wie eine Statue des heiligen Josefs aussah, war Vater Krull. Cornelius Krull, der als Korbflechter zuerst durch ganz Deutschland und dann durch ganz Frankreich gezogen war und hier in dieser Stadt haltgemacht hatte... Ohne besonderen Grund – wie man von selbst haltmacht, wenn man am Ziel seiner Reise angekommen ist.

Er umarmte Hans nicht etwa und drückte ihm auch keinen Kuß auf die Stirn, sondern machte ihm mit dem Daumen ein kleines Kreuzzeichen zwischen die Brauen – offenbar eine altvertraute Geste für ihn.

»Wie geht's meinem Bruder Wilhelm?«

»Gut«, antwortete Hans lebhaft. »Recht gut...«

»Wohnt er immer noch in unserem Haus in Emden? Im letzten Brief, den ich von ihm bekommen habe – dreißig Jahre ist das her –, hat er gesagt, daß er sich als Schuster niedergelassen hat...«

Mit unbewegter Miene hantierte Cornelius Krull weiter an seinen biegsamen Weidenruten herum. Der Korbflechter neben ihm schob einen Priem von der rechten in die linke Backe und wieder zurück; er war genauso lange hier im Haus wie Vater Krull selbst.

»Möchten Sie jetzt auch mein Zimmer sehen, Cousin?«

Der Geruch in Josephs Zimmer war schal und weit unangenehmer als sonstwo im Hause. Joseph selber war langweilig und fad – er hatte eine schlaksige Gestalt, ein blasses, stets ernstes Gesicht, wäßrig-blaue Augen, eine undefinierbare, zwischen blond und rötlich liegende Haarfarbe und trug einen Bürstenschnitt.

»Und Sie? Haben Sie auch studiert, oder bereiten Sie sich auf den Abschluß vor?«

»Ja... Jura... Ich mußte aus politischen Gründen die Universität verlassen.«

»Und welchen Beruf haben Sie in Deutschland? Was machen Sie?«

»Nichts... Ich geh nicht mehr nach Deutschland zurück.«

Hans spürte, wie Josephs Blick kalt und mißtrauisch wurde.

»Wenn ich etwas mehr Französisch kann«, fuhr er fort, »geh ich nach Paris und schlage mich dort durch... Vielleicht lasse ich mich einbürgern, wer weiß... Wie ist das bei Ihnen, sind Sie französischer Staatsbürger?«

»Vater ist schon vor dem Krieg Franzose gewesen. Und ich habe meinen Wehrdienst hier in Frankreich gemacht.«

Hans hatte nicht vor, in Josephs Zimmer Wurzeln zu schlagen, und er überließ ihn seiner Doktorarbeit über den beidseitigen Pneumothorax.

*Das Röntgenbild wird Aufschluß darüber geben...* Das waren die letzten Worte, die Joseph in sein Heft geschrieben hatte.

Das Haus hallte wider von Klavierakkorden. Hans ging ihnen nach und setzte sich hinter seine Cousine Lisbeth, die eine lange und spitze Nase hatte.

»Sagen Sie mal...«, fing er an. »Besonders lustig ist er grade nicht, Ihr Bruder!«

Sie lächelte, sagte aber nichts.

»Ihre Schwester Anna übrigens auch nicht...«

Die Tapete hatte ein kleines Blumendekor. Das Fenster stand offen und ließ die sommerliche Stimmung hereinströmen.

Da waren die verschiedenen Straßengeräusche und vor allem das triumphierende Gebimmel der gelben Straßenbahn, alle paar Minuten. Die Haltestelle war nur fünfzig Meter entfernt, und jedesmal drang das Quietschen der Bremsen herüber, die ein paar Funken auf die Schienen sprühten.

»Vorhin«, sagte Hans und betrachtete dabei den Nacken seiner Cousine, »bei Ihrem Vater, da bin ich ganz schön in Verlegenheit geraten...«

»Warum? Weil Vater fast nichts redet?«

»Nein, deswegen nicht. Weil er mich gefragt hat, wie es meinem Vater geht.«

»Und? Was macht Sie da verlegen?«

»Tja, weil... Mein Vater ist jetzt seit fünfzehn Jahren tot«, sagte er vergnügt.

Lisbeth drehte sich unvermittelt zu ihm um und mußte auch lächeln.

»Aber sein Brief?« erkundigte sie sich. »Der Brief, den er meinen Eltern geschrieben hat?«

»Den habe *ich* geschrieben!«

»Warum?«

Er setzte ein komisches Gesicht auf und kratzte sich am Kopf. Er, der deutsche Krull, wie man hier im Hause sagte, wirkte dunkel, fast südländisch; die hiesigen, die französischen Krulls hingegen hatten einen sehr hellen Teint behalten, der an feines weißes Porzellan erinnerte.

»Weiß ich nicht so genau... Ein Brief von meinem Vater hat mehr Wirkung als einer von mir, hab ich gedacht. Und da ich andere Schriften gut nachmachen kann... Ich hab halt geschrieben, daß mein Sohn Hans einen zwei- bis dreimonatigen Aufenthalt in Frankreich nötig hat, um sein Französisch aufzubessern.«

Er sah ihr offen in die Augen; sie dagegen hielt seinem Blick nicht stand und schaute weg.

»Sind Sie mir böse?«

»Das geht mich nichts an. Wenn aber mein Vater...«

»Erzählen Sie's ihm?«

»Wofür halten Sie mich?«

»Ich mußte Deutschland unbedingt verlassen, verstehen Sie, und ich hatte nur noch ein paar Mark... Da ist mir der Bruder meines Vaters eingefallen. Ich hatte nur Bedenken, ob er nach so vielen Jahren noch in der gleichen Stadt wohnt… Mir kommt das komisch vor, wenn jemand so lang an ein und demselben Ort bleibt.«

»Und wo waren Sie?«

»Ich hab schon überall in Deutschland gelebt, in Berlin, in München… Auch in Österreich; dann wieder in Hamburg. Ich hab mal auf einem Schiff der HAPAG angeheuert…«

»Und was haben Sie gemacht?«

»So ziemlich alles… Damals an Bord war ich als Musiker. Und in Berlin hatte ich mit dem Film zu tun…«

»Von all dem sollten Sie hier lieber nichts sagen«, meinte sie und wandte sich wieder dem Klavier zu.

»Ich weiß.«

»Warum haben Sie's dann mir erzählt? Und gleich am ersten Tag?«

»*Darum* eben…« Er wandte sich zur Tür, hielt aber einen Augenblick inne und fixierte sie.

Gleich darauf drang ein ganzer Schwall von Tönen aus dem Salon.

Hans war noch keine vierundzwanzig Stunden da und bewegte sich schon mit einer Selbstverständlichkeit im Hause, als ob er seine ganze Kindheit hier zugebracht hätte. Wo er sich auch gerade aufhielt, er erkannte sogar die Stimme von Pipi, die zehn-, zwölfmal am Tag für die Kanalschiffer einkaufen kam und dabei jedesmal ein Schnäpschen trank.

Hans hatte sich nicht nur mit dem Haus und seiner Einrichtung vertraut gemacht, sondern auch mit der unmittelbaren Umgebung.

Von der Stadt war nicht viel zu spüren. Man war hier

ganz am Rand und gehörte schon fast nicht mehr dazu. Knapp fünfzig Meter weit entfernt war auch die Endhaltestelle der Straßenbahn mit der Wendeschleife, das sagte ja alles.

Gegenüber lag der Quai; breit, mit drei oder vier Reihen von Bäumen, ein paar Bänken, und am Rand lagerte Material, das von den Schleppkähnen abgeladen wurde – Bohlen, Bauholz und Backsteine.

Auf der anderen Seite des Kanals war eine Brache, die als militärisches Übungsgelände und Schießplatz genutzt wurde. Die Schießübungen fanden in einem langgestreckten roten Gebäude statt, und die Gewehrschüsse drangen von morgens bis abends wie Peitschenschläge herüber. Aber das war jenseits des Wassers; das gehörte nicht mit zum Quai Saint-Léonard und zählte deshalb auch nicht.

Hier am Ende des Quai Saint-Léonard kam nach dem Krullschen Laden nur noch ein Haus mit Anbau: Das war die Werkstatt der Schreinerei Guérin.

Ein Stück weiter vorn am Wasser war dann die Werft der ›Schiffsbau AG Rideau‹ mit den Schiffen auf dem Trockendock und den halbfertigen Booten und Jollen.

»Gehen Sie nie am Kanal spazieren?« fragte Hans seine Cousine Lisbeth.

»Ich darf nicht allein ausgehen.«

»Ja... Wann gehen Sie dann überhaupt spazieren?«

»Am Sonntag. Wenn die ganze Familie zum Gottesdienst geht.«

Die französischen Krulls waren nämlich dem protestantischen Glauben des Emdener Zweigs treu geblieben.

»Langweilen Sie sich nie?«

»Ich langweile mich immer!«

Hans langweilte sich nicht. Er durchstöberte das Haus, schnupperte in allen Winkeln herum und machte sich mit allem einen Spaß – sogar mit Anna, die ihre Aufgabe sehr ernst und gewissenhaft erfüllte.

*»Allons prendre le café…«*

»Warum heißt es: Kaffee *nehmen*?« wollte Hans wissen. »Und nicht: Kaffee *trinken*?«

»Auf französisch sagt man eben ›Kaffee nehmen‹… Ich habe Kaffee genommen, du hast Kaffee genommen…«

Er behielt alles, was sie ihm gesagt hatte, und brachte es fertig, sie ein paar Stunden später freundlich und mit einem lustigen Funkeln in den Augen auf Widersprüche in ihren Äußerungen hinzuweisen. Von Zeit zu Zeit zwinkerte er Lisbeth ohne einen konkreten Anlaß zu, und Lisbeth wandte sich dann ab.

Cornelius Krull hatte es nicht geschafft, richtig Französisch zu lernen, obschon er vier Fünftel seines Lebens in Frankreich zugebracht hatte. Dafür hatte er aber sein Deutsch so ziemlich vergessen; er sprach ein komisches Kauderwelsch, das nur seine Familie verstand.

»Ist Pipi noch einmal dagewesen, Tante Maria?«

Hans zog seine Tante auf, wo er konnte.

»Warum halten Sie eigentlich immer beide Hände vor dem Bauch?« konnte er mit gespielter Naivität fragen, wenn sie wieder einmal dastand und wie ihr eigenes Denkmal aussah.

Wie lange war er nun schon da – zwei Tage? Noch nicht einmal… Er lümmelte sich erst seit eineinhalb Tagen hier herum.

Es war gerade gegen elf Uhr vormittags. Er mochte diese Tageszeit wegen des Lichts, wegen der Gerüche aus der Küche und des fast unentwegten Klingelns der Ladenglocke.

Er war ohne besonderen Grund in sein Zimmer hinaufgegangen, nachdem er sich im Küchenschrank unten ein Stück Wurst genommen hatte, und lag angezogen auf dem Bett. Er lauschte auf die Geräusche aus dem Nebenzimmer. Es klang so, als hätte Lisbeth gerade ihre Matratze umgedreht. Wahrscheinlich wollte sie das Bett frisch beziehen.

Er hielt den Blick wie fragend zur Decke gerichtet, auf das schwarze Gesprenkel von Fliegendreck. Er überlegte. ›Soll ich rüber…? Soll ich nicht? Soll ich's versuchen? Oder lieber nicht…?‹

Er schluckte den letzten Bissen Wurst hinunter, stand auf, wischte sich über den Mund und lächelte sich im Spiegel zu. Dann drehte er ganz sacht den Türknauf, lauschte ins Treppenhaus hinaus, ergriff den Knauf der nächsten Tür und öffnete sie geräuschlos.

Lisbeth wandte sich abrupt um, zuckte bei seinem Anblick zusammen und warf unwillkürlich einen verängstigten Blick nach rechts und nach links.

Wovor sollte sie Angst haben, wenn nicht *davor*? Also hatte er sich nicht getäuscht – sie hatte auch schon mit dem Gedanken gespielt. Und sie hatte kein Kleid unter der Schürze an… Und das Bett war noch offen und nicht richtig eingeschlagen…

»Was wollen Sie hier in…«

Er lächelte, zwinkerte ihr zu und schloß die Tür.

Als er eine Viertelstunde später auf Zehenspitzen wieder zur Tür zurückging, hatte er einen Kratzer im Gesicht; sein Blick jedoch war vergnügter denn je. Er wandte sich nicht um, er wollte nicht zu gemein sein. Er drehte wieder den Türknauf, sanft und geräuschlos, wie er es so gut konnte. Und da erblickte er …

Vor der Tür stand Joseph. Nicht direkt davor und nicht auf gleicher Höhe mit ihm; er stand ein paar Stufen tiefer auf der Treppe. Hans sah nur seinen Oberkörper.

Joseph war sehr blaß, blasser als gewöhnlich, und in seinem Gesicht zuckte es beängstigend. Er sah aus, als wolle er auf der Stelle weglaufen, als hätte ihn jemand dabei ertappt, wie er durchs Schlüsselloch schaute.

Hans überlegte nicht lange, sondern warf Joseph nur einen Blick von der Seite zu und ging in sein Zimmer zurück. Dort stellte er sich ans Fenster und betrachtete den vorüberziehenden Schleppzug. Er schaute auf das grüne Gewoge der Bäume, die von den Schatten der Stämme durchschnittenen Lichtreflexe auf dem Wasser, und er schnupperte ein wenig an sich herum, weil er noch einen Hauch von Lisbeth auf der Haut hatte.

Joseph sprach während des Mittagessens kein Wort. Er war so langweilig und bitterernst wie bisher.

Der alte Cornelius, dem als einzigem ein Korbsessel zustand, redete überhaupt nie, und Hans hatte sich schon überlegt, ob das nicht einfach Beschränktheit war.

Anna hingegen kümmerte sich um ihren Cousin.

»Wie heißt das?« fragte sie und deutete auf eine Schüssel.

»Karotten …«

»Und das da?«

»Fleisch…«

»Das ist Hammelkotelett. Wiederholen Sie: Hammelko…«

Er hätte am liebsten laut aufgelacht, die neben ihm sitzende Lisbeth tüchtig mit dem Ellenbogen angestoßen und sie vielleicht sogar – warum nicht? – laut gefragt: ›Wie heißt das, was wir vorhin oben gemacht haben?‹ Er hielt sich aber zurück, behielt diese Dinge für sich und verkniff sich auch ein allzu offenes Lächeln. Aber sein ganzes Wesen strahlte gute Laune aus.

»Du ißt ja nichts, Lisbeth«, schalt Tante Maria.

»Ich hab keinen Hunger.«

Hans ließ es sich dann doch nicht nehmen, seinen Kommentar abzugeben.

»In Ihrem Alter sollte man immer Hunger haben!« verfügte er in einem Ton, der dem feierlichen Joseph alle Ehre gemacht hätte.

Sie warf ihm einen tieftraurigen Blick zu, und er sah den Tränenfilm vor ihren Augen.

»Nicht wahr, Joseph?« sagte er und umklammerte scherzhaft Lisbeths Knie. »Sie als Arzt sind doch auch der Meinung…«

Die anderen konnten das nicht begreifen. Sie hielten den heutigen Tag für einen normalen heißen und friedvollen Sommertag. Sie machten sich keine Vorstellung davon, daß es Sache von ein paar Minuten gewesen war…

Lisbeth stand plötzlich auf, hielt sich die Serviette vors Gesicht und gab, als sie zur Tür hinausging, ein heiseres Schluchzen von sich.

»Was hat sie?« fragte die Mutter besorgt.

Joseph blickte seinem Cousin nur in die Augen; der alte Cornelius kaute langsam weiter, ohne sich irgendwie ablenken zu lassen.

Der Arbeiter hockte unterdessen in der Werkstatt und verzehrte das Vesperbrot, das er jeden Morgen mitbrachte.

»Sollen wir uns ein wenig die Beine vertreten, Cousin?«

»Warum sagen Sie nicht Joseph zu ihm, Hans?« schaltete Tante Maria sich ein.

Es war Abend. Die Familie saß mit dem Rücken zum Ladeneingang vor dem Haus, der Onkel in seinem Korbsessel, die anderen auf einfachen Stühlen mit Strohgeflecht.

Die Sonne war gerade erst untergegangen. Vom Kanal stieg feucht-kühle Luft hoch, und man konnte beobachten, wie sich zwischen den Bäumen ganz feine Nebelschichten bildeten.

Vor der Haustür des Schreiners, etwa zwanzig Meter entfernt, hatten andere Leute auch Stühle auf das Trottoir gestellt. Die kümmerten sich aber nicht um die Krulls und schauten auch nicht zu ihnen herüber.

Cornelius hatte eine lange Porzellanpfeife im Mund. Er rauchte mit halbgeschlossenen Augen; sein Bart hing starr und reglos herab wie bei einer Heiligenfigur. Tante Maria hatte einen Stapel karierter Handtücher vor sich und markierte sie an den Ecken mit einem roten Baumwollfaden. Anna hatte ein Buch zur Hand genommen, in dem sie nicht las, und Lisbeth hatte ein Unwohlsein vorgeschützt und sich hingelegt.

Es war fast leer ringsum. Die Schleppkähne lagen schlummernd im Wasser. An der Schleuse schloß einer der Schieber nicht ganz dicht ab und ließ einen feinen Wasserstrahl austreten, der mit Springbrunnengeplätscher herabfiel. Alle zehn Minuten jedoch wurde das Plätschern vom Lärm der Straßenbahn kleingehackt – dann allerdings immer seltener, je später es wurde.

»Aber ja – geht doch ein wenig spazieren! Bleibt nicht zu lang weg!«

Hans hatte nie einen Hut auf, was sein ungezwungenes Auftreten noch unterstrich. Er trug weite Hemden mit offenem Kragen, und seine Kleidung hatte etwas Weichfließendes, gegen das Josephs steifer Aufzug um so mehr abstach.

Wie kam es, daß sich auf der glatten Wasseroberfläche des Kanals laufend kleine Kringel bildeten, wie um Zeugnis von einem unsichtbaren Leben abzulegen?

Die beiden jungen Männer liefen langsam und mit weitausholenden Schritten nebeneinanderher. Sie waren nicht nur gleich alt, sondern auch gleich groß und hatten alle beide lange Beine und große Füße.

»Sie sagen gar nichts, Cousin Joseph?«

Wenn sie sich umdrehten, konnten sie die restliche Familie unter der Haustür sitzen sehen; die andere, die Schreinerfamilie, bildete ein Stückchen weiter eine zweite Gruppe auf dem Trottoir. Über einen der Schleppkähne waren Leinen gespannt, auf denen Wäsche trocknete.

»Ich möchte wissen, was Sie mit meiner Schwester zu tun gedenken...«

»Gar nichts... Ich gedenke nichts mit ihr zu tun!«

Der Stadtrand lag hinter ihnen; sie hatten das offene Land vor sich – oder eher eine Art Übergangsgebiet mit Hecken, Brachland und Brennesseln. Die Wiesen und Viehweiden lagen noch weiter draußen.

»Haben Sie durchs Schlüsselloch geguckt?« fragte Hans respektlos.

Er sah seinen Cousin dabei nicht an; er wußte auch so, daß der rot geworden war.

»Wenn Sie geguckt haben«, ergänzte er, »dann haben Sie ja selber feststellen können, daß sie das ebenso wollte wie ich...«

Hans sah Josephs Hand – eine schmale, lange Hand, die in der Dämmerung noch heller wirkte. Es war eine eigenartig geformte Hand, die plötzlich zu zittern begann.

»Warum sind Sie zu uns gekommen?« fragte Joseph stockend.

»Weil ich nicht wußte, wo ich hinsollte!«

»Und warum ausgerechnet hierher?«

»Ich hab's doch eben gesagt; ich wußte sonst nicht, zu wem und wohin... Mein Vater hatte einen Bruder und eine Schwester. Die Schwester lebt in Lübeck in einem Kloster, und ich kann ja nicht gut zu der ins Kloster gehen. Sagen Sie...«

Hans verfiel wieder in einen flapsigeren Tonfall:

»Sind Sie mit der Arbeit heute vorangekommen?«

»Nein!«

»*Des*wegen?«

»Wegen allem...«

»Was ist das, alles?«

»Alles eben!«

Josephs Hände zitterten. Er war knappe zwanzig Meter vor einer Gaslaterne stehengeblieben, der letzten vor der Dunkelheit des offenen Feldes. Hans folgte seinem Blick und erkannte die Konturen eines Mannes und einer Frau, die eng umschlungen im Dunkeln standen. Die Frau hatte sich auf die Zehenspitzen gestellt, damit sie die Lippen besser auf die ihres Partners pressen konnte.

»Wer ist das?« fragte Hans. Es klang ziemlich uninteressiert.

»Sidonie...«

»Wer ist das, Sidonie?«

»Das ist die Tochter von Pipi... Ist ja auch egal.«

»Sagen Sie mal, Joseph...«

»Was?«

»Seid ihr in eurer Familie nicht alle ein bißchen – na, exaltiert?«

Das war zwar nicht ganz der richtige Ausdruck, und er hatte auch gezögert, ihn zu gebrauchen. Wenn er das französische Wort für ›übergeschnappt‹ gekannt hätte, hätte er es bestimmt verwendet.

»Weshalb fragen Sie das?«

»Ach, nur so... Ab und zu geht mir einiges durch den Kopf... Da ist zum Beispiel die Schwester meines und Ihres Vaters. Die ist, nachdem sie irgend so ein Buch gelesen hatte und daraufhin nicht mehr protestantisch bleiben wollte, in ein Kloster eingetreten. Manche Leute behaupten sogar, daß sie Visionen hat... Und dann mein Vater: Er hat von einem bestimmten Zeitpunkt an, es war etwa zwei Jahre vor seinem Tod, die Farbe Rot nicht mehr ertragen können... Soll ich Ihnen sagen, wie er gestorben ist?«

»Mein Vater ist normal!« unterbrach ihn Joseph.

»Schon möglich. Ich hab ja nur laut gedacht. Sind eigentlich immer so viele Schiffe auf dem Kanal?«

»Ja, immer. Das hier ist ein wichtiger Hafen ...«

»Haben Sie viele Freunde?«

»Nein, gar keine.«

»Und wie ist es auf der Universität?«

»Wenn man eine Mutter hat, die den Fuhrleuten Getränke serviert ... Da ist man nicht so hoch angesehen.«

»Warum macht sie das überhaupt?«

»Weil wir in den Augen der Leute hier in der Gegend Ausländer sind und sie deswegen nicht bei uns einkaufen. Ohne die Fuhrleute und die Schiffer wären wir ...«

Der Weg war nur noch ein schmaler Leinpfad am Kanal entlang. Ein Boot glitt langsam vorüber, in dem ein Mann saß. Er wollte verbotene Fangkörbe auslegen und inspizierte wrickend die Uferböschung.

»Haben Sie eine Geliebte, Cousin Joseph?«

»Nein.« Es war ein bösartiges, verkniffenes Nein.

»Sollen wir umkehren?«

Sie kamen wieder an dem Paar bei der Gaslaterne vorbei, und es sah so aus, als seien die Lippen der beiden aneinandergeschweißt ... In der Ferne erblickten sie die Schiffe auf dem Trockendock der Werftanlage; dann rückten die Schreinerfamilie vor dem Nachbarhaus und schließlich die Familie Krull näher: der Korbsessel, der weiße Bart, die lange Porzellanpfeife des Onkels, die karierte Schürze von Tante Maria.

Die Luft war von einem dunklen, die Nebelfetzen von einem helleren Blau. Alles war blau, nachtblau – der Himmel, die Bäume… Und beim Heimkommen empfing sie auch das transparentblaue *Amidon-Remy*-Reklameplakat.

Hans blieb auf dem Flur stehen, bevor er in sein Zimmer trat. Er vernahm einen Laut, der wie unterdrücktes Schluchzen klang, und er zuckte die Achseln.

Als er sich dann hingelegt hatte, hörte er im Zimmer unter sich Schritte; es war Joseph, der ruhelos auf und ab ging.

# 2

Drei normale Werktage und ein Sonntag lagen noch vor dem Ereignis – jener scheußlichen Entdeckung am Kanalufer.

Hans hatte sich in dieser Zeit mit allem im Haus Krull bestens vertraut gemacht. Nicht nur, daß er jedes kleinste Geräusch wahrnahm und einzuordnen wußte, selbst wenn er oben im Bett lag. Er wußte auch so gut Bescheid, weil er sich unermüdlich überall herumtrieb: In der Küche sah er Anna über die Schulter; im Laden war er dabei, wenn Tante Maria einem Fuhrmann ein Glas servierte oder sich mit Pipi herumstritt... Dann war er im Zimmer von Lisbeth, in das die sich kaum mehr hineintraute, anschließend in dem von Joseph oder in der Werkstatt. Meist hatten ihn die anderen nicht eintreten hören, schreckten zusammen, wenn sie ihn sahen, und überlegten, wie lange er ihnen schon zusah.

Hans wußte, daß Cornelius schon seit seiner Heirat morgens immer als erster auf den Beinen war. Das erste Mal hatte es sich vielleicht rein zufällig ergeben, und der Onkel hatte das einfach beibehalten, huschte seitdem allmorgendlich geräuschlos und in Schlappen die Treppe hinunter, langsam, Tritt für Tritt.

Er ging zuerst in den Keller, wo er zwei Eimer mit Kohlen füllte. Dann machte er Feuer. Hans erkannte das an dem Petroleumgeruch, den er kurz in der Nase hatte, sobald Cornelius gewohnheitsgemäß etwas Petroleum über das Brennholz gekippt hatte.

Danach wurde die Verbindungstür zum Laden geöffnet; die Kaffeemühle wurde gedreht. Schließlich stopfte sich der Onkel seine lange Pfeife und wartete, bis das Kaffeewasser kochte. Um sechs Uhr tappte er wieder nach oben und stellte seiner Frau eine Tasse Kaffee auf den Nachttisch.

Hans wußte außerdem...

Er wußte doch noch nicht alles. Jedenfalls merkte er erst an diesem Sonntag, daß hinter den geschlossenen Fensterläden die Ladentür offenstand und daß auch sonntags Waren verkauft und Getränke ausgeschenkt wurden. Und daß weiterhin – ebenfalls wegen des Ladens – die Familie nicht vollzählig zum evangelischen Gottesdienst ging: Tante Maria oder Anna blieben abwechselnd zu Hause.

Die übrigen machten sich an diesem Sonntag zur Haltestelle der Straßenbahn auf, und schon allein das Warten auf die Bahn hatte etwas Feierliches. Der Onkel – er trug einen Gehrock, und die Hände steckten in grauen Handschuhen – blickte starr geradeaus. Joseph trug wie immer seine verdrossen-gelangweilte Miene zur Schau; er hatte wie seine Mutter die Angewohnheit, den Kopf wehmütig oder resignierend zur Seite geneigt zu halten.

*Die Wege des Herrn sind unerforschlich...*

Das Motto der heutigen Sonntagspredigt. Als sie aus dem Gotteshaus mitten in der Stadt kamen, herrschte lebhaftes Treiben um sie herum – es war Jahrmarkt.

»Sind Sie manchmal auf ein Karussellpferd gestiegen, Cousine Lisbeth?« fragte Hans.

Sie fand, sie müsse rot werden, sobald er sie ansah. Und Joseph hielt dem Blick seines Cousins ebenfalls nicht stand.

Hans lachte dazu und stellte gleichzeitig fest, wie komisch und befremdend dieser Auftritt der Familie Krull inmitten der festlichen Menge war. Allein schon, daß sie aus dem evangelischen Gotteshaus kamen und nicht aus der Kirche; daß Onkel Cornelius auch fast kein Französisch konnte... Aber damit nicht genug. Alles an ihnen stach fremd gegen ihre Umgebung ab, selbst Josephs resigniertes Lächeln.

Sie stiegen nicht dort wieder in die Straßenbahn ein, wo sie ausgestiegen waren, sondern gingen traditionsgemäß zur nächsten Haltestelle. Sie betraten eine Konditorei – immer die gleiche, und auch das war Tradition – und kauften einen Kuchen, den Lisbeth in einem verschnürten Päckchen nach Hause trug.

Arme Lisbeth... Sie wagte nicht mehr, den anderen in die Augen zu sehen, und sie regte sich weiß Gott wie auf wegen des bißchen körperlicher Unversehrtheit, das sie verloren hatte... Aber seltsamerweise machte ihr das, was er ihr angetan hatte, weniger aus als die Tatsache, daß Hans sie angesehen, sie sozusagen Stück für Stück begutachtet hatte! Und manchmal bewegte sie instinktiv die Hand zum Busen, wie um sich zu vergewissern, daß ihre kleinen birnenförmigen Brüste nicht nackt waren!

*»Die Wege des Herrn sind unerforschlich«*, teilte Joseph daheim seiner Mutter mit, die immer gern das Thema der Predigt wissen wollte.

Um drei Uhr kam Monsieur Schoof mit Marguerite. Hans kannte die beiden noch nicht, wußte aber schon bestens Bescheid über sie.

Monsieur Schoof war der einzige Freund der Familie – auch er ein eingebürgerter Deutscher, der etwa um die gleiche Zeit wie Krull nach Frankreich gekommen war und sich in der Rue Saint-Léonard als Milch- und Käsehändler niedergelassen hatte.

Vater Schoof war sehr klein, rund und rosig, mit vergißmeinnichtblauen Augen und einem Schmollmündchen. Die Tochter Marguerite war nicht minder frisch und rund, und bei ihrem Anblick dachte man unwillkürlich an etwas Eßbares.

Joseph und sie waren zwar nicht offiziell verlobt, aber es lief aufs gleiche hinaus, weil es seit je beschlossene Sache war, daß die beiden heiraten sollten.

Anna zeigte den anderen ein neues Häkelmuster; Marguerite errötete mehrmals unter Hans' Blicken, die immer wieder an ihrem stramm sitzenden Mieder hängenblieben.

Was machten sie sonst noch? Nichts ... Cornelius redete nicht; er saß in seinem Korbsessel, als ob er für ein Familienbild posierte. Dann und wann nahm er mit weihevoller Gebärde die Pfeife aus dem Mund und artikulierte ein paar Silben, die für seinen Freund Schoof bestimmt waren.

Schoof strahlte vor Glück. Sie waren alle beide glücklich, wie sie hier auf dem Trottoir saßen und den Kanal, die in regelmäßigen Abständen verkehrende Straßenbahn und gelegentlich eine Familie im Sonntagsstaat betrachteten, die irgendwo einen Besuch machte. Es duftete nach der Schokolade, die nebenan gekocht wurde, beim Schreiner, wo der Sonntag etwa im gleichen Rhythmus verlief wie hier.

Hans beobachtete dann und wann Josephs Hände und wartete förmlich auf den Augenblick, wo sie sich wieder einmal unvermittelt verkrampften, als ob Joseph plötzlich von einem Schwindel erfaßt würde.

»Sollen wir nicht eben mal rauf?« flüsterte Hans seiner Cousine Lisbeth ins Ohr, die sittsam auf ihrem Stuhl saß.

Hans stellte sich das amüsant vor in dieser sonntäglichen Ruhe, bei geöffnetem Fenster und der ganzen Familie, die unten im Kreis auf dem Trottoir saß...

Lisbeth jedoch zuckte zusammen, als ob er ihr eine Gotteslästerung zugeflüstert hätte.

Oder vielleicht mit Anna? Unglücklicherweise kam sie schon stark auf ihre Mutter hinaus – zäh und standfest, und Hans hatte gemerkt, daß sie geschnürt und dadurch so hart war wie eine alte Truhe.

Die Zeit verstrich. Der Tisch war nach dem Mittagessen abgeräumt, dann zum Vesper wieder eingedeckt und erneut abgeräumt worden. Jetzt wurde das Tischtuch ein weiteres Mal ausgebreitet und das Gedeck fürs Abendessen aufgelegt.

Hans verließ erst nach dieser letzten Mahlzeit das Haus und ging auf den Jahrmarkt, wo er sich eine Weile herumtrieb, wie üblich barhäuptig, die Hände in den Taschen vergraben, eine Zigarette zwischen den Lippen und mit jenem ›Hoppla-jetzt-komm-ich‹-Gebaren, das Joseph so sehr aus dem Konzept brachte.

Sein Blick fiel auf ein sehr junges Mädchen, und er war fast sicher, daß das die Kleine war, die er vor kurzem im

Schatten des Quais an einen Mann gepreßt gesehen hatte – jene Sidonie, Tochter der sattsam bekannten Pipi. Er ging eine ganze Weile in der Menge hinter ihr her.

Sidonie ging Arm in Arm mit einem anderen, noch jüngeren Mädchen und machte auf Demoiselle beziehungsweise auf mondäne Dirne, obwohl sie bestimmt erst um die Sechzehn war. Sie hatte im Kino vielleicht die *Kameliendame* gesehen und gab sich während ihres Jahrmarktbummels der Illusion hin, ein Blickfang zu sein – eine, die die ganze Begehrlichkeit der Männer und die Eifersucht der Frauen auf sich zieht. Man konnte das an der Art merken, wie sie ging, wie sie sich umschaute, sich zu ihrer gefügigen Freundin hinunterbeugte und ihr lachend und im Vertrauen etwas zuraunte.

Sie war nicht häßlich. Schmächtig und ziemlich blaß, das schon, aber sie hatte ein feingeschnittenes Gesicht und eine zierliche, hübsche Figur, die sie dadurch hervorzuheben trachtete, daß sie ihr Tailleur so eng wie möglich zusammenzog.

Hans hätte beinahe... Nein, nicht doch! Er zuckte die Achseln. Er fühlte sich nicht dazu aufgelegt, sie mitsamt ihrer Freundin zu sämtlichen Jahrmarktbuden zu schleifen, bevor er sich mit ihr – vielleicht! – irgendwo in einen dunklen Winkel drücken konnte.

Er machte plötzlich kehrt. Er hatte seinen Cousin Joseph entdeckt, der sich wie er selbst in der Menge treiben ließ – mit dem Unterschied, daß Joseph einen starren Blick und einen verkrampften Gesichtsausdruck hatte und so aussah, als verfolge er eine sehr schwierige oder sehr ernste Angelegenheit.

Hans machte sich eine Zeitlang einen Spaß daraus, ihn aus einiger Entfernung zu beobachten, und es erfüllte ihn mit Genugtuung, als er sah, wie der strenge junge Mann sich ungeschickt im Kielwasser von Sidonie zu halten suchte. Wetten, dachte Hans, daß seine Hände zittern…

Am Quai Saint-Léonard waren die Schoofs schon lange aufgebrochen, und die Krulls schliefen.

Hans trank auf einer Terrasse ein Bier, hielt nach seinem Cousin Ausschau und ging zurück, um sich schlafen zu legen. Im Nebenzimmer ein leises Geräusch: Lisbeth war noch wach. Aber er hatte keine Lust, zu ihr hinüberzugehen – schon weil sie weinen würde und er ihr gut zureden müßte.

Aus dem Keller drang das Geräusch der Kohlenschippe, und eine ganze Weile später kam von unten das Drehen der Kaffeemühle. Hans stand auf, ohne besonderen Grund, und ging im Pyjama nach unten. Vielleicht wollte er einfach mal seinem Onkel aus der Nähe zusehen.

Draußen fiel ein Nieselregen, der das Grün am Quai satt hervorhob. Es sah nicht so aus, als ob der Regen lang anhalten würde. Auf der glatten Kanaloberfläche Millionen bewegter Kreise; sie entstanden und sie vergingen. Arbeiter fuhren auf dem Fahrrad am Wasser entlang.

»Morgen, Onkel!«

Onkel Cornelius sah ihn von der Seite an. Dieser junge Mann war ihm noch fremd… und erst recht dessen Idee, sich im Pyjama aufs Trottoir zu stellen, um frische Luft zu schnappen. Aber er sagte nichts. Er sagte nie etwas. Er war vielleicht beschränkt, vielleicht aber auch ein abgeklärter

Mensch, der sich hinter einem unsichtbaren Panzer verschanzt hielt und in aller Ruhe sein eigenes Leben führte.

Ein motorisierter Lastkahn, breit, braun, mit abgerundetem Bug, machte sich gerade startklar, direkt auf Höhe des Hauses. Die Frau des Schiffers stand auf der Brücke und stemmte sich gegen eine Stange, um den Kahn vom Ufer wegzudrücken, während ihr Mann unten den Dieselmotor anzuwerfen versuchte. Der aber stieß nur ein paarmal ein Röcheln aus und sprang nicht an.

Die Schleuse stand offen. Weitere Schiffe lagen wartend hinter dem Kahn. Die Frau beugte sich über die Deckluke und sagte auf flämisch etwas zu ihrem Mann.

Jetzt setzte sich Hans trotz des Regens in Bewegung und überquerte in Pyjama und Hausschuhen frei und ungeniert die Straße, die erste Zigarette zwischen den Lippen.

Zuerst sah er einen Augenblick den Soldaten zu, die jenseits des Kanals gerade in die Schießhalle einzogen. Dann versuchte er zu verstehen, was der Mann und die Frau sich auf flämisch zuriefen. Wenn er sich umdrehte, hatte er das Haus Krull mit dem Laden vor sich. Auf der Schwelle stand sein Onkel und hatte diese lange, äußerst deutsch wirkende Pfeife im Mund.

Plötzlich hatten sich im Wasser Strudel gebildet, und aus dem Auspuff quoll dicker Rauch. Der Schiffer erschien auf der Brücke und lief zum Steuerrad.

»Hallo! He!« schrie Hans zu ihm hinüber.

Der Mann wandte sich um und beugte sich über die Reling, um nachzusehen, was das war, worauf der junge Mann am Ufer deutete.

Hans wußte selbst nicht, was da war. Etwas Weißes, das

sich in den Wasserstrudeln drehte wie ein großes Wäschestück.

Die Nase des Kahns schob sich bereits zwischen die triefenden Schleusenwände. Der Schiffer konzentrierte sich auf das Einfahrtmanöver und beugte sich nochmals über die Reling, stieß plötzlich einen Schrei aus und begann mit den Armen herumzufuchteln.

Die anderen, die wartend an Land standen – der Schleusenwärter, ein Fischer und weitere Schiffer –, traten neugierig näher.

Der Mann auf dem Lastkahn schob das weiße Ding mit seinem Bootshaken näher zum Ufer. Jetzt war zu erkennen, daß es ein menschlicher Körper war, fahl und völlig nackt. Der Kopf war nicht zu sehen, weil er schwerer war und unter Wasser hing.

Erst einmal mußte der Lastkahn in die Schleuse hinein. Der Fischer versuchte, vom Ufer aus die Leiche mit dem unteren Ende seiner Angelrute heranzuziehen, aber der Bambusstab war zu leicht, und das weiße Ding wich jedesmal noch weiter zurück, statt näher heranzukommen.

Sie standen zu viert oder zu fünft da und sahen zu; dann wurden es immer mehr. Die Leute von den festgemachten Schiffen kamen hinzu, eine Frau, die ihrem Baby die Brust gab, ein kleiner Junge, ein Angestellter der Gaswerke mit der Dienstmütze auf dem Kopf.

Einer der Schiffer ging wieder an Bord, sprang von dort in sein Beiboot und arbeitete sich zu der Leiche vor.

»Was gibt's denn da?« wandte sich im selben Augenblick jemand an Hans, aber der zuckte die Achseln.

Über alledem war ihnen entgangen, daß es nicht mehr

regnete und daß vom Kanal leichter Dunst aufzusteigen begann.

Der Mann im Beiboot versuchte zuerst, die Leiche mit dem Bootshaken heranzuziehen, und es war ein ziemlich abstoßender Anblick, weil die gekrümmte Eisenspitze ins Fleisch stach. Doch der Körper riß sich immer wieder los. Der Mann war einen Augenblick unschlüssig, wohl eher gehemmt als angewidert. ›Es geht halt nicht anders‹, schien der Blick zu besagen, den er den Zuschauern am Ufer zuwarf; dann bückte er sich tief hinunter, bekam das Ding zu fassen, hob es heraus und hielt es einen Moment im Arm wie eine sonderbar verrenkte Puppe. Schließlich ließ er es triefend ins Boot gleiten.

Es war eine Frau. Oder vielmehr ein ganz junges Mädchen... Sie hatten alle Zeit gehabt, das zu sehen. Und jetzt folgten sie am Ufer langsam dem Boot, das ein Stück weiter zu einer Stelle fuhr, wo es leichter anlegen konnte.

Die Leiche lag im Gras vor der Uferböschung, man hatte ein Stück Plane darübergebreitet. Ein Polizist stand daneben und hörte sich die Kommentare der Schaulustigen an.

Als Hans sich anschickte, den Quai zu überqueren und nach Hause zurückzugehen, folgten ihm unwillkürlich die Blicke der anderen – vielleicht, weil er das ›Ding‹ entdeckt hatte. Vielleicht auch, weil er im Pyjama war und eine fremde Sprache sprach.

Tante Maria war gerade heruntergekommen und blickte durchs Fenster.

»Da ist 'ne Leiche rausgefischt worden«, sagte Hans zu ihr.

»Hier wird alle paar Wochen jemand rausgezogen«, gab sie zurück. »Man könnte meinen, die machen das extra, die lassen sich grade hier bei uns antreiben…«

Hans fröstelte etwas, da sein Pyjama naß geworden war. Er ging in sein Zimmer und zog sich eine Jacke über, behielt die Schlafanzughose aber an und stieg wieder hinunter.

Auf der Treppe kam ihm Joseph entgegen; so direkt nach dem Aufstehen, noch ungewaschen, hatte er ein Gesicht wie aus Löschpapier.

»Was ist los?« erkundigte er sich. »Sieht fast so aus, als ob sie schon wieder einen Ertrunkenen rausgeholt haben…«

»Nicht einen – *eine.* Es ist 'ne Frau.«

»Ach so?«

»Ich glaub, es ist Sidonie…«

Kein Zweifel, Josephs Finger zitterten, und der Adamsapfel machte gleichzeitig auf seinem langen, mageren Hals einen wahren Sprung.

»Wer hat das gesagt?«

»Niemand. Ich eben… Übrigens, Cousin…«

»Was ist?«

»Ach, nichts…« Hans winkte ab und ging weiter. Es war einfacher so. Außerdem hatte er schon genug Zeit vertrödelt und wollte sehen, wie es da draußen weiterging.

Als er das Ufer erreichte, hatten sich mindestens fünfzig Personen eingefunden. Wenn man sich umdrehte, waren auch an Türen und Fenstern überall Leute.

Soeben kam schnaufend ein Mann hinter einem barfüßigen Jungen herbeigeeilt. Er war offensichtlich aus dem

Bett geholt worden und war ohne Hemdkragen und Krawatte.

Es war der Arzt. Er warf der neugierigen Menge einen vorwurfsvollen Blick zu, scheuchte sie zur Seite, bückte sich und hob einen Zipfel der Plane in die Höhe. Er brauchte die Leiche natürlich nicht zu untersuchen – tot ist tot... Aber er erkannte sie.

»Es ist Sidonie Pipi«, sagte er halblaut zu dem Polizisten.

Er hatte Sidonie mehrmals behandelt und sogar versucht, sie wegen ihrer Tuberkulose in ein Sanatorium zu schicken. Doch die Mutter, die weder an Ärzte noch an die Krankheit glaubte, war dagegen gewesen – zumal Sidonie in einem Schuhgeschäft als Verkäuferin arbeitete und etwas Geld heimbrachte.

»Der Kommissar kommt gleich, ja?«

Der Arzt warf erneut einen mißmutigen Blick auf die Leute, die da auf die Plane starrten. Er mußte warten.

Der Himmel war nicht mehr blaßblau wie vorhin noch, sondern rosa; nur ganz in der Ferne hatte sich etwas Blau gehalten. Jenseits des Kanals setzten die Schießübungen ein, und jeder Schuß zerfetzte die Luft. Ein Schiff verlangte tutend nach dem Schleusenwärter, der widerstrebend aufbrach.

Hans war der einzige, der nichts dabei fand, daß er nur mit einer Pyjamahose und einem grünlichen Jackett über dem nackten Oberkörper bekleidet war. Er merkte gar nicht, daß die anderen ihn groß ansahen und Kommentare über ihn abgaben. Er stand da und wartete auf Joseph, der auch endlich die Straße überquerte. Er war in Begleitung seiner Schwester Lisbeth.

»Ist es das da?« fragte Lisbeth, als sie des Häufchens unter der Plane ansichtig wurde. Sie fuhr fröstelnd zusammen und stammelte, während sie sich bereits abwandte: »Ich geh lieber wieder ...«

Auch Joseph wurde von der Seite angesehen, obwohl seine Kleidung tadellos in Ordnung und ganz unauffällig war. Ihn schauten die Leute an, weil er der Krull-Sohn war und die Krulls nicht ›dazugehörten‹.

Joseph sagte nichts. Er hatte lediglich den Arzt gegrüßt und sich dann zu Hans gesellt. Hin und wieder fuhr er mit dem Finger über die Oberlippe, über der sich Schweißperlen gebildet hatten.

Endlich traf der Kommissar ein. Er war mit dem Fahrrad gekommen, hob die Plane noch nicht einmal hoch, zog den Arzt beiseite und ging mit ihm eine Zeitlang auf und ab, wobei die beiden halblaut diskutierten und heftig gestikulierten.

Danach schickte der Kommissar einen seiner Leute mit einem Auftrag weg, stopfte sich seine Pfeife, zündete sie an, ging in Richtung Rideau-Werft und von dort aus weiter am Ufer entlang. Es war unschwer zu erraten, daß er zu Pipi wollte.

Fast alle folgten ihm, natürlich in einigem Abstand. Die ersten Straßenbahnen verkehrten; Pfeif- und Sirenensignale wiesen darauf hin, daß in Fabriken und Werkstätten die Arbeit begann.

Hans, der in der Menge mitmarschierte, zeigte sich nicht verwundert, daß Joseph immer noch neben ihm war.

»Sie wird besoffen sein«, sagte er nur.

Der Kahn, auf dem Pipi hauste, war kein richtiger Lastkahn von dreißig Metern und mehr, sondern ein kleiner, auseinandergebrochener Holländer, der mit der hinteren Hälfte auf Grund saß. Eine schwankende Planke bildete den einzigen Zugang.

Der Kommissar zögerte beim Anblick des Stegs, und als er dann an Deck war, beugte er sich über die Decksluke, klopfte, wartete, beugte sich wieder nach vorn und machte sich durch Rufen bemerkbar.

Schließlich tauchte Pipis Kopf auf. Jetzt am Morgen war ihr Gesicht aufgequollen und unförmig, die Augen groß und ausdruckslos.

Man konnte nicht hören, was der Kommissar zu ihr sagte. Sie war danach ein paar Sekunden verschwunden, tauchte dann wieder auf – Kopf, Körper, Beine –, stürzte auf den wackligen Steg los und brummte zu der Menge hinüber: »Wenn das kein Unglück ist!«

Es blieb jedoch offen, was ein Unglück war – daß die Leute hier herumstanden, um sich nichts entgehen zu lassen, oder die plötzliche Nachricht vom Tod ihrer Tochter.

Noch etwas fiel Hans auf, eine Nebensächlichkeit eigentlich: Pipi war schwer atmend losgelaufen, kam ganz nahe an Joseph vorbei, hielt einen Augenblick inne, wie um ihn etwas zu fragen, wurde dann aber vom eigenen Schwung weitergetragen und überholte den jungen Krull. Sie ging weiter und brabbelte etwas vor sich hin; die Menge – auch der Kommissar – folgte ihr in gebührendem Abstand.

Hans sah seine Tante und Anna im Ladeneingang stehen, erblickte aber weder den Onkel noch den Arbeiter. Auch nicht seine Cousine Lisbeth, die sicher völlig aus dem Häuschen war.

»Ich will sie sehen, hab ich gesagt!« schrie Pipi, und es war wie eine Herausforderung an die Adresse der Menge und der anwesenden Amtspersonen.

Als sie dann das Gesicht ihrer Tochter unter der Plane sah, war ihr Gesichtsausdruck eher haßerfüllt als schmerzlich.

»Wenn das kein Unglück ist…!«

Sie verzog den Mund wie zum Weinen, aber sie weinte nicht. Sie hätte etwas tun wollen, spürte, daß sie etwas tun mußte, wußte aber nicht, was, und wandte sich plötzlich mit geballter Faust an die Umstehenden und kreischte:

»Schämt ihr euch nicht, dazustehen und zu gaffen, ihr miesen Heuchler! Meint ihr vielleicht, ihr seid im Theater?«

Der Leichenwagen hielt direkt auf Höhe des Krullschen Geschäfts. Zwei Männer vom Leichenschauhaus überquerten mit einer Bahre die Gleise. Die Tote wurde nochmals kurz sichtbar, und die Schatten der Platanenblätter tanzten auf dem fahlen Körper.

»Wo wollt ihr mit meinem armen Kind jetzt noch hin?« fragte Pipi den Kommissar entsetzt.

Sie stank nach Schnaps. Sie war schmutzig. Die Leute wichen ihr aus; sie hatten genausoviel Angst vor ihren Flöhen wie vor ihren unflätigen Beschimpfungen.

»Du führst sie mir dann vor!« sagte der Kommissar zu einem der Polizeibeamten. Er selber fuhr lieber mit dem Fahrrad davon.

Der Polizist ging mit ihr weg und brachte sie offenbar aufs Kommissariat. Ein paar Leute folgten ihnen noch bis dorthin.

Der Arzt hatte einen der Honoratioren aus dem Viertel beiseite genommen, und Hans schnappte das Wort *Autopsie* auf.

Hans ging ins Haus zurück, setzte sich in die Küche und frühstückte ganz allein und wie automatisch. Als er zum Anziehen nach oben ging, sah er, daß Lisbeths Tür offenstand.

Das war natürlich Absicht. Sie tat so, als arbeitete sie; sie sah aufgelöst aus und hatte einen flehenden Ausdruck in den Augen.

»Ist das nicht grauenvoll, Hans«, seufzte sie. Tränen stiegen ihr in die Augen; man spürte es, man sah es, ihre Lider schwollen an, und ein Schluchzen verzog ihre Lippen. »Hans ...!«

Es ging nicht nur um Sidonie... Es war einfach alles. Auch die Nerven... Begriff er denn nicht, daß sie jetzt Zuspruch brauchte, daß sie an seine Brust gedrückt sein wollte, daß sie ein paar gute Worte hören mußte?

»Besonders hübsch war's nicht, stimmt!« bestätigte er. Seine in Tränen aufgelöste Cousine ließ ihn nämlich kalt, und er war entschlossen, sich die lästige Trösterei vom Hals zu halten.

Er trat in sein Zimmer, schloß die Tür, zog sein Jackett aus und füllte Wasser in die Waschschüssel.

Sie hatte sich noch nicht beruhigt nebenan, er spürte es. Er erriet, daß sie weinte; er stellte sich vor, wie sie das Taschentuch zerknüllte, wie sie das Gesicht verzog und trotz allem sicherlich mal einen kurzen Blick in den Spiegel riskierte, um ihr tränenüberströmtes Gesicht anzusehen.

Jetzt kam vom Flur das Rascheln eines Kleides. Stille.

Nichts regte sich. Dann ein unmerkliches Geräusch an der Tür, wie ein Kratzen.

Er hatte den Rasierpinsel in der Hand, seifte sich das Gesicht ein, und seine Augen funkelten boshaft.

»Hans…« Es war nur ein Seufzer, ein Hauch. Unten durfte man ja nichts hören. »Ich bin so unglücklich, Hans…«

Na, wenn schon… Er hatte nicht die geringste Lust, ihr die Tür zu öffnen. Im Gegenteil. Er hätte am liebsten vor ihrer Nase zugeschlossen. Sidonie war tot… Und da kam weiß Gott diese Lisbeth daher und war unglücklich!

Die nächste Ausgabe der Lokalzeitung erschien erst am kommenden Morgen, so daß man einen vollen Tag auf die offizielle Meldung warten mußte.

Trotzdem konnte man es sich schon viel früher zusammenreimen, daß etwas Ernstes im Gange war. Gleich um elf Uhr kam ein Wagen vorgefahren und hielt direkt vor dem Laden, so daß Tante Maria aufschreckte, weil sie dachte, die Leute wollten zu ihr.

Es war die Staatsanwaltschaft – vier dunkel gekleidete Herren, die die Gleise überquerten und zu dem an der Uferböschung wartenden Kommissar hinübergingen.

Im Hafengebiet herrschte längst wieder normales Treiben. Das Gehämmer der Zimmerleute von der Werft Rideau mischte sich unter die Gewehrschüsse von gegenüber, und von der Schleuse kam, immer wenn sie vollief oder Wasser abgelassen wurde, das gewohnte laute Rauschen.

Trotzdem hatte sich in kürzester Zeit eine Zuschauergruppe gebildet, wenngleich zögernder und zurückhaltender als am Morgen, weil der Richter und die Staatsanwälte ja Respektspersonen waren.

Hans kam über die Straße, die Hände in den Taschen vergraben, und als er sich zum Haus umwandte, sah er seinen Cousin Joseph, der in Hemdsärmeln in seinem Zimmer saß und über seine Arbeit gebeugt war.

»Wer hat die Leiche als erster gesehen?« fragte der Untersuchungsrichter gerade.

»Der Schiffer von der *Belle Hélène*«, gab der Kommissar zur Antwort. »Ich habe ihm die Weiterfahrt gestattet. Ich dachte, das läßt sich vertreten, nachdem ich seine Aussage ja aufgenommen habe...«

»*Ich* hab die Leiche entdeckt«, meldete sich Hans und trat etwas näher.

Sein starker Akzent und sein schlechtes Französisch riefen allgemeines Stirnrunzeln hervor. Die Herren sahen sich gegenseitig an und schienen sich fragen zu wollen: ›Wo kommt denn *der* her?‹

»Ich war etwas an die Luft gegangen... Ich wohne gegenüber, bei meinem Onkel Krull. Ich hab da was an der Schiffsschraube gesehen, und...«

»Möchten Sie ihn vernehmen, Kommissar?«

»Ich lade ihn später vor...«

Hans blieb. Sie wußten nicht, wie sie ihn loswerden sollten.

»Ich danke Ihnen«, sagte der Untersuchungsrichter.

Hans trat nur ein wenig beiseite und spitzte die Ohren.

»Was sagt die Mutter?«

»Also, im ersten Schock hat sie behauptet, Potut sei's gewesen...«

»Wer ist Potut?«

»Das ist der Mann, mit dem sie mehr oder weniger ehelich zusammenlebt... Wenn Sie möchten, können wir uns das Boot gleich ansehen. Da wimmelt's aber von Ungeziefer. Man braucht nur einen Fuß an Deck zu setzen, und schon springen einen die Flöhe an.«

»Aber dieser Potut, was ist das für einer?«

»Ein Mann, der mal bessere Tage gesehen, der was gelernt hat... Ich glaube, er ist früher Croupier gewesen. Jetzt ist er von früh bis spät betrunken, ganz wie seine Freundin. Morgens treibt er sich immer mal auf dem Gemüsemarkt herum, wo er ab und zu ein paar Handlangerdienste verrichtet. Aber in Wirklichkeit läßt er sich von ihr aushalten.«

»Wo ist er jetzt?«

»Das wissen wir nicht, aber den finden wir schnell. Manchmal taucht er zwei, drei Tage ab, um in irgendeinem Winkel seinen Rausch auszuschlafen... Heute nacht ist er nicht aufs Boot gekommen; allerdings haben wir jetzt den Jahrmarkt in Sainte-Marguerite, und da fällt für Leute wie ihn immer noch was ab hinterher...«

Der Untersuchungsrichter warf Hans, der die Unterredung allzu offenkundig verfolgte, einen strengen Blick zu. Der junge Mann tat jedoch so, als habe er nichts gemerkt, und steckte sich eine Zigarette an.

»Und die Kleine?«

»Nun ja, was soll man da erwarten, bei diesen ganzen losen Sitten... Potut hat es offenbar schon mal versucht bei ihr. Und der Kahn hat nur einen einzigen Raum, den man als bewohnbar bezeichnen könnte...«

»Ist das einwandfrei ermittelt, daß sie erwürgt wurde?« fragte der Staatsanwaltsvertreter.

»Erwürgt und vergewaltigt... Und zwar direkt hier; es sind Spuren im Gras festgestellt worden. Jetzt müssen wir noch die Kleider finden, die wahrscheinlich im Kanal sind.«

»Und ihre Schuhe?« erkundigte sich wieder der Staatsanwalt.

»Schuhe und Strümpfe hatte sie noch an.«

Von Zeit zu Zeit schaute Hans auf die andere Straßenseite, und sein Blick blieb an dem einen Fenster hängen, hinter dem sich blendendweiße Hemdsärmel gegen das dunklere Zimmer abhoben und ein Kopf mit Bürstenschnitt über ein dickes Heft gebeugt war.

»Ich werde ein paar Leute beauftragen, den Kanal mit Haken abzusuchen.«

»Was haben Sie mit Pipi gemacht?«

»Laufenlassen... Sie wird in irgendeiner Kneipe sein. Nachdem sie Potut so gut wie der Tat bezichtigt hatte und ich ihr die Aussage vorgelesen habe, hat sie mich verwundert angesehen, alles abgestritten und geschworen, so etwas nie gesagt zu haben: Potut sei gar nicht fähig, ihrer Tochter etwas anzutun... Da sehen Sie mal, was für eine dankbare Aufgabe wir haben! Und nachher, wenn sie ordentlich getrunken hat, da wird sich's sicher noch mal ganz anders anhören...«

Der Untersuchungsrichter hatte einen goldenen Drehbleistift hervorgezogen und notierte sich einiges in ein winziges und überaus elegantes Notizbuch.

»Lassen Sie uns jetzt trotzdem zu ihrem Kahn gehen«, entschied er.

Dann drehte er sich zu Hans um, runzelte die Brauen und sagte von oben herab:

»Was Sie betrifft, Sie werden gegebenenfalls zur Einvernahme ins Kommissariat bestellt...«

Das hinderte Hans jedoch nicht, mit einigen anderen der Gruppe zu folgen, die am Kanal entlang bis zu Pipis Kahn ging, vor dem schwankenden Steg aber unschlüssig stehenblieb.

»Vielleicht sollten wir uns einen anderen Steg beschaffen?« meinte der Staatsanwaltsvertreter.

Der Kommissar erbot sich schließlich, zur Schiffswerft zu gehen und nach einer geeigneten Planke zu fragen.

Die anderen Herren hatten es nicht eilig. Sie begannen zu rauchen und besahen sich die nähere Umgebung.

»Das eigenartige an der Sache ist«, fing der Untersuchungsrichter an und biß dabei das Ende einer Zigarre ab, »daß diese Sidonie laut Auskunft des Gerichtsmediziners gestern abend noch Jungfrau war...«

Bei diesen Worten trat ein vielsagendes Lächeln auf seine Lippen. »Wirklich eigenartig!« wiederholte er, während er ein Streichholz anzündete. »Finden Sie nicht auch?«

»Ich finde es eigenartig«, erhielt er zur Antwort, »daß niemand etwas gehört hat, wenn sich das hier am Ufer abgespielt hat... Es hatten in der Nähe Lastkähne festgemacht, und da sind auch die Häuser.«

»Wenn man ihr sofort die Kehle zugedrückt hat...«

»Glauben Sie, sie hat den Täter gekannt?«

»Es spricht vieles dafür... Sie ist sicher mit ihm spazierengegangen.«

Ein Halbwüchsiger stand in der Nähe von Hans und

spitzte seine großen abstehenden Ohren; in weniger als fünf Meter Entfernung wälzten sich zwei Kinder im Gras wie junge Hunde.

Auf einem der Schiffe stand eine Frau und wusch ihre Wäsche, und dabei fiel Hans die Werbung für *Amidon Remy* und *Bleu Reckitt* wieder ein.

Die Herren von der Staatsanwaltschaft schlugen die Hosenbeine hoch, als sie durch die Decksluke einstiegen, trafen diverse Vorsichtsmaßnahmen und stießen kleine spitze Schreie aus wie junge Damen, die Angst haben, sich schmutzig zu machen.

Im gleichen Augenblick betrat Pipi den Krull-Laden, die Pupillen bereits geweitet wie sonst erst gegen Abend. Sie sah Tante Maria, die ihre erklärte Feindin war, hart an.

»Altes Miststück«, schleuderte sie ihr zur Begrüßung entgegen.

Sie marschierte stracks zu dem kleinen Tresen am Ende des Ladentischs.

»Also schenkst du mir was ein?« knurrte sie.

Tante Maria seufzte und griff nach der Rumflasche mit dem Spezialverschluß: Da öffnete sich eine Art Schnabel, sobald man die Flasche schräg hielt.

»Pipi, Sie Ärmste ...«

»Ich hab's nicht nötig, bedauert zu werden!«

»Jetzt sehen Sie mal, wohin das führt!«

Vielleicht brauchte Tante Maria Pipi genauso dringend wie Pipi Tante Maria. Pipi konnte hier regelmäßig ihre Wut abladen; bei den Krulls hatte sie einen Ort, an dem sie gleichzeitig trinken und herumpöbeln konnte. Tante Maria ihrerseits hatte dadurch die Möglichkeit, diesem Ausbund an menschlicher Verkommenheit im Vollgefühl der eigenen Tugendhaftigkeit gegenüberzutreten.

»Schämen sollten Sie sich, an einem Tag wie heute auch noch zu trinken...«

Worauf die bereits betrunkene Pipi erwiderte:

»Wann denn, wenn nicht an einem Tag wie heute? Wenn man deine Tochter vergewaltigt und umgebracht hätte...«

Und plötzlich weinte sie laut los.

## 3

Mindestens zehn Tage sollten vergehen zwischen dem Abend, an dem die tote Sidonie nackt in den Kanal geworfen wurde, und dem Augenblick, in dem sie ein weiteres Mal die Gemüter bewegte – diesmal allerdings nicht mehr als das arme und geschändete kleine Mädchen, sondern als Mitwirkende in einer Tragödie, die über die Bedeutung ihrer realen Person hinausging. Zehn Tage, in denen es sozusagen überhaupt keine Sidonie gab; weder die Sidonie aus Fleisch und Blut, die ja nicht mehr lebte, noch die andere, die noch nicht existierte.

Von keiner Seite steckte eine Absicht dahinter. Es wurde keinerlei Scherbengericht gegen sie abgehalten.

Der Kommissar und die Staatsanwaltschaft waren tätig geworden, und eine kleine Menschentraube war ihnen den Kanal entlang gefolgt.

Die Redaktion der Tageszeitung glaubte die Ereignisse korrekt recherchiert zu haben, als sie am kommenden Morgen im Lokalteil folgende Meldung brachte:

*Im Stadtteil Saint-Léonard wurde am gestrigen Montag die Leiche der Verkäuferin Sidonie S. von Schiffern in der Nähe der Schleuse aus dem Kanal geborgen. Die Autopsie hat ergeben, daß das Mädchen einem Sexualverbrechen zum Opfer gefallen und erwürgt worden ist, ehe sie ins Wasser geworfen wurde. Die Tat dürfte bereits am Sonntag abend begangen worden sein. Polizei und Staatsanwaltschaft haben die Ermittlungen aufgenommen.*

Im Lokalteil war der Umbruch Glückssache, so daß die letzten beiden Zeilen der Meldung an anderer Stelle und ohne Überschrift folgten:

*Ein Mann namens Potut ist unter Tatverdacht vorläufig festgenommen worden. Seine Einvernahme stand bei Redaktionsschluß noch aus, da er volltrunken war.*

Was es an den folgenden Tagen sonst noch gab?

Es gab eine Hitzewelle. Das Wasser im Kanal begann zu stinken, wie in jedem Sommer.

Man mußte überall Fliegenfänger aufhängen, und sie waren in kürzester Zeit mit einem summenden schwarzen Film überzogen.

In den Schulen war Zeugnisausgabe, und die Schüler mit besonders guten Leistungen bekamen einen Preis.

Neben der Werft Rideau hatte sich ein Mann mit einem komischen Karussell niedergelassen, das von einem Pony angetrieben wurde. Vielleicht hatte der Mann nicht gewußt, wo er in den Ferien bleiben sollte; von Zeit zu Zeit setzte er das Karussell in Gang, und die schrille Musik tönte bis zur Schleuse hinüber.

Wenn jemand Tante Maria gefragt hätte, ob es einen ›Fall Sidonie‹ geben würde, dann hätte sie das bestimmt verneint. Und dabei hatte sie sonst immer Vorahnungen. Aber schließlich hatte sie am Tag, als die Leiche entdeckt wurde, auch ganz andere Dinge im Kopf gehabt.

Ihre Schaufensterauslage türmte sich gerade so hoch auf, daß sie noch darüber hinwegblicken konnte. Wenn sie also aufrecht dastand, konnte sie sehen, was draußen vor sich ging, ohne sich auf die Zehenspitzen stellen zu müssen.

Die Passanten andererseits, die von draußen die Auslage betrachteten, schreckten oft zusammen, wenn sie sich plötzlich mit der oberen Hälfte ihres Gesichts konfrontiert sahen, den Augen, der Stirn, den silbergrauen Haaren, die sich gegen das Halbdunkel des Ladens abhoben. Und manche gingen dann weiter und waren verärgert oder unangenehm berührt, als ob man ihnen zu nahe getreten sei.

An jenem Tag blickte Tante Maria zum Kanalufer hinüber, wo ein ungewöhnliches Treiben herrschte. Neugierige sahen vom Ufer aus zu, wie die Mannschaften zweier Boote mit ihren Bootshaken nach Sidonies Kleidern suchten.

Maria Krulls Blick wanderte jedoch nicht zu ihnen, sondern zu Hans. Er war es, der sie auf die Palme brachte, weil er schwätzend von einer Gruppe zur anderen zog – im hellgrauen Anzug, mit offenem Hemd und ohne Hut. Schon allein daran war er genau zu erkennen, aber auch an seinem allzu ungezwungenen Auftreten. Und da sein Französisch noch etwas dürftig war und er einen gräßlichen Akzent hatte, kam er auch nicht drum herum, sich durch Gesten verständlich zu machen.

Tante Maria riß der Geduldsfaden. Sie stieß die Küchentür auf. »Das muß ihm unbedingt jemand sagen …«, wandte sie sich an Anna.

Anna durfte den Laden für gewöhnlich ebensowenig betreten wie Lisbeth; für junge Mädchen ziemte es sich nicht, am Schanktisch zu stehen. Das war das Ressort von Tante Maria, die sich auch von dem unverfrorensten Säufer nicht beeindrucken ließ und ihn notfalls energisch hinauswarf. Annas Reich war die Küche, aber ihre Mutter machte zwischen zwei Kunden immer mal die Glastür mit der Spitzengardine auf und schaute herein.

An dem bewußten Tag schaute sie viel öfter als sonst herein, knüpfte immer wieder da an, wo sie aufgehört hatte, und brachte – seufzend und von einem Satz zum andern – eine richtige Konversation zustande, die sich über den Tag erstreckte.

»Als ob die Leute es uns nicht schon genug spüren ließen, daß wir Ausländer sind! Wenn er wenigstens nicht noch überall seine Nase reinsteckte!«

Es war Bestecktag heute, und Anna polierte Messer und anderes Besteck mit einer rosa Paste, von der ein scharfer Geruch ausging.

Tante Maria kam und ging, trat aus dem Laden und seinen Gerüchen in die Küche, wo es nach Suppe und nach der Paste roch. Ihre Stirn war sorgenvoll in Falten gezogen, und die Hände lagen flach auf dem Bauch.

»Man müßte ihm sagen, daß er nicht mit den Nachbarn reden soll! In der Stadt drin ist es egal, da kann er sich ansehen, was er will. Aber hier, in unserem Viertel... Bestimmt erzählt er überall herum, daß er Deutscher ist...«

Sie hatte den Kopf leicht nach rechts geneigt; sie litt jetzt schon so lange darunter, Deutsche zu sein, daß sie die Jahre nicht mehr zählte.

Die Ladenglocke. Von der Küche aus war zu hören, wie Tante Maria jenseits der Tür schon wieder aufseufzte: Fast alle ihre Kundinnen waren immerzu unglücklich, und sie stimmte dann in deren Klagelied ein.

»Sie sollten der Kleinen stündlich Zuckerwasser geben«, empfahl sie der Frau eines Schiffers, die ein grünlich verfärbtes Baby auf dem Arm hatte. »Als ich damals mein Drittes hatte...«

Über der Auslage erschienen wieder die Stirn, die Augen, die weißen Haare von Tante Maria. »Jesus, Maria!« Sie hatte die Küchentür wieder aufgemacht. »Weißt du, was er jetzt macht? Er ist mit den Leuten von der Polizei auf einem der Boote und hilft ihnen, den Kanal abzusuchen...!«

»Ich mag ihn nicht!« hatte Anna ein für allemal erklärt. Und in ihren Augen hatte ein schwer zu deutender Ausdruck von Groll und von geheimen Gedanken gelegen.

Joseph saß oben und arbeitete. Er arbeitete viel zuviel seit einiger Zeit, und wenn er zu den Mahlzeiten herunterkam, hatte er einen Teint, der an helles Pappmaché erinnerte. Er zwinkerte ständig und sah manchmal aus wie ein Vogel, der von der Sonne geblendet wird.

»Du solltest mal etwas an die Luft...«

»Ich kann noch lang genug an die Luft, wenn ich meine Dissertation fertig habe...«

Er kam auf seine Mutter hinaus; auch er hatte stets diese schmerzerfüllte, würdevoll-resignierte Miene, als ob er mit Hiob sagen wollte: ›Der Herr hat mich gestraft – gelobt sei sein heiliger Name!‹

Als Joseph an diesem Abend zum Essen herunterkam, merkte er an dem undurchdringlichen Schweigen seiner Mutter, den Blicken seiner Schwester Anna und der aufgesetzt wirkenden Heiterkeit von Hans, daß etwas im Gange war.

»Sie haben die Kleider jetzt endlich rausgefischt«, sagte Hans gerade. »Sie sind ihr offenbar wirklich Stück um Stück vom Leib gerissen worden …«

Tante Maria hüstelte und wies mit den Augen auf Lisbeth, was Hans nicht sofort begriff. Aber dann, als er es kapiert hatte, verbarg er sein Lächeln hinter einer kleinen Grimasse.

So kam es, daß über Sidonie nicht gesprochen wurde. Es wurde eigentlich über gar nichts gesprochen – höchstens über die Hitze, die Trockenheit, die womöglich den Verkehr auf dem Kanal lahmlegen könnte, wenn sie weiter anhielt. Wie vor zwei Jahren, als der Wasserstand einen Monat lang zu niedrig gewesen war.

Da war etwas Undefinierbares in der Haltung von Tante Maria, als sie vom Tisch aufstanden. Etwas, das nur für die Krulls verständlich war, das zu bedeuten hatte: ›Bleibt noch da … Laßt Hans gehen … Wir müssen miteinander reden.‹

Hans, der einen gewissen Spürsinn hatte, merkte es trotzdem, und das machte ihm noch mehr Spaß. Er beschloß dennoch, das Haus zu verlassen. »Ich geh eben mal in die Stadt! Ich bin bald wieder zurück …«, verkündete er.

Maria Krull schälte Kartoffeln, weil sie immer etwas zu tun haben mußte. Es wurde kein Licht angemacht. Im Sommer blieben die Krulls gern im Dämmerlicht sitzen, bis man wirklich nichts mehr sah. Sofern sie sich nicht auf die Schwelle setzten, ließen sie die Laden- und auch die Küchentür offen, so daß sie wie in einem Bildausschnitt ein Stück Kanal mit dem vollen Grün der Bäume vor sich hatten.

»Hör mal, Joseph … Du solltest vielleicht mit ihm reden … So wart doch noch einen Moment!«

Joseph hatte nämlich schon wieder in sein Zimmer hinaufgewollt, um sich in seine Arbeit zu vertiefen.

»Vorhin ist er zu mir in den Laden gekommen … Ob ich nicht ein wenig Kleingeld für ihn hätte, wollte er wissen – einfach so, völlig ungeniert!«

Der alte Krull saß in seinem Sessel; der dünne Pfeifenrauch umgab ihn in dem dämmrigen Raum wie ein Heiligenschein. Er hielt die Lider gesenkt, so daß nicht zu erkennen war, ob er die Augen geöffnet oder geschlossen hatte.

»Ich dachte«, fuhr Tante Maria fort, »er hat bloß keine Lust, oben seine Brieftasche zu holen … Und hab ihn deswegen gefragt, wieviel er braucht. ›Geben Sie mir ruhig mal hundert Franc‹, hat er gesagt.«

Lisbeth stand auf und ging hinaus, ohne konkreten Anlaß, denn um die Zeit übte sie nicht am Klavier. Die anderen wußten nicht, in welchen Winkel sie sich verkroch.

»Daraufhin hat er mir erzählt«, nahm Madame Krull ihren Monolog wieder auf, und das Geräusch der in den Eimer fallenden Kartoffeln war wie eine Betonung ihrer Worte, »daß er sein Geld nicht aus Deutschland herausschaffen konnte; daß die Zöllner sehr streng sind und er riskiert hätte, ins Gefängnis oder ins Konzentrationslager zu kommen … Was hältst du davon, Joseph?«

»Ich weiß nicht …« Joseph war stehengeblieben. Er war

so groß, daß er mit dem Kopf an den Türrahmen zu stoßen schien.

»Hat er dir nicht gesagt, wie lang er vorhat hierzubleiben?«

»Davon hat er mir nichts gesagt.«

»Du solltest ihn mal geschickt aushorchen... Unter Hemmungen scheint er nicht gerade zu leiden! Glaubst du nicht auch, daß er ein Schnorrer ist?«

Das Wort ›Schnorrer‹ hatte in ihrem Mund einen besonderen Klang – Unehrlichkeit, schlechte Manieren, Ungehörigkeit, das alles schwang in ihrer Stimme mit.

»Wir sind jetzt schon so schlecht angesehen!«

»Da übertreibst du, Mama!« meinte Joseph lahm.

»Kennst du vielleicht jemanden aus der Nachbarschaft, der bei uns einkaufen kommt? Die gehen alle lieber fünfhundert Meter weiter zum nächsten Laden...«

Es war sehr eigenartig. Sie weinte nicht. Sie weinte nie. Abends jedoch, wenn sie ihren Gedanken freien Lauf ließ, begann sie oft monoton zu lamentieren, und da ihre Augen dann nicht zu sehen waren, hätte man Tränen in ihnen vermuten können.

»Du solltest wirklich mal mit ihm reden, Joseph!«

»Nein, Mama. Das mußt *du* schon tun...«

»Man könnte meinen«, knurrte Anna, »ihr habt alle Angst vor ihm!«

In der Zeitung stand kein Wort mehr über Sidonie. Sogar im Viertel wurde kaum mehr über sie gesprochen – zum einen, weil man Potut verhaftet hatte und die Sache demnach kein Geheimnis mehr barg, und zum anderen, weil die Leute Kinder hatten und in ihrer Gegenwart solche Themen lieber vermieden.

Selbst der Kommissar dachte nicht, daß es jemals einen ›Fall Sidonie‹ geben würde…

Man hatte ihm Potut herbeigeschafft; der war sternhagelvoll in einem Bahnhofswartesaal aufgegriffen worden, wo er des öfteren übernachtete.

Der Kommissar hatte ihn aber erst am nächsten Tag in seinem Büro vorführen lassen.

»Was hast du vorgestern gemacht?« hatte er ihn angeschnauzt.

Der Ex-Croupier war eine eigentümliche Mischung, teils blöde und doch schlau. Das bedeutete, daß er meistens im Tran durch die Gegend torkelte – und einen plötzlich mit seinem messerscharfen Blick in Verlegenheit bringen konnte.

»Du willst mir also nicht sagen, was du gemacht hast?«

Man schob ihm daraufhin ein Foto von Sidonies Leiche hin. Es war im Leichenschauhaus aufgenommen worden und alles andere als schön.

»Wer ist das?«

Pipis Liebhaber mußte für die Nähe eine Brille aufsetzen. Er zog sie aus der Tasche. Die Gläser waren verdreckt, weil er sie zusammen mit Zigarettenkippen, Papierfetzen, Schnürchen und anderem Zeug aufbewahrte.

Als er Sidonie erkannt hatte, schwang er sich bloß zu einem »Du meine Güte…« auf. Und er wiederholte es vier- oder fünfmal: »Du meine Güte, ach, du meine Güte…«

»Schämst du dich nicht, du altes Schwein? Und mußtest du sie auch noch erwürgen?«

Der Kommissar rauchte Pfeife. Er hatte Zeit. Ab und zu

wandte er sich zu seinem Schreiber um und zwinkerte ihm zu.

»Wann ist das denn passiert?« wollte Potut jetzt immerhin wissen.

»Am Sonntag abend. Tu doch nicht so, als ob du's nicht wüßtest!«

»Und wenn ich Ihnen sagen kann, wo ich am Sonntag abend war?«

»Großer Gott! Soll das etwa ein Alibi ...«

»Ich war mit einem Kumpel aus Marseille zusammen!«

»Was für ein Kumpel aus Marseille?«

»Ich kenn ihn auch nicht näher ... Ich hab ihn ein- oder zweimal oben in Abbesses getroffen ... Das ist einer, der was auf dem Kasten hat, mit dem man sich unterhalten kann.«

Potut rückte nach und nach mit seiner Geschichte heraus. Am Sonntag abend hatten sie sich auf einer Parkbank kennengelernt, der aus Marseille und er. Der andere, ein zerlumpter Clochard, aß gerade ein Stück Brot, das er von den Bewohnern eines Wohnwagens bekommen hatte. Potut hatte ihn gefragt, ob er nicht auch Durst habe, und der andere hatte zurückgefragt, ob Potut Geld habe ... »Wenn meine Alte nicht daheim ist, könnte ich unter der Matratze vielleicht was finden«, hatte er geantwortet.

Es war Jahrmarkt gewesen. Sie waren bis zum Kanal getrottet. Potuts neuer Freund war ein Stück zurückgeblieben, während Potut selbst sich wie ein Lausbub an den Kahn herangepirscht hatte. Pipi hatte schon geschnarcht, und ihr Schlaf war so tief und schwer, daß er es geschafft hatte, die sechsunddreißig Franc an sich zu nehmen, die sie unter der Matratze hatte.

»Drei Zehn-Franc-Stücke, einen Fünfer und noch einen Franc«, präzisierte Potut.

Danach waren sie auf Sauftour gegangen, hatten sich mit weichen Knien und bleiernen Füßen von einer Kneipe zur anderen geschleppt. Irgendwann war Potut am Bahnhof gestrandet, und was hinterher war, wußte er nicht mehr.

»Werden wir ja sehen, ob der aufzutreiben ist, dein Kumpel aus Marseille. Sollte mich doch sehr wundern...«

»Ich kann Ihnen sogar sagen, worüber wir gesprochen haben!«

»Das interessiert mich nicht... Jedenfalls kommst du erst mal hinter Gitter!«

Pipi wurde zweimal innerhalb von vierundzwanzig Stunden festgenommen. Sie trank mehr denn je und legte sich, betrunken, wie sie war, mit den Polizeibeamten an – beschimpfte sie, warf ihnen vor, zugelassen zu haben, daß ihre Tochter vergewaltigt und umgebracht worden war.

In der Nacht war es jetzt fast genauso heiß wie tagsüber. Die Fenster standen im ganzen Viertel offen, und draußen auf der Straße meinte man förmlich zu spüren, wie die Leute sich verschwitzt, unbehaglich und von Schnaken belästigt im Bett hin und her wälzten.

Es war Dienstag vormittag, als Hans, der sich überall im Haus herumtrieb, plötzlich bei Anna auftauchte. Er setzte sich ihr gegenüber rittlings auf einen Stuhl.

Lisbeth war zum Klavierunterricht gegangen. Hans war es seit zwei Tagen nicht geglückt, sie irgendwo allein anzutreffen, und wenn sie auf ihr Zimmer ging, schloß sie hinter sich ab.

Hin und wieder stieß Hans die Tür zu Josephs Zimmer auf, doch der hockte jedesmal wie besessen über seiner Arbeit, sah dann verärgert auf, setzte wieder zum Schreiben an und entzog sich jedem Gespräch.

»Man sollte ihm sagen, daß er Joseph nicht die ganze Zeit stören soll«, hatte Tante Maria aufgeseufzt, als sie den Kopf wieder einmal durch die Küchentür steckte.

›Man sollte ihm sagen …‹ Das wurde fast zum Ohrwurm. Man sollte ihm vieles sagen, aber niemand tat es. Alle begnügten sich, hinter seinem Rücken darüber zu sprechen.

Es war irritierend, ihn im Haus zu wissen. Er lümmelte und stöberte überall herum, ließ sich mal hier und mal dort nieder und summte deutsche Lieder vor sich hin, wenn er in den Laden kam – ganz egal, ob Kundinnen da waren oder nicht.

»Und dabei versuch ich doch, ihm das begreiflich zu machen …«, sagte Tante Maria.

Hans begriff nichts oder wollte nichts begreifen, und er gab sich immer munter und guter Dinge.

»Na, Cousine Anna, immer noch so finster?«

Anna schrubbte an diesem Morgen den Herd. Sie hatte das Haar mit einem Taschentuch zusammengebunden, ihr Gesicht war voller Rußflecken und sie dementsprechend kratzbürstig.

»Ich bin nicht finster!«

»Wollen Sie mir erzählen, daß Sie heiter sind?«

»Finden *Sie* das Leben vielleicht heiter?«

»Na, und ob!«

»Das können Sie nur sagen, weil Sie nicht von klein auf hier im Haus wohnen!«

»Das ist es ja gerade! Ich bin noch nie in einem reizvolleren Haus gewesen.«

Sie warf ihm einen kurzen Blick zu, weil sie dachte, das sei Hohn. Aber nein... Oder aber er verstellte sich meisterhaft.

»Es ist so wunderbar warm und gemütlich... Und diese Ruhe!«

Madame Krull kam herein, stieß bei Hans' Anblick einen Seufzer aus, machte den Mund auf und dann wortlos wieder zu.

Der Arbeiter in der Werkstatt war der einzige, der, während er seine Weidenruten schälte, über die Späße von Hans lachte und den Geschichten gern zuhörte, die der Deutsche ihm erzählte.

Sidonie kam nicht zur Sprache. Es gab keinen ›Fall Sidonie‹, schon eher einen familieninternen ›Fall Hans‹.

»Wenn er noch mal Geld von mir will...«

»Ich hoffe, wir müssen nicht noch für ihn aufkommen...«

»Jemand sollte ihm sagen, daß...«

Aber da war niemand, der es ihm sagte. Besonders ärgerlich für die Krulls war, daß sie den Eindruck hatten, er wisse Bescheid und durchschaue das ganze Getuschel um seine Person.

Lisbeths Nase war so spitz wie nie. Sie aß kaum etwas. Und wenn man sie darauf ansprach, behauptete sie, es sei wegen der Hitze – woraufhin Hans sie mit boshaft funkelnden Augen ansah.

Dann kam schließlich der Mittwoch abend. Sie waren alle aufgestanden und gingen nach oben, um sich schlafen zu legen. Der alte Krull hatte jedem mit dem Daumen ein kleines Kreuzzeichen auf die Stirn gemacht, und die Gebärde erinnerte an ein Kirchenfenstermotiv.

»Bis nachher dann, in meinem Zimmer ...«, raunte Hans seiner Cousine Lisbeth auf der Treppe zu.

Oben ließ er das Fenster offen, lehnte sich auf die Fensterbank, rauchte eine Zigarette und hörte zu, wie die anderen sich in ihren Zimmern auszogen und zu Bett gingen.

Joseph schlief noch nicht und hatte sich nicht hingelegt. Wenn Hans sich etwas weiter hinausbeugte, sah er an seinem Fenster einen Lichtschimmer.

Unten auf dem Quai war kein Mensch zu sehen. Die Schleppkähne lagen reglos auf dem wie für Zeit und Ewigkeit schwarz glänzenden Wasser – die reinste Kulisse für ein Trauerspiel.

Hans wandte sich plötzlich um. Er hatte nicht gehört, wie die Tür geöffnet oder geschlossen worden war, er hatte auch keine Schritte wahrgenommen. Dennoch war er kaum verwundert, Lisbeth hinter sich stehen zu sehen.

Sie hielt sich steif und gerade, die Augen standen groß und fiebrig in ihrem ernsten und bleichen Gesicht. Sie sah ihn an, und er hatte einen Moment das Gefühl, eine Schlafwandlerin vor sich zu haben.

»Kommen Sie, Lisbeth, setzen Sie sich«, flüsterte er und zog sie zum Bettrand.

Sie hielt sich immer noch steif, setzte ihm aber keinen Widerstand entgegen.

»Ich bin wirklich froh, daß Sie gekommen sind ... Ich hab mich schon gefragt, ob Sie womöglich böse sind ...«

Das war der kritische Augenblick. Das Eis mußte gebrochen, die Leblose wieder animiert werden. Die Gedanken, die sich seit Tagen in ihrem Köpfchen angesammelt hatten, mußten vertrieben werden.

»Kommen Sie her zu mir, ganz nah...«

»Hören Sie, Hans, ich bin hier, weil ich ernsthaft mit Ihnen reden...«

»Pst!«

Zum einen konnte man sie hören. Und zum anderen hatte er nicht die geringste Lust, ernsthaft zu reden.

»Ich weiß nicht, was Sie sich denken, aber wenn Sie mich jetzt allein ließen...«

Es passierte zweierlei – gleichzeitig zwar, aber auf verschiedenen Ebenen.

Und Hans brachte es fertig, das eine ebenso aufmerksam zu registrieren wie das andere.

Da war Lisbeth, die sich mit einer unglaublichen Kraft an ihn klammerte und so heftig zu schluchzen begann, daß man meinte, das ganze Haus müßte es hören. Aber das machte ihm nichts aus. Das war sehr gut so. Er brauchte sie nur weinen zu lassen, sie liebevoll zu streicheln und an sich zu drücken.

Doch da war noch etwas anderes, einen Stock tiefer. Das typische Knarren einer vorsichtig geöffneten Tür. Und Hans wußte inzwischen, was das zu bedeuten hatte: Joseph – seine Zimmertür war es gewesen – hatte etwas gehört und stieg wohl schon lautlos die Treppe hinauf. In einigen Sekunden würde er mit dem Ohr an der Tür hängen oder durchs Schlüsselloch schauen.

»Armes Lisbethchen, Sie sind ein liebes kleines Mädchen... Ich mag Sie sehr gern...«, flüsterte er ihr ins Ohr.

Er wußte, daß sie alles hörte, was er sagte, auch wenn sie weinte. Und daß sie darauf wartete, wie es weiterging.

»... sehr, sehr gern«, wiederholte er. »Aber sie muß vernünftig sein, die kleine Lisbeth... Sie darf nicht so weinen... Sie muß...«

Es war noch zu früh. Sie war noch nicht soweit. Er ließ es also dabei bewenden, ihr über Stirn und Wangen zu streicheln und dann seine Wange an die ihre zu legen.

Kurz danach verlor sie erneut die Beherrschung, klammerte sich in einem heftigen Impuls noch stärker an ihn als das erste Mal.

»Wenn Sie ohne mich weggehen, bring ich mich um!« sagte sie. »In diesem Haus kann ich nicht mehr leben...«

»Dann gehen wir eben gemeinsam weg...«

Er nahm einfach nichts tragisch. Er schien ein fieberndes Kind zu wiegen, was seine Hände jedoch nicht daran hinderte, ihr jetzt liebkosend über den Körper zu streicheln.

»Wann...?«

»Eines Tages... Bald...«

Die Vorstellung, daß Joseph vor der Tür stand, ließ ihn nicht los. ›Hoffentlich bleibt er noch eine Weile!‹ dachte er, weil es wahrscheinlich noch ein bißchen dauern würde – eine halbe Stunde oder eine Stunde...

Das Zimmer lag im Dunkeln, und der Himmel schien durch das weit geöffnete Fenster hereinzuwachsen. Weiter weg hörte man das Quaken von Fröschen und das Keuchen einer Lok, die irgendwo in einem Bahnhof stand und sich nicht zum Aufbruch entschließen konnte.

»Pst! Kein Wort mehr, kleine Lisbeth...«

Jetzt redete Hans auf sie ein; er sagte ihr ins Ohr, was ihm gerade einfiel, und es dauerte dann etwas mehr als eine halbe, aber weniger als eine Stunde.

Lisbeth wurde wieder ganz steif, denn es machte ihr noch angst. Ihre Nasenflügel zogen sich zusammen.

»Ganz ruhig, kleine Lisbeth ... Wir beide zusammen ...«

Er hörte jetzt fast Josephs Atemzüge auf dem Flur. Klar und deutlich hörte er, wie sich Tante Maria im Bett umdrehte und aufseufzte. So, wie eine dicke Frau, die schlecht liegt, eben aufseufzt.

»Von nun an weinst du nicht mehr, Lisbeth, nicht wahr? Nie mehr ...?«

Sie war sich nicht sicher. Sie sah ihn an, und es lag ebensoviel Bewunderung wie Angst in ihrem Blick. Von Zeit zu Zeit verzog sich ihre Unterlippe wieder, aber sie hätte selbst nicht sagen können, ob ihr nun Freudentränen oder Tränen der Verzweiflung kamen.

Hans lächelte, es war ein mehrdeutiges, eigenartiges Lächeln. Und als sie sich darüber wieder erstaunt und beunruhigt zeigte, erklärte er leichthin:

»Ich hab mir gerade deine Schwester Anna vorgestellt ... Wie das, was wir jetzt machen, bei ihr aussehen würde ... Das wäre vielleicht komisch, findest du nicht?«

Sie versuchte, ebenfalls zu lächeln. Ihre Augen füllten sich mit Tränen. Sie verstand das nicht. Sie wußte nicht mehr, was sie von alledem halten sollte. Sie genierte sich wegen ihres nackten Bauchs, der im Nachtlicht fahl aussah. Sie streckte wieder die Arme nach Hans aus, mußte sich an ihn klammern und hatte das Gefühl, in einen Abgrund aus Verzweiflung und qualvoller Freude hinunterzusteigen.

»Das müßte man mal gesehen haben!«

»Gesehen? Was?«

»Deine Schwester...! Scht, nicht weinen...«

Seine Augen wurden in solchen Augenblicken so zärtlich und flehentlich, und sie waren gleichzeitig so jung und fröhlich, daß Lisbeth noch zwei- oder dreimal schniefte, sich dann beruhigte und mit einem matten Lächeln wieder normal zu atmen begann.

Kein Mensch hatte wissen wollen, wann und wo Sidonie beerdigt wurde, nicht einmal ihre Mutter!

In den Schulen war Preisverleihung. Kinder im Sonntagsstaat zogen vorüber, flankiert von ihren Eltern, die noch steifer wirkten als die Kleinen.

Lisbeth war dazu übergegangen, von morgens bis abends Klavier zu spielen, und aß wieder. Joseph hatte es sich inzwischen angewöhnt, sein Zimmer abzuschließen, wenn er arbeitete. Und er wechselte kein Wort mehr mit seinem Cousin.

»Meinst du nicht, er merkt, daß du ihn schneidest?«

»Das ist mir gleich!«

»Was hast du ihm vorzuwerfen?«

»Nichts!«

»Immerhin, er ist der Neffe deines Vaters...«

Anna wurde hinterhältig und beobachtete ihre Schwester allzu genau.

Was Potut betraf, so ließ man ihn einfach bis Samstag morgen in der Zelle sitzen, ohne ihn auch nur zu vernehmen.

Von Zeit zu Zeit erhielt der Kommissar des Bezirks

Saint-Léonard einen Anruf des Untersuchungsrichters, der bald in die Ferien fahren wollte.

»Haben Sie ihn immer noch nicht aufgetrieben?«

Sie entdeckten den ›Kumpel aus Marseille‹ jedoch erst am Samstag morgen auf dem Markt. Er saß gemütlich auf einer Bank und verzehrte eine heiße Wurst. Sie brachten ihn aufs Kommissariat und wollten von ihm wissen, was er in den letzten acht Tagen gemacht hatte.

Er sei auf dem Land gewesen, antwortete der Mann seelenruhig. Er gehe eben manchmal weg und komme dann wieder... Er verstand nicht, was die Polizei von ihm wollte, da bei ihm doch alles in Ordnung war.

»Und Potut?«

»Wieso Potut?«

Da hatte man die Sache schon für ausgestanden gehalten, man hatte schließlich einen passenden Täter einsitzen... Und nun kam dieser Bursche aus Marseille daher und bestätigte trotz der Tricks, die der Kommissar anwandte, alles, was Potut gesagt hatte.

»Wir können Ihnen sogar noch mal vorspielen, wie das ›Bei Léonie‹ war! Weil ich ein Glas zerbrochen habe... Und daraufhin haben sie uns rausgeworfen!«

Léonie war die Besitzerin einer kleinen Bar hinter der Kathedrale, und auch sie bestätigte die Aussage des Mannes aus Marseille. Um elf Uhr blieb also nichts anderes übrig, als Potut ins Büro des Untersuchungsrichters zu zitieren.

»Unterschreiben Sie das!«

»Was ist das? Ich hab meine Brille drüben gelassen...«

»Ihre Aussage...«

»Was wollt ihr denn noch mit mir anstellen?«

»Sie sind frei!«

Schluß, aus ... Er wurde an die frische Luft gesetzt, in die pralle Sonne, und das machte ihn unvermittelt ratlos. Sie hatten ihm nichts von seinem Kumpel aus Marseille gesagt. Und da sie den anderen eine Stunde früher laufenlassen hatten, hatten die beiden Männer nicht das Glück, einander zu begegnen.

Es wurde immer heißer. Potut führte Selbstgespräche, während er an den Hauswänden entlangstrich, und er warf einer alten Frau, die ihm im Vorübergehen zwei Sous in die Hand drückte, einen verwunderten Blick zu.

Da Sidonie kein Gesprächsthema mehr war, hatte man es für entbehrlich gehalten, der Zeitungsredaktion mitzuteilen, daß der einzige Tatverdächtige laufenlassen werden mußte. So kam es, daß die Leute in Saint-Léonard große Augen machten, als Potut sich wie eh und je in der Gegend der Schleuse herumtrieb.

Manche behaupteten auch, daß es zwischen ihm und Pipi eine Szene gegeben habe und die beiden Liebenden sich fluchend und schimpfend verdroschen hätten.

Hans allein hätte sagen können, was sich zugetragen hatte, da er, wie so oft, in der Nähe von Sidonies Kahn herumgelungert hatte. Und Hans trat noch am selben Abend auf dem Jahrmarkt die Lawine, den ›Fall Sidonie‹ los – vielleicht unwissentlich, vielleicht auch aus Freude am Skandal.

Es war der vorletzte Jahrmarktstag, und für den Abend stand ein Feuerwerk auf dem Programm. Hans hatte nicht Tante Maria um Geld gebeten, sondern Lisbeth. Und die hatte ihm die achtzig Franc gegeben, die sie in der Tasche hatte.

»Also heute nacht dann...«, hatte er ihr versprochen.

Und sie würde auf das Angebot zurückkommen! Sie würde auf ihn warten, und wenn es noch so spät wurde! Für eine halbe, ja eine Viertelstunde Zärtlichkeit, in der sie in seinen Armen lag und ein paar Worte stammelte, würde sie bald alle Launen mitmachen, die er sich einfallen ließ.

»Du wirst schon sehen«, sagte er und warf dabei in einer Weise die Lippen auf, daß es sie ganz unsicher machte. »Dieser Tage richten wir's mal ein, daß Anna...«

Lisbeth traute sich nicht einmal mehr zu protestieren. Wenn sie allein war, wagte sie kaum noch, ihren eigenen Körper zu berühren, und vor den anderen schämte sie sich. Abends jedoch, wenn die Nacht durch das weit geöffnete Fenster hereindrang, warf sie um der Viertel-, der halben Stunde willen alles über Bord.

Hans schlängelte sich mit den achtzig Franc in der Tasche an den Buden vorbei durch die Menge. Da fiel ihm ein eigenartiges Wesen auf, das fast monströs wirkte. Es war ein Mädchen von vierzehn, fünfzehn Jahren, viel zu kurz geraten, aber mit einer Figur wie eine erwachsene Frau – ausladender Po, Hohlkreuz und ein provozierender Busen.

Ihren Namen wußte er nicht, aber er erkannte in ihr das Mädchen, das Sidonie am vergangenen Samstag begleitet hatte. Und anstelle von Sidonie hatte sie jetzt ein noch jüngeres und hagereres Mädchen dabei; beide lachten inmitten all der Männer und riskierten eine große Klappe.

*»Bonsoir, Mesdemoiselles«*, begrüßte Hans die beiden halb spöttisch, halb förmlich.

*»Monsieur…«* Sie gingen darauf ein. Sie glaubten tatsächlich, daß ihnen einer den Hof machte, und die Jüngere kniff ihre Freundin in den Arm.

»Gestatten Sie mir, Sie auf ein Glas einzuladen?«

»Ich weiß nicht, ob es…«

Aber sie waren beide außer sich vor Freude darüber, wie richtige Frauen angesprochen zu werden.

# 4

Wenn es Ihnen egal ist, würde ich lieber zu ›Victor‹...«
Sie hatten sich gerade aus der Menge gelöst und standen an einer Straßenecke vor einer unauffälligen Caféterrasse. Hans hatte sich setzen wollen, aber die Kindfrau hatte auf eine Kugellampe weiter vorn in der schmalen und schlechtgepflasterten Straße gedeutet; darunter erblickte man die unbewegliche Gestalt eines Polizeibeamten.

›Chez Victor‹ war ein Tanzlokal. Hans schien zu zögern – jedenfalls deutete das Mädchen es so.

»Es ist auch nicht teurer als anderswo!« schob sie deshalb rasch nach.

Sie war verblüffend in ihrer Selbstsicherheit und Dreistigkeit. Wie Sidonie spielte sie eine Rolle, träumte mit offenen Augen. Aber es war weder die gleiche Rolle noch der gleiche Traum wie bei Sidonie.

Sidonie hatte sich selbst in Spitze und Seide gehüllt gesehen – oder lieber noch mit einem Hermelin über den Schultern, mit durchscheinendem Teint und sehnsuchtsvoll-entrücktem Blick. Und wenn sich die Männer auf dem Jahrmarkt nach ihr umdrehten, hatte sie lauter vornehme junge Herren im Frack vor Augen.

Die andere hier, die Untersetzte mit dem schwellenden Busen und dem Hintern, der zum Draufhauen reizte, die hatte eine andere, etwas primitivere Idealvorstellung der verführerischen Frau entwickelt. Sie mimte das Mädchen aus dem Volk, durchtrieben und zynisch, das sich zwar erweichen, aber nicht für dumm verkaufen läßt.

Das Innere des Lokals war violett erleuchtet, was die Gesichter der Frauen entstellte. Da waren nur noch schwarzgeränderte Augen, bläuliche Wangen und weiße Lippen ringsum, und Hans' Begleiterin machte keine Ausnahme.

»*Bonjour,* Victor«, grüßte sie forsch, als sie am Tresen vorüberkam.

Victor hätte ihr Auftauchen beinahe nicht bemerkt, nahm es aber nachträglich wahr und gab ein mildtätiges »*Bonsoir,* Germaine« von sich.

Die andere, die Jüngere, drückte sich ängstlich durch den von Akkordeonklängen vibrierenden Saal und warf Hans manchmal von unten her einen Blick zu.

»Setzen wir uns hier?«

»Wenn Sie wollen, Mademoiselle Germaine...«

»Woher wissen Sie meinen Vornamen?«

Er hatte ihn gerade gehört, sonst nichts... Sie wußte das auch. Aber es machte sich trotzdem gut.

»Was trinken Sie?«

»Eine Limonade mit viel Pfefferminzlikör... Und du, Ninie?«

»Das gleiche wie du!«

Ninie war beeindruckt. Sie konnte wie ein Kind den Blick nicht von ihrem Gegenüber, in diesem Fall von Hans, lösen. Sie saß mit halboffenem Mund da und machte ein zunehmend verschrecktes Gesicht.

»Sie sind Ausländer, oder?« fing Germaine geziert an

und legte sich Puder auf, was bei dieser Beleuchtung gänzlich überflüssig war.

»Deutscher«, gab Hans leicht zynisch zur Antwort.

Schockiert riß Ninie die Augen noch weiter auf.

»Aha… Wie die Krulls«, kommentierte die Untersetzte altklug und wie jemand, der sich auskennt.

Die Paare tanzten, die Gesichter waren ausdruckslos. Hin und wieder ein kurzer Blick in die Spiegel an den Wänden.

Ninie saß auf der gepolsterten Bank, und ihre Beine reichten nicht ganz bis auf den Boden. Sie hatte ein Getränk hingestellt bekommen und sog an dem Strohhalm. Vielleicht machte Hans ihr ein klein wenig angst…

Er war mit niemandem vergleichbar, den sie kannte. In keiner Hinsicht! Erstens lief er, obwohl er nicht wie ›einer von der Straße‹ wirkte, ohne Hut und mit offenem Hemd herum. Und das Hemd war auch nicht von der Art, wie es die Männer auf dem Land oder am Meer trugen… Dann die Schuhe. Eckig, leicht wie Hausschuhe und so weich, daß man seine Schritte nicht hörte… Ein Student war er nicht. Aber auch kein Arbeiter. Und auch nicht wie einer von den jungen Männern, die ihre Mütze absichtlich verkehrt herum aufsetzten.

»Tanzen Sie?« fragte Germaine, als sie gerade nicht wußte, was sie reden sollte.

Er war zweimal so groß wie sie und mußte sich weit vorbeugen. Man wartete förmlich darauf, daß er sie in die Höhe hob. Trotzdem wirkte er nicht lächerlich und auch nicht gehemmt, während Ninies Blick unverwandt den beiden durch den Saal folgte.

»Sie tanzen gut, aber nicht wie jemand von hier«, sagte Germaine, als sie sich wieder hinsetzte.

»Kommen Sie oft in dieses Lokal?«

»Sonntags nachmittags... Manchmal auch am Sonntagabend.«

Die anderen Leute schauten zu ihrem Tisch. Hans war allen aufgefallen, und die Blicke waren etwas verächtlich wegen der beiden Mädchen.

Hans jedoch machte das überhaupt nichts aus.

»Sind Sie mit Sidonie auch hier gewesen?« fragte er.

Die Untersetzte war verwundert.

»Haben Sie Sidonie gekannt?«

In ihrer Frage schwang Mißtrauen mit.

»Ich hab von ihr gehört...«

»Von wem?«

»Von Freunden.«

»Was für Freunde? Ich hab alle gekannt, die mit ihr zusammengekommen sind... Wir waren praktisch unzertrennlich.«

Sie verstand sich schon darauf, tief aufzuseufzen, um ihrem Schmerz Ausdruck zu verleihen, und tupfte sich mit dem Taschentuch die Augenwinkel.

»Schrecklich ist das«, sagte sie dann im Tonfall eines frühreifen Kindes, das Erwachsene nachahmt.

»Hatte sie viele Verehrer?«

Die kleine Ninie tippte ihrer Freundin auf den Arm, und Germaine fragte ohne Rücksicht auf die Wahrscheinlichkeit – Hans war schließlich Deutscher – zurück:

»Sollten Sie womöglich von der Polizei sein?«

Auf Walzer folgte Foxtrott; die gleichen Gestalten, die

gleichen wächsernen Gesichter drehten sich in dem irrealen Licht im Kreis.

»Ich bin nicht von der Polizei, das schwöre ich Ihnen. Aber ich war am Kanal, als sie die Leiche rausgezogen haben…«

Germaine schauderte, und Ninie blickte nach allen Seiten, um sich zu vergewissern, daß sie hier in Sicherheit war. Dann nahm sie einen großen Schluck aus ihrem Glas, um sich noch mehr Mut zu machen.

»Ich dachte mir, daß letzten Sonntag vielleicht jemand hinter Ihnen hergegangen ist – hinter Ihnen und Sidonie, meine ich.«

Zu spät. Er konnte den unglücklichen Satz, der alles auslösen sollte, nicht mehr zurücknehmen. Hans spürte deutlich einen kaum wahrnehmbaren Schock bei der kleinen Dicken.

Von einer Sekunde zur anderen war sie nicht mehr die Göre, die sich mit einem Mann in einem Tanzlokal brüstet. Es war ihr eine Idee gekommen; sie sah Hans nicht mehr ins Gesicht.

»Warum stellen Sie mir all diese Fragen?«

Ihre Rolle war von ihr abgefallen, sie achtete nicht auf den Klang ihrer Stimme.

Ninie tippte ihr ein zweites Mal auf den Arm.

»Gehen wir«, murmelte sie.

»Also deswegen haben Sie uns auf der Straße angesprochen, nicht wahr?«

Alle möglichen Gedanken bestürmten sie. Sie atmete schwer, ihre Brust hob und senkte sich.

»Wir müssen gehen…«

»Haben Sie's plötzlich so eilig?« mokierte sich Hans.

Worauf sie mit dem bemerkenswerten Satz konterte:

»Wetten, daß Sie auch einer von den Krulls sind? Ich hätte gleich merken müssen, daß Sie dem Doktor ähnlich sehen …«

Bei den Leuten im Viertel war Joseph nämlich schon der ›Doktor‹.

Daraufhin ergriffen die beiden Mädchen regelrecht die Flucht, nachdem jede ein »Auf Wiedersehen, Monsieur« hervorgestoßen hatte.

Als Hans in dem schlafend daliegenden Haus auf dem oberen Treppenabsatz ankam, blieb er einen Augenblick stehen. Nichts zu hören. Er fuhr mit der Hand über Lisbeths Tür; sie ging wie von selbst auf, und vor Hans lag die Dunkelheit des Zimmers.

Lisbeth stand barfuß und im Nachthemd in Türnähe und wartete. Er trat ein und ging zum Fenster; Lisbeth stellte sich zu ihm.

Die beiden reglos im Dunkeln verharrenden Gestalten in der Fensteröffnung sahen aus wie Figuren auf einem gerahmten und an der Hauswand aufgehängten Bild, das der eben aufgehende Mond in ein noch geheimnisvolleres Licht tauchte.

Lisbeth hatte Hans ihre kalten Finger in die Hand geschoben. Sie wartete auf die Zärtlichkeitsration, die er ihr zuteilen würde, wagte ihn jedoch nicht anzusehen aus Furcht, in seinem Gesicht Langeweile oder Verdruß zu entdecken.

An diesem Abend allerdings schob Hans die kalte Hand

nicht beiseite und legte Lisbeth sogar den Arm um die Schultern, wobei er unverwandt auf den Kanalabschnitt jenseits der Werftanlage schaute – dorthin, wo das Blattwerk der Pappeln den Blick in eine silbrige Tiefe lenkte.

»Findest du auch, daß ich Joseph ähnlich sehe?« fragte er plötzlich ganz leise.

»Wer hat das gesagt?«

»Egal … Aber findest du's?«

»Überhaupt nicht! Ihr seid völlig entgegengesetzt.«

»Gut so«, sagte er nur.

Er streichelte durch den dünnen Stoff ihres Nachthemds zerstreut die eine Brust.

»Du tust mir weh«, wagte sie sich erst nach einer ganzen Weile zu melden. Sie war gleichzeitig glücklich und ängstlich. So wie heute abend war er noch nie gewesen – verträumt, hätte man meinen können, fast zärtlich. Sie schwieg lange, ehe sie sich enger an ihn preßte und zu der Frage aufraffte: »Wann gehen wir weg?«

Er wußte nicht, ob Joseph hinter der Tür stand oder nicht. Er hatte nicht auf das leise und verräterische Knakken geachtet. Jetzt sah er sich Lisbeth an – ihre spitze Nase und die Augen, die stets verängstigt waren, sobald sie sich auf ihn richteten.

»Komm …«

Er legte sich angezogen aufs Bett, ließ sie sich danebenlegen und an seine Seite schmiegen.

Sie wußte nicht, ob er die Augen offen oder geschlossen hatte. Aber sie hörte seine regelmäßigen Atemzüge und hatte das Pochen seines Herzens direkt am Ohr.

Sie vermied jede Bewegung und hielt sogar fast den Atem

an, um den Zauber dieses Moments nicht zu zerstören. Endlich wurden seine Atemzüge länger und tiefer, und sie spürte, wie sein Körper sich entspannte.

Er schlief. Er lag auf ihrem Bett und schlief, und sie lag noch immer reglos da, lauschte auf das Klopfen seines Herzens und hielt mit beiden Händen eine unter Wollstoff verborgene Schulter fest.

Als sie die Augen später aufmachte, war es bereits hell. Sie sprang mit einem Satz aus dem Bett; sie war überglücklich, daß Hans noch da war und schlief, ein paar feine Schweißperlen auf der Stirn und über der Oberlippe.

Es war noch sehr früh. Die Schleppkähne auf dem Kanal hatten sich noch nicht in Bewegung gesetzt. Ein Fuhrknecht führte sein Pferd am Quai entlang; es war zwar angeschirrt und hatte das Zugseil umgelegt, zog aber keinen Wagen.

»Hans ...«

Sie berührte fast furchtsam seine Schulter. Sie zitterte, als er die Augen aufschlug. Er hob das Handgelenk und sah auf die Armbanduhr, gähnte und streckte zuerst das eine, dann das andere Bein aus dem Bett.

Er wäre beinahe in sein Zimmer gegangen, ohne ihr einen Kuß zu geben, machte aber an der Tür noch rechtzeitig kehrt.

»Bis nachher dann«, murmelte er, ohne sie überhaupt anzusehen.

Die Familie saß vollzählig am Frühstückstisch; Hans musterte den noch unrasierten Joseph und hing seinen Gedanken nach.

Abgesehen davon, daß sie beide sehr groß waren, gab es zwischen ihnen nicht die geringste Ähnlichkeit – weder hinsichtlich der Gesichtsform noch der Augen oder des Teints...

Und doch hatte diese Göre eine Familienähnlichkeit ausgemacht, und Hans wurde klar, daß sie auch noch recht hatte. Sein eigener Vater zum Beispiel hatte dem alten Cornelius ähnlich gesehen, nur ohne Bart. Aber das waren auch Brüder gewesen.

Lisbeth wirkte heute wie ein gesundes und fröhliches junges Mädchen, während Joseph die anderen nicht ansah, sein Frühstück in sich hineinschlang und gleich danach wieder auf sein Zimmer ging.

Es folgten ruhige Vormittagsstunden. Hans ging dreihundert Meter vom Haus entfernt Zigaretten kaufen, dann blieb er längere Zeit am Kanal stehen und sah dem Schleusenbetrieb zu.

Tante Maria streckte wieder einmal den Kopf in die Küche, als gerade keine Kundin im Laden war.

»Was meinst du«, fragte sie Anna, »ob Lisbeth sich womöglich verlieben könnte?«

»In wen?«

»Na, in ihn!«

»Hoffentlich nicht! In ihrem Interesse!«

»Es gibt Augenblicke, da macht er mir angst... Er hat so eine Art, uns alle nacheinander anzusehen...«

Sie brach ab, weil die Ladenglocke klingelte. Es war Pipi.

»Gib mir was zu trinken, du arme alte Schachtel«, seufzte sie; sie war gerade in einer rührseligen Phase.

Bei ihr schlug das Pendel immer extrem in die eine oder

andere Richtung aus. Mal war sie aggressiv und zotig, mal hielt sie sich an den erstbesten und weinte sich bei ihm aus. In solchen Augenblicken seelischer Tiefs vergaß sie, daß sie Maria Krull haßte, und sagte gelegentlich ›du arme alte Schachtel‹ zu ihr.

»Du solltest lieber nicht soviel trinken, Pipi! Du vergißt wohl, daß du in Trauer bist...«

»Meinst du, ich vergeß das? Meinst du wirklich, ich vergeß das? Wenn du wüßtest...«

Tante Maria wandte den Kopf, weil die Küchentür aufgegangen war, und runzelte die Brauen, als sie Hans im Türrahmen stehen sah.

»Brauchen Sie etwas, Hans?«

»Nein, Tante...«

Er tat völlig ahnungslos und schlenderte seelenruhig herein.

»Du, du hast 'nen guten Mann abgekriegt, verstehst du, Maria... Aber meiner, der war jeden Abend besoffen und hat mich derart verdroschen, daß ich lauter Fehlgeburten hatte... Ja, und da...«

Tante Maria war das peinlich, weil ihr Neffe dabei war.

Und Hans spürte, daß sie ohne seine Anwesenheit auch rührselig werden und Pipi Moralpredigten halten würde. Noch deutlicher aber spürte er etwas, das er bereits geahnt hatte: daß die beiden Frauen sich mit gemischten Gefühlen begegneten, daß sie einander haßten und brauchten und sich von Zeit zu Zeit aneinander messen mußten. Sah Tante Maria in Pipi nicht eine Karikatur ihrer selbst – das, was aus ihr hätte werden können, wenn sie nicht so durch und durch tugendhaft gewesen wäre? Und dann Pipi... Wenn sie unentwegt bald weinerlich, bald schimpfend und fluchend bei den Krulls aufkreuzte, so doch wohl deshalb, weil sie es ohne Tante Maria nicht aushielt.

Hans öffnete die *Bleu-Reckitt*-Tür, blieb mit dem Rükken zu den beiden Frauen auf der Schwelle stehen und blickte zum Quai hinüber. Da ist eine Ähnlichkeit zwischen ihnen wie zwischen Joseph und mir, dachte er. Er hätte das noch nicht präzise formulieren können, aber in seinem Kopf zeichneten sich neue Ideen ab, Zusammenhänge von Ursache und Wirkung, feine Bindeglieder zwischen den Menschen.

»Was hättest du gemacht, wenn dein Mann dich verhauen hätte?« fragte Pipi und kippte ein zweites Glas.

»Ich hätte gebetet«, antwortete Maria mit einem ungeduldigen Blick zu dem unbeweglich auf der Schwelle stehenden Hans.

Es war einfach nicht mehr möglich, ihn zu ertragen... Genausowenig wie damals die schwarze Katze.

Niemand redete mehr über die Sache mit der schwarzen Katze, weil alle sie als unrühmlich empfanden. Und seitdem war trotz der Schäden, die die Mäuse anrichteten, keine Katze mehr ins Haus gekommen.

Es war eigentlich ein Kater gewesen. Sie hatten ihn wegen des Geruchs kastrieren lassen. Barbu, der Bärtige, hieß er, weil sie ihn als winziges Kätzchen von einem bärtigen Schiffer bekommen hatten.

Barbu waren im zweiten Lebensjahr allmählich die Haare ausgegangen. Sie hatten alle möglichen Salben ausprobiert. Vergebens. Der Kater hatte eine Hautkrankheit und war bald über und über mit Grind bedeckt.

»Wir müssen ihn ersäufen«, hatten sie sich täglich vorgenommen.

Eines Morgens dann wurde der Gehilfe mit der Durchführung beauftragt. Sie hatten ihm einen alten Sack gegeben, und sie sahen ihm nach, wie er bis weit über die Schiffswerft hinaus am Kanal entlangging.

Bis zum Abend war die Angelegenheit nicht mehr zur Sprache gekommen. Sie hatten sich gerade zu Tisch setzen wollen, da kam durch die angelehnte Tür eine schwarze Katze ins Zimmer geschlüpft, rieb sich an den Beinen sämtlicher Hausbewohner und ließ sich am gewohnten Platz nieder, im Korb, den noch niemand weggeräumt hatte.

Es war Barbu. Von da an sah Barbu die Bewohner des Hauses mit einem eigenartigen Ausdruck in den Augen an, der einen stummen Vorwurf enthielt. Und keiner wagte Barbu mehr zu streicheln, weil jeder sich schuldig fühlte.

Außerdem war wie durch ein Wunder nach vierzehn Tagen seine Hautkrankheit verhcilt. Aber da war immer noch diese unversöhnliche Haltung, dieser Blick, der sie alle zu verurteilen schien...

Sie ertrugen das einen Monat, zwei Monate. Sie trauten sich nicht, einen zweiten Versuch mit dem Sack zu unternehmen. Und wegen eines Katers den Abdecker zu bestellen, das war doch lächerlich.

Schließlich raffte sich der damals fünfzehnjährige Joseph auf, das Tier im Hof mit einem Gewehrschuß aus nächster Nähe zu töten.

Hans rief die gleiche Art von Unbehagen hervor. Er spazierte im Haus herum und erwies sich als undurchschaubar. Und wenn er die anderen ansah, dann war zu spüren, daß er sich sein eigenes Urteil bildete.

Tante Maria war es peinlich, daß er sie hier im vertraulichen Gespräch mit einer Säuferin ertappte – einer Frau, die auf dem Trottoir Pipi machte und mindestens eine Nacht pro Woche auf der Wache verbrachte.

Erriet sie, daß Hans sie und Pipi miteinander verglich, als wären sie austauschbar? Als hätte Tante Maria unter entsprechenden Umständen zu einer Pipi werden können und umgekehrt?

Joseph saß oben über seiner Dissertation, die er Satz für Satz in seiner feinen und regelmäßigen Schrift fertigstellte. Und Lisbeth setzte mit freudigem Schwung zu einer Etüde von Chopin an.

Pipi verließ den Laden. Tante Maria hüstelte.

»Hans!« riskierte sie schließlich. Man mußte mit ihm reden. Es ging so nicht mehr weiter!

»Hören Sie, Hans ... Sie sollten nicht dauernd in den Laden kommen ... Es fällt einfach zu sehr auf, daß Sie Ausländer sind ... Wo sogar wir, die wir fast seit eh und je in Frankreich sind, schon soviel Ärger haben!«

»Gut, Tante.«

Er lächelte, und dieses Lächeln wirkte um so unergründlicher, als er sich in dem Moment seine Tante vorzustellen versuchte, wie sie am Bordstein Pipi machte. ›Ich könnte wetten‹, dachte er gleichzeitig, ›daß es Augenblicke gibt, wo sie die alte Säuferin beneidet!‹ Laut sagte er jedoch:

»Dann geh ich zu Anna und leiste ihr ein wenig Gesellschaft. Das wird meinem Französisch guttun!«

Anna, das wußte Hans, hätte sich bei seinem Auftauchen am liebsten bekreuzigt wie beim Anblick des Teufels, denn die Versuchung war groß, auch für sie!

»Gut sehen Sie aus heute morgen, Cousine Anna...«

Sie war erhitzt, weil sie vor dem bullernden Herd stand und Marmelade einkochte.

»Ich mag solche Scherze nicht, das wissen Sie doch...«

Warum war es eigentlich ein mieser Vormittag, außer für Lisbeth, die es immer noch nicht fassen konnte, daß Hans und sie gemeinsam in ihrem Bett geschlafen hatten?

Sie war ein Sonderfall im Haus. Sie spielte ihr beschwingtes Solo, das durch das ganze Haus schallte, jedoch in den Herzen keinen Widerhall fand.

Lag vielleicht ein Gewitter in der Luft? Obwohl, da war nur eine winzige weiße Wolke am Himmel...

Hans zog Anna auf und machte sich einen Spaß daraus, sie zum Erröten zu bringen. Aber ihm fehlte der richtige Schwung, seine Bemerkungen wirkten gezwungen, weil er im Grunde nicht wußte, wo er hinsollte, und an zu viele Dinge auf einmal dachte.

Und dennoch konnte niemand ahnen, was sich zusammenbraute und welche verrückten Zufälle dabei eine Rolle spielten.

Auch als Pipi zum zweiten Mal im Laden erschien und für einen Schiffer mit Motorkahn einkaufen kam, horchte noch niemand auf.

»Wenn Sie wüßten, was ich für Augen gemacht hab, als der plötzlich wieder bei mir auf dem Kahn war! Keiner hatte mir was gesagt... Er war gar nicht sauer auf mich; das ist kein Mann, der einem was nachträgt. Er hat mir nur gesagt...«

Ninie brachte die Sache ins Rollen. Sie ging noch zur Schule. Seit zwei Tagen hatten zwar die Ferien begonnen, aber die mittellosen Schüler mußten sich an diesem Morgen mit einem Bedürftigkeitsnachweis in der Schule melden, wenn sie einen kostenlosen Ferienaufenthalt am Meer bekommen wollten.

Ninie saß noch die Angst vom vorigen Abend in den Knochen.

»Ich könnte wetten, daß Sidonie von einem Ausländer umgebracht worden ist«, sagte sie zu einer ihrer Schulfreundinnen.

»Warum gerade von einem Ausländer?«

»Weil ich einen kenne, der hier aus dem Viertel ist, und weil... Also, wenn Germaine und ich uns gestern abend nicht aus dem Staub gemacht hätten, dann...«

Der Untersuchungsrichter hatte so wenig an eine Ausweitung des Falls geglaubt, daß er trotz allem seine Ferien angetreten hatte. Er hatte allerdings zwölf Kilometer von der Stadt entfernt ein kleines Landhaus, und der Kommissar war beauftragt, ihn anzurufen, falls es etwas Neues geben sollte.

»Wenn du was weißt, dann mußt du's sagen...«

»Warum sollte ich was sagen?«

»Weil du mußt!«

»Wenn ich gewußt hätte, wie du bist, hätt ich dir gar nichts erzählt...«

Die beiden Mädchen gerieten aneinander und brachten Unruhe in die Bankreihe.

»Was ist denn los mit euch beiden?« schaltete sich die Lehrerin ein.

»*Sie* ist schuld, Mademoiselle! Sie will nicht sagen, daß sie den Mörder von Sidonie kennt...«

»So? Du also kennst den Mörder?«

»Nein, Mademoiselle.«

»Was hat das dann zu bedeuten?«

»Sie hat mir aber verraten«, beharrte das andere Mädchen, »daß gestern abend ein Ausländer was von ihr gewollt hat.«

»Gar nicht wahr!«

»Ehrenwort! Mir hat sie erzählt...«

So kam eins zum anderen. Und weil die Direktorin, die die Listen anlegte, ebenfalls auf die Sache aufmerksam wurde, wurde Ninie im Handumdrehen in deren Büro zitiert. Verwirrt und stocksteif ließ sie die Fragen über sich ergehen.

»Was hast du deiner Freundin da erzählt? Raus mit der Sprache! Sonst darfst du nicht mit ans Meer!«

»Ich hab gesagt, daß das bestimmt ein Ausländer war, der das mit Sidonie gemacht hat...«

»Warum?«

»Weil gestern abend, mit Germaine zusammen...«

»Wer ist Germaine?«

»Eine Freundin. Sie trägt Sachen für das Schuhgeschäft aus, in dem Sidonie gearbeitet hat...«

In dem Büro roch es nach Schule.

»Wo bist du mit dieser Germaine gewesen?«

»In einem Tanzlokal...«

Ninie hatte ganz couragiert angefangen, aber jetzt verließ sie der Mut, und sie brach in Tränen aus.

Wenig später betrat die Direktorin mit Ninie das Kommissariat von Saint-Léonard. Und um zwei Uhr sprach ein Uniformierter in dem Schuhgeschäft vor und fragte nach einer gewissen Germaine.

»Ich hab nichts gemacht!« protestierte sie, als sie mitkommen mußte.

Der Kommissar fand die Gören in seinem Büro lästig.

»Was hat er von euch gewollt?«

»Er wollte wissen, ob wir am Sonntag abend nicht vielleicht jemanden gesehen haben, der hinter Sidonie hergegangen ist… Er hat sie bestimmt gekannt.«

Die Polizisten auf der Wachstube saßen in Hemdsärmeln da wie Joseph in seinem Zimmer.

Um vier Uhr nachmittags zog sich der Himmel allmählich zu. Aber das war in den vorhergehenden Tagen genauso gewesen, und das erwartete Gewitter war doch ausgeblieben. Ein Polizist stieg vor dem Eingang zu den Krulls von seinem Motorrad und trat in den Laden.

»Gibt's hier bei Ihnen einen Ausländer?«

Tante Maria geriet aus dem Häuschen, weil sie sofort an Papiere dachte, die nicht in Ordnung waren, und an Geldbußen.

»Wir haben den Neffen meines Mannes hier, der…«

»Er ist Deutscher, nicht wahr? Ich möchte ihn sprechen.«

Sie ging durch die leere Küche ins Treppenhaus.

»Hans… Hans!« rief sie nach oben. »Da ist jemand für Sie…«

Hans steckte bei Anna, die im ersten Stock die Zimmer machte. Er hatte offenbar noch nicht genug davon, sie auf den Arm zu nehmen.

»Ich komme, Tante.«

»Sie werden auf dem Kommissariat erwartet«, erklärte der Polizist. »Holen Sie Ihre Papiere und kommen Sie mit.«

Als sie am Quai um die Ecke bogen, fielen ein paar Regentropfen und bildeten große dunkle Kreise auf dem unebenen Straßenpflaster.

Hans betrat das Büro des Kommissars, und sein Blick fiel sofort auf Germaine und Ninie, die beide Haltung zu wahren versuchten, ihm aber nicht ins Gesicht zu sehen wagten.

»Ist er das?«

Sie stießen sich gegenseitig mit dem Ellenbogen an, um sich Mut zu machen, dann richtete Germaine sich gerade auf.

»Jawohl, Herr Kommissar. Und ich schwör's Ihnen, daß er die ganze Zeit von Sidonie geredet hat...«

»Haben Sie Ihren Paß dabei?«

Hans reichte dem Kommissar seinen Ausweis.

»Wie kommt es, daß Sie weder ein deutsches Visum noch einen Stempel für den Grenzübertritt haben?«

»Weil ich heimlich über die Grenze bin...«

»Wieso?«

»Weil ich mich wegen meiner politischen Einstellung unbeliebt gemacht habe.«

Er war routiniert im Umgang mit der Polizei und überhaupt mit amtlichen Stellen.

»Als ich erfahren habe, daß ich ins Konzentrationslager kommen sollte, bin ich nach Frankreich geflohen.«

»Auf welcher Strecke?«

»Über Köln und Belgien.«

»Und wie haben Sie das gemacht?«

»Indem ich mich beim Grenzübertritt am Gestänge unter dem Wagenboden festgeklammert habe.«

Einen Hans, wie er hier auftrat, hatten die Krulls noch nicht kennengelernt – trocken, selbstsicher. Einer, der den Behörden die Stirn bot.

»Warum haben Ihre Verwandten Sie nicht gemeldet, wie es ihre Pflicht gewesen wäre?«

»Keine Ahnung.«

»Sie haben gestern abend auf dem Jahrmarkt diese beiden Mädchen angesprochen. Was hatten Sie mit ihnen vor?«

»Nichts, Herr Kommissar!«

»Warum haben Sie sie in ein Tanzlokal geführt?«

»Sie haben mich darum gebeten, sie wollten das ...«

»Also so was!« machte Germaine entrüstet.

»Nachdem ich als erster die Leiche des Mädchens im Kanal entdeckt hatte – ich hatte Ihnen übrigens meinen Namen angegeben ... Ich war vor dem Schiffer da ...«

»Ja, ich erinnere mich dunkel. – Und dann?«

»Nichts ... Danach war ich neugierig. Ich habe mir gedacht, daß eine Freundin von Sidonie ...«

»Woher wußten Sie, daß es ihre Freundin war?«

»Weil ich sie zusammen gesehen habe.«

»Wann?«

Hans machte eine Pause, seine Augen funkelten spöttisch. Wenn er das sagte ... Na ja, war auch egal.

»Am Sonntag abend«, antwortete er.

»Sie haben sie am Sonntag abend zusammen gesehen?«

»Ja, auf dem Jahrmarkt.«

»Und kannten Sie sie schon? Wußten Sie schon, wer das ist?«

Sollte Hans obendrein noch zugeben, daß er Sidonie bereits vorher unter einer Gaslaterne am Quai gesehen hatte, die Lippen wie festgebacken an denen eines Mannes?

»Nein«, sagte er.

Die Mädchen waren vor lauter Aufregung zusammengerückt und hielten sich an den Händen. Der Kommissar hingegen war wütend, weil das alles scheußlich kompliziert war und er alle möglichen Fallstricke witterte.

»Warum haben Sie sich nicht schon früher auf dem Kommissariat gemeldet?«

»Ich hatte Ihnen Namen und Adresse gegeben. Sie haben mich nicht herbestellt.«

Das stimmte, verdammt noch mal... Da wurde doch einfach kein Stiefel draus!

»Ruhe, ihr beiden da drüben!« brüllte der Kommissar, weil die Kleinere der anderen etwas ins Ohr geflüstert hatte. »In eurem Alter solltet ihr euch sowieso nicht abends auf dem Jahrmarkt rumtreiben! Paßt auf, daß ich euch nicht in eine Erziehungsanstalt stecke! Vor allem Sie, die Ältere, die Sie die Kleinere mitgeschleppt haben...«

Er ließ sie alle drei in seinem Büro zurück und ging ins Nebenzimmer, um mit dem Untersuchungsrichter zu telefonieren. Die Mädchen fanden das so aufregend, daß sie zur Tür gingen und lauschten.

Niemand hatte das so gewollt. Sidonie war jetzt gerade acht Tage tot, und mit einem Mal war sie wie von selbst wieder auferstanden.

»Also«, wandte sich der Kommissar mißmutig an Hans, als er zurückkam. »Ich will Sie jetzt noch nicht festnehmen... Ich mache Sie nur darauf aufmerksam, daß Sie überwacht werden, und ich möchte Sie bitten, die Stadt nicht zu verlassen. So, Sie können gehen. – Was die Krulls betrifft...«

Er sagte nicht, was er mit den Krulls vorhatte. Er wollte die beiden jungen Mädchen noch gründlich ausfragen und wartete, bis er mit ihnen allein war.

»Ich sagte doch, Sie können gehen!«

Hans zuckte die Achseln und legte die Hand auf die Türklinke. »Auf Wiedersehen, Herr Kommissar.«

»Auf Wiedersehen!«

Hans' letzter Blick glitt, im übrigen völlig unbeabsichtigt, zu Germaine und ihrem eigenartig proportionierten Körper mit den großen Brüsten hinüber, die der Kommissar anstarrte.

# 5

Als Hans das Kommissariat verließ, hatte er den Gang und den hinterhältigen Blick eines Straßenköters, der auf Beute aus ist.

Die Rue Saint-Léonard war die Hauptgeschäftsstraße des Viertels; sie war eng und zudem – knapp am Bürgersteig vorbei – von der Straßenbahn befahren. In den Häusern waren Läden untergebracht – vor allem Lebensmittelgeschäfte, und der dazugehörige Duft erfüllte einen ganzen Straßenabschnitt.

Hans schaute an den Fassaden entlang, und sein Blick blieb plötzlich an einem Namen hängen: *Pierre Schoof*. Und darunter, in schöner Kursivschrift: *Butter, Eier, Käse*.

Der Duft aus dem Laden zog über die Straße weg und vermischte sich vor dem benachbarten Gemüsegeschäft mit den Gerüchen der in Körben auf dem Trottoir dargebotenen Ware.

Hans war stehengeblieben. Es hätte nicht viel gefehlt, und er hätte sich am Schaufenster die Nase platt gedrückt wie ein verwundertes Kind.

Er betrachtete Monsieur Schoof, und dieser Monsieur Schoof war ganz anders als bei seinen Freunden, den Krulls – wachsamer, runder und von einer überströmenden, strahlenden Herzlichkeit.

Der Laden war ganz mit weißem Marmor ausgekleidet, und sie standen zu dritt hinter der Theke und bedienten: Monsieur Schoof, Marguerite in blendendweißer Schürze und ein weiteres Mädchen, eine Verkäuferin, die noch nicht so intensiv rosig wie ihre Arbeitgeber wirkte.

Es bestand ein augenfälliger Kontrast zwischen den dreien hinter der Theke und den resigniert wartenden Hausfrauen davor. Die einen sahen geschniegelt und gestriegelt aus wie Tiere auf einer Ausstellung; sogar ihr Lächeln rief noch eine Assoziation an etwas Eßbares hervor. Und die anderen waren dunkel gekleidet, mit glatt zurückgekämmtem Haar über erloschenen Gesichtern, und verfolgten die Anzeigen auf der Waage mit dumpfer Angst.

Hans betrat das Geschäft.

»Kann ich Sie einen Augenblick sprechen, Herr Schoof?« sagte er auf deutsch.

Der alte Schoof wirkte beunruhigt, stieß eine Glastür auf und antwortete auf französisch:

»Warten Sie hier… Ich komme gleich…«

Das Zimmer war offenbar hinterer Ladenraum, Eßzimmer, Küche und Salon in einem und war ebenso auf Hochglanz poliert wie der Laden selbst, ohne ein Stäubchen oder einen Schatten auf den Möbeln.

»So, was gibt es, Hans… Sie sollten im Laden lieber nicht deutsch sprechen… Die meisten Leute denken, ich bin Holländer, und das ist besser so… Was kann ich Ihnen anbieten?«

Bei den Krulls wurde nie etwas zu trinken angeboten. Monsieur Schoof jedoch hatte eine kleine Karaffe mit Cognac und eine Schachtel Zigarren im Buffet.

»Ich wollte Sie um Rat fragen, Herr Schoof, weil ich schlechte Nachrichten habe, was meinen Vater angeht. Und meinen Onkel Cornelius will ich damit nicht behelligen…«

Der arme Monsieur Schoof sah Hans aus runden Augen an und gab sich fast schon geschlagen.

»Sie haben vielleicht gehört, daß mein Vater unseren derzeitigen Machthabern nicht genehm ist und mich deshalb damit beauftragt hat, mit dem Großteil seines Vermögens über die Grenze zu gehen – das war der eigentliche Zweck meiner Reise. Nun ist es aber so, daß ich das Geld vorübergehend bei einer Bank in Belgien deponieren mußte, weil ich Angst hatte, an der französischen Grenze Schwierigkeiten zu bekommen…«

Monsieur Schoof hörte mit einem Ohr zu, achtete aber unwillkürlich auch auf die Geräusche von nebenan – die Ladenglocke und das Klicken der Registrierkasse.

»Mein Vater ist jetzt vor kurzem verhaftet und in ein Konzentrationslager gebracht worden. Wer weiß, was sie mit ihm vorhaben… Vielleicht erschießen? Ihn sonstwie verschwinden lassen?«

»Jesus, Maria…« Monsieur Schoof fühlte sich verpflichtet, einen Seufzer auszustoßen.

»Deshalb muß ich alles tun, damit er fliehen kann… Es gibt spezielle Fluchthelfer; sie verlangen aber fünftausend Franc, die ich noch heute abend telegraphisch an eine vereinbarte Adresse überweisen muß… Da bleibt mir keine Zeit, nach Belgien zu fahren und dort das Geld auf der Bank abzuheben. Und wenn ich meinem Onkel Cornelius etwas davon sage…«

Monsieur Schoof hatte sich immer noch nicht gerührt. Er schien nicht zu begreifen, worauf die Sache hinauslief.

»Ich hatte gedacht, Sie könnten mir vielleicht den Gefallen erweisen und mir für achtundvierzig Stunden diese…«

Monsieur Schoof war alles andere als begeistert. Er seufzte kurz auf, wollte seinen jungen Bittsteller schon genauer unter die Lupe nehmen, hielt das dann wohl für zwecklos, fügte sich notgedrungen und ging zur Kasse hinüber.

Marguerite beobachtete vom anderen Ende der Theke aus, wie ihr Vater ein paar große Scheine aus der Schublade nahm, begriff sofort und warf Hans einen neugierigen Blick zu.

»Ich bin übermorgen zurück, Herr Schoof…« Und wieder redete Hans deutsch im Laden.

Monsieur Schoof bückte sich hinter die Ladentheke, um die Unterhaltung abzukürzen.

Hans wußte noch nicht, was er mit den fünftausend Franc anfangen sollte. Er war einfach spontan auf die Idee gekommen, als er den Laden betrachtet hatte. Und er blieb durch einen ähnlichen Zufall vor einem gelben Plakat stehen, auf dem für den gleichen Abend ein großes Konzert im Konservatorium angekündigt wurde.

Er betrat das Gebäude und kaufte zwei Plätze im Parkett. Als er bei den Krulls die Tür aufstieß, wie immer mit Genugtuung den feierlichen Klang der Ladenglocke in sich aufnahm und dem weißen Remy-Löwen grüßend zublinzelte, fiel ihm gar nicht auf, daß Tante Maria sich ihm angstvoll zuwandte. Auch nicht, daß sie ihm in die Küche folgte und daß Anna bei seinem Eintreten die Arbeit unterbrach, sich die Hände abwischte und ihn fragend ansah. Er hatte die Sache mit dem Kommissariat fast vergessen.

»Was war los?« mußte die Tante sich erkundigen.

»Nichts … Nichts Besonderes … Sie wollten wissen, ob meine Papiere in Ordnung sind, ob's nichts zu beanstanden gibt bei mir. Sieht aber so aus, als ob es bei euch was zu beanstanden gibt, weil ihr mich nicht als wohnhaft gemeldet habt … Ach, übrigens, wenn Lisbeth mit ins Konzert will, ich hab zwei Plätze …«

Er merkte, daß sie über die Parkettplätze zu zwanzig Franc verwundert waren, daß sie ihn gleich ausfragen würden, woher er das Geld habe.

»Ich hab unterwegs einen Landsmann getroffen«, sagte er wie nebenbei, um die Sache zu vereinfachen. »Er hatte zwei Karten gekauft, muß aber heute abend wieder abreisen …«

Es war damit aber nicht ausgestanden. Was er da in Gang gesetzt hatte, war komplizierter, als er dachte.

Tante Maria und Anna warfen sich einen fragenden Blick zu; es paßte ihnen nicht, Lisbeth allein mit ihrem Cousin ausgehen zu lassen. Andererseits war es ihnen aber auch nicht recht, die Karten verfallen zu lassen. »Wann ist das zu Ende?« wollten sie wissen.

›Wann Sie wollen …‹, hätte er beinahe geantwortet. Es war belanglos, weil er gar nicht ins Konservatorium gehen würde! Übrigens auch sonst nirgendwohin … Die beiden Frauen brauchten sich keine Sorgen zu machen – heute abend würde er Lisbeth nichts tun!

Nein, er hatte ganz einfach Lust bekommen, mit ihr spazierenzugehen und zu reden. Es war ihm plötzlich eingefallen, daß sie sich eigentlich noch nie unterhalten hatten, und auf die Ausrede mit dem Konservatorium war er nur zufällig gekommen.

Und schon geriet das ganze Haus in Aufruhr! Lisbeths Toilette wurde diskutiert, das blaue Satinkleid mußte gebügelt werden, und irgendwo in der Nachbarschaft wurden neue Strümpfe gekauft.

»Geht sie im langen Kleid aus?« fragte er.

»Aber ja! Ins Konservatorium immer in Lang! Vor allem im Parkett.«

Na gut, dann trug sie eben lang! Um acht Uhr standen sie beide an der Straßenbahnhaltestelle an der Ecke des Quais. Lisbeth ohne Hut, das Haar frisch mit der Lockenschere onduliert – sie roch noch nach verbranntem Haar – und im Gabardinemantel über dem bodenlangen Kleid.

»Gehen wir nicht ins Konservatorium?« fragte sie verwundert, als er zwei Stationen später wieder ausstieg.

»Nein!«

»Und wo gehen wir hin?«

»Nirgendwo!«

Er lächelte ihr freudig zu, als ob er ihr ein Geschenk gemacht hätte. Er hakte sich sogar bei ihr ein und kam mit ihr wie ein normales Liebespaar daher.

»So allmählich ist mir's langweilig geworden«, sagte er.

Sie faßte das natürlich falsch auf, und es klang ängstlich-unterwürfig, als sie entschuldigend meinte:

»Es ist eben kein fröhliches Haus ...«

»Aber das Haus ist umwerfend! Mögen Sie es etwa nicht? Schon allein der Geruch der Weidenruten ... Und dann, wenn man die Ladentür aufmacht ...«

Sie überlegte sich, ob das ein Witz sein sollte, aber er sagte es im Ernst.

»Und alles hat seinen Platz ... Nehmen Sie zum Beispiel die braunen Tassen, die in der Anrichte hängen, jede an einem kleinen Messinghaken ...«

Er duzte sie kaum je, aber nicht aus Respekt vor ihr, sondern um durch das Sie seine Distanz ihr gegenüber zum Ausdruck zu bringen.

Sie kamen im Stadtzentrum an. Der Himmel hatte sich sacht bis fast über die Dächer herabgesenkt. Er war von einem wattigen Weiß, das im abendlichen Licht zerfloß und sich plötzlich in einem feinen nebelartigen Regen auflöste.

»Wir wollen etwas trinken ... Kommen Sie, Lisbeth, setzen wir uns ...«

Hans hatte die Terrasse des ›Grand-Café‹ erspäht – die offenen Fenster, die steif und mit Serviette über dem Arm dastehenden Kellner und im Inneren des Lokals die Musiker auf dem Podium, die gerade ihre Instrumente stimmten oder ein Notenblatt festklammerten.

»Ober!«

Hans brauchte nur ›Ober‹ zu rufen, und die ganze Terrasse wußte, daß er Deutscher war. Aber Hans war das egal; im Gegenteil, man hätte meinen können, es mache ihm Spaß, sich als Ausländer zu fühlen und aufzufallen.

»Geben Sie mir ein Bier und einen Cognac.«

»Zusammen?«

»Ja, zusammen, und für die junge Dame einen Likör ...«

»Wollen Sie wirklich das Bier zusammen mit dem Cognac?« erkundigte sich der Kellner nochmals.

Hans machte sich die Mühe, seine Bestellung Lisbeth gegenüber zu erläutern:

»Bei uns trinkt man das so. Das heißt eigentlich Bier und Schnaps ... Macht ihr das zu Hause nie?«

»Wir trinken weder Schnaps noch Bier.«

Hans brauchte danach fast so lang wie das Orchester, um sich einzustimmen. In seiner Unzufriedenheit darüber, daß er nicht sofort innerlich und äußerlich die erhoffte Atmosphäre vorfand, gab er sich kleinlich, schickte den Boy Zigaretten holen, wollte andere und ließ sie im Tabakladen umtauschen. Er trank drei Bier und drei Gläser Cognac, ehe er in Stimmung kam.

Dann aber war er wirklich in Stimmung, saß leicht zurückgelehnt in seinem Korbstuhl und nahm die Umgebung in sich auf.

Der Regen war nur als feiner, leuchtender Staub um die weißen Kugellampen herum zu erkennen, die die Terrasse beleuchteten. Ansonsten verschlang ihn die Dunkelheit, bis er auf dem schwarz glänzenden Pflaster am Boden wieder sichtbar wurde. Nur direkt unter der Markise zeichnete sich noch ein helleres Rechteck ab.

Es wurde ein Wiener Walzer gespielt – sentimental-schmalzig nach Art der Kaffeehausorchester. Ein Mann mit Melone und eine Frau, die die Hände über dem Abendtäschchen mit Silberverschluß verschränkt hielt, saßen ganz in der Nähe und hörten lange Zeit unbeweglich zu.

Lisbeth wagte nichts zu sagen. Sie spürte, daß der Abend zerbrechlich war, anfällig. Genauso wie die Minuten, die sie gestern nacht schweigend am Fenster gestanden hatten.

Noch nie war der Mann, der hier neben ihr saß, so geheimnisvoll und so anziehend und doch auch so furchterregend gewesen.

»Ich hab Ihnen noch gar nichts vom Tod meines Vaters erzählt«, ließ er sich plötzlich vernehmen, als ob dieser Bericht zu seinem Repertoire gehöre. »Eigentlich recht merkwürdig. Komischer Bursche war das, mein Vater... Sie wissen, daß er Schuhmacher war, nicht wahr? Sind Sie jemals in Emden gewesen?«

»Ich bin noch nie aus der Stadt rausgekommen.«

»Er hatte seine Werkstatt unter dem alten Rathaus mit seinen Arkaden, wo ein Laden und eine Werkstatt an der anderen ist. Und eines schönen Tages ist meine Mutter fortgegangen... Wir haben nie erfahren, was aus ihr geworden ist. Es hat Leute gegeben, die behauptet haben, ihr in Amerika begegnet zu sein...«

Er jonglierte mit den Personen, den Gestalten aus vergangener Zeit und vermischte sie mit real vorhandenen Dingen – dem Regen, den Kugellampen, dem zarten Knistern der Nachtfalter und sogar dem angespannten Gesicht seiner Cousine, ihrem Profil mit der spitzen Nase, die ihn an ein Mädchen aus Emden erinnerte – damals, als er sich dort überall herumgetrieben hatte.

»Mein Vater«, erzählte er weiter, »war damals wie sein Bruder Cornelius, genauso unbeteiligt und streng. Er konnte von morgens sechs bis abends um acht an dem ewig verschmutzten Fenster hocken bleiben, mit Ahle und Schustermesser hantieren... Und was sich jenseits seines Straßenausschnitts, jenseits der Ecke mit dem Puppengeschäft abspielte, das war für ihn ohne Interesse... Ober! Ich brauch das noch mal!«

»Noch einmal das gleiche?«

»Bier und Cognac, ja. Und den Cognac in einem größeren Glas!«

Sie hatte ihn noch nie trinken sehen und war beunruhigt, vor allem, weil er zwischendurch sehr laut redete und die anderen Leute dann alle zu ihnen herschauten. Außerdem zog ihr Abendkleid die Blicke auf sich, und das machte sie noch verlegener.

»Damals hat es geheißen, mein Vater hätte in einer Lotterie gewonnen, aber das glaub ich nicht. Mit mir hat er sich darüber nicht unterhalten, weil er fand, über Geldsachen darf man nie reden, die müssen immer ganz geheim bleiben... Er hat dann in der Bergenstraße ein Geschäft gekauft, mit Tausenden von Schuhen in Kartons... Und zwei junge Mädchen in schwarzer Schürze haben die Kunden bedient.«

Von Zeit zu Zeit hielt eine Straßenbahn unvermittelt an und fuhr gleich wieder weiter.

»Ist das nicht komisch... Auch Sidonie hat in einem Schuhgeschäft gearbeitet!«

Lisbeth fuhr zusammen; sie hatte nicht gedacht, daß das tote Mädchen aus dem Kanal zur Sprache kommen würde.

»Ich hab sie gekannt...«, fuhr Hans fort und sah einem ungeschickt flatternden Nachtfalter nach.

»Wen, Sidonie?«

»Die von meinem Vater, diese Verkäuferin... 'ne Rothaarige mit einem tollen Schönheitsfleck am Kinn. Er hat nur noch Augen für sie gehabt, hat sich nur noch um sie gekümmert. Den ganzen Tag ist er im Laden um sie rumgestrichen, und die Leute haben es gemerkt... Ich glaub, sie haben miteinander geschlafen.«

»Hans!«

»Was ist?«

»Es ist dein Vater...!«

»Na ja, und? Ich hab doch gesagt, ›ich glaube‹ – eben weil ich nicht sicher bin. Dumm genug war er, sich ganz ohne Gegenleistung einwickeln zu lassen...! Abends hat sie sich auf der Straße rumgetrieben, zusammen mit einem Versicherungsangestellten, der sie im Geschäft abgeholt und meinem Vater ungeniert in die Augen gesehen hat... Da hat er einen ersten Selbstmordversuch unternommen und sich ins Hafenbecken gestürzt...«

»Dein Vater?«

»Ja. Sie haben ihn wieder rausgefischt, und er hat sich gewehrt... Das Mädchen hat Eva geheißen, das weiß ich noch. Und dabei hätte er sich jede andere leisten können... Ich bin sicher, außer mit meiner Mutter hatte er noch mit keiner Frau geschlafen. Und diese Eva hat auch noch den Geruch von Rothaarigen gehabt... Beim zweiten Mal hat er es geschafft. Er ist mit einem Strick um den Hals und einem schweren Stein am Fuß aufs Brückengeländer gestiegen, und bevor er sich ins Leere fallen ließ, hat er sich eine Kugel in den Kopf gejagt...«

Hans lachte. Lisbeth sah ihn befremdet an und spürte eine schmerzliche Angst auf der Brust.

»So ist das eben«, meinte er abschließend und fragte dann übergangslos: »Hat Joseph schon viele Mädchen gehabt?«

»Ich weiß nicht.«

Er fühlte, daß sie log.

»Sag's schon«, hakte er böse nach.

»Ich weiß nicht, ob er viele gehabt hat, aber eine hat er gehabt. Es war das Hausmädchen von den Guérins…«

»Der Schreiner von nebenan?«

»Ja. Aber darüber wurde nicht geredet, solang ich dabei war. Ich war gerade erst zwölf…«

»Demnach war Joseph neunzehn… Hat er ihr ein Kind gemacht?«

»Nein!« protestierte sie und sah sich um, weil sie wissen wollte, ob ihnen jemand zuhörte.

»Und, wie hat sich das abgespielt?«

»Joseph war somnambul… Das war er schon immer. Als er klein war, hatten sie aus Angst, daß er abstürzt, sein Fenster vergittern lassen. Einmal, da haben sie ihn in der Nähe der Schleuse aufgegabelt. Er hat behauptet, er könne nicht schlafen, weil ein Schiff seit einer Stunde tutet und die Schleuse passieren will… Langweile ich dich, Hans?«

»Erzähl weiter!«

Das war amüsant – einerseits ihre Furcht, ihm zu mißfallen, und andererseits die ängstlichen Blicke, die sie nach allen Seiten warf.

»Du kennst die Rückseite des Hauses… Damals hatte Joseph ein Zimmer mit Fenster zum Hof. Eines Nachts ist Mutter aufgewacht und hat gesehen, wie er auf dem Mäuerchen zwischen den beiden Häusern, dem von den Guérins und unserem, entlanggegangen ist. Sie hat sich nicht getraut, ihm zuzurufen, weil sie dachte, er würde schlafwandeln… Dann ist er in einem der Fenster nebenan verschwunden. Am nächsten Tag ist sie zu den Guérins rübergegangen, und das Mädchen ist an die Luft gesetzt worden... Joseph war einen Monat lang zu nichts zu gebrauchen und mußte aufs Land geschickt werden...«

Hans lachte kurz auf. Es war nicht sein normales Lachen – vielleicht hing es damit zusammen, daß er schon soviel getrunken hatte.

»Findest du nicht, daß ich Joseph ähnlich sehe?« fragte er unvermittelt und wandte ihr das Gesicht zu.

»Also nein! Überhaupt nicht!«

»Tja, da irrst du dich! Ich sehe Joseph tatsächlich ähnlich, beziehungsweise er sieht mir ähnlich. Den Unterschied kannst du nicht verstehen... Joseph, das hätte *ich* sein können; ich hätte Joseph sein können... Und nimm deine Mutter – die hätte Pipi sein können...«

»Hans!« protestierte sie zaghaft angesichts dieser Beleidigung.

»Und deine Mutter spürt das so deutlich, daß sie Pipi nicht vor die Tür zu setzen wagt, selbst wenn sie ihr noch so viele Beschimpfungen an den Kopf wirft. Und weißt du, was? Ich könnte wetten, es gibt Augenblicke, wo deine Mutter sie beneidet...«

»Pipi?«

»Ganz genau, mein Kleines.«

Er lachte wieder. Er fand diesen Abend großartig. Das Orchester spielte Schubert, und einer der Kellner trug Koteletten wie in alten Zeiten. Die Straßen waren inzwischen so leer, daß man die Schritte der Fußgänger hörte, daß man erriet, welche Bögen und Umwege sie in den kleinen Gassen machten, und den Augenblick kommen sah, in dem sie stehenbleiben und ihren Schlüssel ins Schlüsselloch stekken würden.

»Und du – du würdest überall mit mir hingehen?«

»Ja.«

»Warum?«

Sie wurde rot; sie wagte nicht zu sagen: ›Weil ich dich liebe!‹ Aber ihre Hand tastete linkisch nach der seinen, und sie drückte sie ganz fest.

»Du würdest mit mir kommen, weil du dich zu Hause langweilst, nicht wahr?«

»Das ist nicht der Grund, Hans!«

»Wie hast du dir deine Zukunft vorgestellt, bevor du mich gekannt hast?«

»Ich weiß nicht... Ich möchte gern Klavierlehrerin werden...«

»Und Joseph wird Arzt!«

»Ja... Was mich angeht, ich wäre später wohl in unserem Viertel geblieben, nur etwas näher an der Stadt...«

Sie hätte am liebsten geweint, nur so, ohne genauen Grund. Sie hatte das Gefühl, daß Hans plötzlich versuchte, sie und ihre Liebe herabzusetzen.

»Warum willst du das wissen?«

»Und was für einen hättest du zum Beispiel geheiratet?«

»Ich weiß nicht...«

»Einen Kaufmann...? Einen Angestellten? Joseph, der soll doch Mademoiselle Schoof heiraten, oder?«

»Ich glaub schon, ja...«

»Liebt sie ihn?«

»Ich glaub schon...«

»So ist das eben«, stellte er befriedigt fest – zum zweiten Mal, seit sie hier auf der Terrasse saßen, und ganz so, als hätte er gerade ein Zauberkunststück vorgeführt oder an der Tafel eine schwierige Aufgabe gelöst: *Quod erat demonstrandum* – was zu beweisen war!

»Sollten wir jetzt nicht nach Haus, Hans?«

»Kommt nicht in Frage!«

»Das Konzert ist bald zu Ende...«

»Ist mir egal.«

Er zog mit seinem Taschentuch die fünf Tausend-Franc-Scheine aus der Tasche, die er – zerknittert, wie sie waren – einfach auf das Tischchen legte.

»Hans!«

Sie sah ihn entsetzt an und wagte kaum, den Mund aufzumachen.

»Hans...! Das Geld da...«

»Ja? Was ist damit?«

Er wurde immer vergnügter; nur die Augen hatten einen zu starken Glanz.

»Ich hätte es gestohlen haben können, stimmt!« stellte er fest. »Das würde mir nichts ausmachen. Ich hab's aber trotzdem nicht getan. Monsieur Schoof hat es mir gegeben...«

»Warum?«

»Weil ich ihn darum gebeten habe... Ich hatte Lust, Geld in der Tasche zu haben. Und sei es auch nur, damit wir zusammen weggehen, falls die Dinge sich nicht so entwickeln, wie...«

»Welche Dinge?«

»Alles eben... Man weiß ja nie...«

»Und er hat dir das ganze Geld gegeben, einfach so?«

»Einfach so, ja! Ich hab ihm halt 'ne Geschichte erzählt, aber das würde jetzt zu weit führen... Ober!«

Er bezahlte mit einem großen Schein, fand dann aber, er brauche noch einen Cognac, den er ohne Rücksicht auf die vorwurfsvolle Miene seiner Cousine bestellte.

»Was mich angeht«, sagte er beim Aufstehen, »so ist das die Art von Leben, wie ich mir's vorstelle!«

Er stieß beim Verlassen der Terrasse einen Stuhl um, warf einen letzten Blick in das erleuchtete Café, auf die beiden Tricktrack-Spieler in der Ecke und die Kassiererin, die mit der Abrechnung begann.

»Es ist spät, Hans... Bestimmt ist es schon bald zwölf...«

Sie streckte die Hand nach seinem Arm aus, machte kleine schnelle Schritte, damit sie mit ihm mitkam, und wußte nicht so recht, was sie sagen und wie sie sich ihm gegenüber verhalten sollte.

Er war der Mann; er war wie im Geflügelhof der Hahn, und sie war bloß ein noch ungeübtes, verschrecktes und doch fasziniertes Hühnchen.

»Wo gehen wir hin?« fragte sie besorgt, als er in eine dunkle Straße einbog.

»Wir gehen zu Fuß zurück, an den Quais entlang...«

»Es ist spät, Hans!«

Das war ihm völlig schnuppe.

»Für mich gibt's nichts Aufreizenderes«, erklärte er und steckte sich eine Zigarette an, »als den Anblick eines Paares, das sich abends in einen Winkel drückt... Man weiß nicht genau, was sie gerade machen, und kann sich alles mögliche vorstellen... Man riecht einen Hauch von Speichel und anderen Dingen...«

»Hans!«

»Wenn Joseph so etwas sieht, dann fangen ihm die Finger zu zittern an...«

»Hast du das gesehen?«

»Ja! Und er würde gern selber da stehen, an der Stelle des Mannes – überhaupt aller Männer, die mit Frauen schlafen. Er möchte alle Frauen ausziehen, sie streicheln...«

»Übertreibst du nicht, Hans?«

»Das glaub ich nicht... Da – schau mal!«

Er blieb stehen. Hinter dem erleuchteten Fenster im ersten Stock eines Hauses warf die Lampe im Inneren ein goldgelbes Licht auf die Stores, und es war undeutlich eine Silhouette zu erkennen – eine Frau, die sich möglicherweise auszog. Im gleichen Augenblick tauchte aus der Tiefe des Raums, wo wahrscheinlich ein Bett stand, ein zweiter Schatten auf, ein Männerkopf.

»Wenn Joseph jetzt da wäre, dann würde er bestimmt...«

»Was? Was würde er tun?«

»Nichts... Er hätte kalten Schweiß auf der Stirn... Er müßte dauernd schlucken... Seine Finger würden zu zittern beginnen, und er würde wie ein Hund, der an den Mülltonnen herumschnuppert, alle dunklen Winkel durchstöbern – immer in der verrückten Hoffnung, auf eine Frau zu stoßen, die so spät noch unterwegs ist...«

Lisbeth fuhr schaudernd zusammen, und er reagierte mit einem: »Was hast du?«

»Du machst mir angst...«

»Und Joseph hat dir nie angst gemacht?«

»Bis jetzt nicht... Wie soll ich ihm je wieder in die Augen sehen... Es ist doch wahr, Hans, daß du nie ohne mich weggehen würdest, ja?«

»Ich glaube …«, meinte er versonnen.

»Dann bist du dir nicht sicher?«

Er blieb mit ihr unter einer Gaslaterne stehen und sah sie an. Der Regen war jetzt ganz fein geworden und hatte ihr Gesicht benetzt. Sie hatte einen angespannten Gesichtsausdruck, in ihren Augen stand Besorgnis. Aber es lag trotz allem Glück auf dem schmalen Gesicht mit der spitzen Nase.

»Komm …«

Es war schade um den Saum ihres Kleides, den sie sich auf den Straßen und erst recht am Quai schmutzig machen würde.

In der Ferne tauchten Schwarz in Grau die Umrisse der Schleuse auf, die Lastkähne mit ihren weißen Rändern und die leeren Bänke zwischen den Bäumen.

»Komm …«, wiederholte er.

»Was hast du vor, Hans?« Und gleich hinterher: »Doch nicht hier!«

»Pst!«

Sie sah sich entsetzt um. Sie meinte überall Leute aus der Dunkelheit auftauchen zu sehen, vermutete lauernde Blicke hinter jedem Baum. Und dann zerriß auch noch etwas an ihrer Unterwäsche.

»Wenn Joseph uns jetzt sähe …!« feixte er.

Sie weinte nicht; sie hatte zu große Angst. Aber das war bisher wirklich der grauenhafteste Augenblick in ihrem Leben. Sie empfand nichts. Sie horchte auf jedes Geräusch; sie hörte jeden Regentropfen im Blattwerk der Bäume und einen Hund, der in einem Hof an seiner Kette zog.

»Hans …«

Er lockerte die Umarmung und sah sie lächelnd an. »Ja?«

»Ich versteh das nicht... Du bist... Achtung!«

Sie hörten deutlich Schritte, sahen drei Gestalten den Bürgersteig entlanggehen, in der Mitte eine Frau, die beiden anderen waren an ihren Schirmmützen als Polizeibeamte zu erkennen. Sie hatten die Frau rechts und links am Arm gepackt und stießen sie unsanft vorwärts.

»Grobiane seid ihr! Dreckskerle!« hörte man sie sagen.

»Pipi...«, murmelte Lisbeth.

»Na und?«

»Ich weiß nicht... Ich hab Angst...«

»Wovor?«

»Vor allem...«

Vielleicht auch vor den Lastkähnen, die geduckt wie große Tiere im Wasser lagen, und vor den hochgeklappten Zugbrücken...

Und hatte Hans nicht von so einer Brücke gesprochen, von der aus sein Vater...

»Schnell, laß uns heimgehen!«

Sie fühlte sich zudem auch körperlich elend, wie immer, wenn er sie genommen hatte. Sie glaubte, sichtbare Spuren auf ihrem Körper davonzutragen.

Die beiden Polizisten und die Frau waren in die erste Seitenstraße eingebogen, und die führte zum Kommissariat. Lisbeth stolperte beim Gehen.

»Wir hätten das nicht tun sollen«, kam es unwillkürlich von ihren Lippen.

Dann klammerte sie sich wieder an seinem Arm fest, blieb schließlich stehen, wies auf eine Tür in der dunkel daliegenden Häuserzeile mit einem schmalen Lichtspalt darunter.

»Sie haben sich nicht schlafen gelegt!«

»Was soll uns das ausmachen?«

»Es ist Licht im Laden!«

»Na und...«

»Wir haben abends nie Licht im Laden... Es ist was passiert, Hans! Ich hab so eine Vorahnung...«

Er zuckte die Achseln, zog sie zur Haustür und zündete sich eine weitere Zigarette an, während sie den Schlüssel ins Schloß steckte.

Die Tür wurde jedoch von innen geöffnet, und Tante Maria stand vor ihnen, kerzengerade und so farblos-grau wie ihre Haare.

»Da seid ihr ja«, sagte sie tonlos.

Anna saß auf der Trittleiter, mit der man an die oberen Regalfächer herankam, und Hans sah sie zum ersten Mal weinen. Ihre Augen waren dick und rot, und mit ihrem verquollenen Gesicht wirkte sie zehn Jahre älter.

Joseph hatte zwar keine Tränen in den Augen, sah seinen Cousin aber mit völlig starrem Blick an.

Lisbeth trat ein paar Schritte vor, blickte angstvoll in die Runde, bekam auf ihre stumme Frage keine Antwort und rief schließlich flehentlich:

»Was ist los? Was habt ihr denn?«

»Pst!«

Ihre Mutter wies zur Decke. Das bedeutete, daß der Vater schlief und mit alledem nichts zu tun haben sollte.

»Mama...!« sagte Lisbeth bittend.

Worauf Tante Maria mit abgewandtem Gesicht erklärte: »Diese Frau war da...«

»Pipi?«

Nicken. Und dann:

»Sie hat gegen die Tür getrommelt und uns wüst beschimpft...«

Ihr Blick blieb einen Augenblick an Hans hängen.

Der hatte sich an die Theke gelehnt. Die *Amidon-Remy*-Reklame erschien jetzt, bei geschlossenem Laden, in einem viel dunkleren Blau als tagsüber, wenn das Licht durch das transparente Schild fiel.

»Sie behauptet...«

Maria Krull konnte nur mit Mühe sprechen. Ihre Unterlippe schob sich nach vorn, das Gesicht verzog sich jämmerlich, und sie bekam mehr Ähnlichkeit mit Anna, die plötzlich wieder von Schluchzen geschüttelt wurde.

»Sie behauptet, daß wir es waren, die...«

Tante Maria konnte nicht mehr. Ihr ganzes Gesicht verzog sich immer mehr, und sie verbarg es hinter der stets so sorgfältig gestärkten kleinkarierten Schürze.

»Mama!«

Lisbeth wollte sie umarmen, aber ihre Mutter schob sie mit der Schulter weg, als ob sie sagen wollte: ›Laß mich! Ich kann nicht mehr...‹

Joseph stand währenddessen reglos in seiner Ecke und sah hart auf den grauen Fußboden hinunter.

# 6

Schlagartig war Stille eingetreten, alle hielten in der Bewegung inne, blieben, wie sie waren – Tante Maria mit halb von der Schürze verdecktem Gesicht, Lisbeth besorgt und flehentlich, Joseph mit gesenktem Kopf und hinter dem Ladentisch die weinende Anna in Unterrock und Nachtjäckchen, das Haar hochgesteckt.

Als letztes Geräusch war ein Schniefen von Tante Maria zu vernehmen gewesen, und jetzt nichts mehr. Hans hätte beinahe etwas gesagt; er machte den Mund auf, besann sich aber noch rechtzeitig, als er sah, was die allgemeine Erstarrung ausgelöst hatte: neben der verglasten Küchentür stand Cornelius. Sie hatten ihn nicht kommen hören. Er war einfach da. Er sah sie an. Er stellte keine Fragen: er sah sie nur an. Er war nicht inquisitorisch und nicht mißtrauisch, weder ironisch noch sonst irgend etwas. Er war nur anwesend!

Und die anderen wußten nicht, wie sie die Bewegung wieder loswerden sollten, zu der sie angesetzt hatten, als sie sein Erscheinen bemerkt hatten. Tante Maria war verwirrt wegen ihrer Tränen, und Lisbeth hätte gern gelächelt. Man konnte nicht einmal genau sagen, wie lange er schon da war, in welchem Winkel des dunklen Hauses er gestanden hatte!

»Das sind Lausbuben gewesen«, bemerkte Anna geistesgegenwärtig. »Oder ein Betrunkener... Hör auf zu weinen, Mama...«

Onkel Cornelius versuchte zu begreifen und runzelte ganz leicht die Brauen.

»Jemand hat einen Stein gegen den Laden geworfen, und dabei ist eine Scheibe kaputtgegangen.«

Cornelius Krulls langsamer Blick hatte endlich die Scheibe erreicht. Der Laden war geschlossen, davor jedoch hoben sich die ungleichmäßigen Bruchstücke der Scheibe ab, und man spürte einen Luftzug.

»Wir müssen den Glaser kommen lassen«, sagte Cornelius. »Können wir jetzt schlafen gehen?«

Das war alles, und sie folgten ihm ohne ein weiteres Wort ins Treppenhaus. Tante Maria machte unten das Licht aus, und man hörte noch ein letztes Schniefen von ihr. Oben, im Flur des zweiten Stocks, streifte Lisbeths Hand die von Hans.

Der Schlaf ließ lange auf sich warten in den verschiedenen Räumen des Hauses. Draußen ging unterdessen immer noch feiner Regen auf die Stadt nieder.

Hans schlief sich aus, wie immer, wenn er abends getrunken hatte. Er lag nackt auf dem Bett. Das Fenster stand offen, und die Sonne fiel voll auf die großen Bäume am Quai. Es war klarer als an den vergangenen Tagen; auch die Luft war besser, würziger.

Hans lag ausgestreckt und mit geschlossenen Augen da und genoß das Lüftchen, das immer wieder übers Fensterbrett hereindrang, den Vorhang ein wenig blähte und dann über seinen Körper strich.

In seinem Kopf vermischten sich die verschiedenen Geräusche ringsum: das Gebimmel der Straßenbahn, das Rauschen der Schleuse, das Geklapper aus der Küche und dem Laden sowie das Hämmern von der Werft. Auch seine Gedanken vermischten sich, waren mehr Träume als richtige Gedanken, und kreisten um ein eigenartiges, fast verklärtes Gesicht von Anna, das ihn irritierte und doch anzog.

Dann war er wegen einer Fliege, die sich ihm auf den Mund gesetzt hatte, von einer Sekunde zur anderen auf den Beinen, und in seinen Augen blitzte es tückisch auf. Er hatte einen schlechten Geschmack im Mund und kratzte sich eine ganze Weile am Kopf. Seine Augen gewöhnten sich währenddessen ans Licht, erkannten Bäume, das Wasser des Kanals und das braune Heck eines mit Messingbuchstaben verzierten Schleppkahns.

Er machte zwei Schritte nach vorn und sah etwas, woran sein Blick hängenblieb. Der letzte Rest Schlaf fiel von ihm ab. Mit wacherem Auge nahm er jetzt unten am Fuß der Schleuse, jenseits des Grünstreifens, auf dem zwei Hunde tollten, eine Gruppe von Leuten wahr. Pipi stand in der Mitte, gestikulierte, und alle schauten zu den Krulls herüber.

Hans stand allein in seinem Zimmer und schnalzte mit der Zunge, was soviel bedeutete wie: ›Na denn …!‹

Dann zuckte er die Achseln. Was konnte er dafür! Er putzte sich die Zähne, zog sich an und warf ab und zu einen Blick zur Schleuse hinüber, wo gerade ein Schiff im steigenden Wasser hochkam und Pipi noch inmitten einer Gruppe von Schiffern stand.

Es war eigentlich noch nichts los, und dennoch hatte Hans, der nicht leicht zu beeindrucken war, das Bedürfnis, vor seinem Spiegel Selbstgespräche zu führen und sich wiederholt zu versichern, daß er nichts dafür könne.

Er hörte nebenan Lisbeth in ihr Zimmer kommen. Es war also etwa zehn; sie machte dann ihr Bett, leerte und reinigte die Waschschüsseln und wischte Staub. Und sobald Anna ihr Mittagessen auf dem Herd hatte, kam sie ins Zimmer von Hans und erledigte dort die gleiche Arbeit.

Hans ging hinaus, sah Lisbeths Tür offenstehen und machte ohne irgendwelche Absichten zwei Schritte darauf zu – eigentlich nur, um guten Morgen zu sagen und vielleicht zu fragen, ob ihre Mutter sich wieder gefaßt hatte.

Lisbeth stand vornübergebeugt da und war dabei, ihre Matratze umzudrehen. Sie zuckte zusammen, wandte sich um, legte völlig unerwartet den Finger auf den Mund und machte Hans ein Zeichen, daß er weggehen solle.

Hans zuckte ein weiteres Mal die Achseln. Warum er dann lautlos die Treppe hinunterstieg, ohne daß eine einzige Stufe knackte – er hätte es nicht sagen können. Es war keine Absicht. Er erreichte den mit großen blauen Bodenfliesen ausgelegten Korridor im Erdgeschoß, wo es immer etwas kühler war als im übrigen Haus. Er hörte Stimmen und erkannte die seiner Tante.

Er hatte die Szene förmlich vor Augen: Anna saß am Küchentisch, auf dem ein rotkariertes Wachstuch lag. Sie hatte ein Messer in der Hand und putzte Gemüse, während Tante Maria wie immer an der Glastür zum Laden stand, an deren Spitzengardine sich das Sonnenlicht brach.

»... wollte ich's eben nicht sagen!«

Das Ende eines Satzes. Sie seufzte auf. Man hörte deutlich das charakteristische Schaben des Küchenmessers – sicherlich auf Karotten…

»Als die Leute dann noch einen Ausländer mehr im Haus gesehen haben…«

Tante Maria hielt bestimmt wieder ihren Kopf schief, und Anna hatte ein würdevolles und trauriges Gesicht aufgesetzt.

»…vor allem, wo er nichts getan hat, um nicht aufzufallen! Im Gegenteil…! Lieber Himmel, ich darf gar nicht an die Schwierigkeit denken, die wir in der ersten Zeit gehabt haben… Und auch noch später! Im Krieg… Du warst noch zu klein… Deinen Vater haben sie immerhin eingezogen; er hat in einem Bahnhof in der Umgebung von Paris gelegen… Eines Tages hat ein Säufer, dem ich nichts mehr ausschenken wollte, beim Rausgehen das Wort ›Spion‹ in den Mund genommen… Ich hab gedacht, sie schlagen mir alles zusammen – drücken mir die Scheibe ein, werfen die ganze Einrichtung auf die Straße wie bei den Lipmanns, die ja nicht eingebürgert waren.«

Auf seiner Seite der Tür klang das wie ein tiefes, gleichförmiges Summen. Hans rührte sich nicht.

»Als dann auf der Werft Rideau das Feuer ausgebrochen ist, hat es wieder Leute gegeben, die wegen unseres Namens gesagt haben, daß wir das gemacht haben…«

In anderem Ton fügte sie dann hinzu:

»Ich bin froh, wenn der Glaser kommt…«

Sie schürte nebenher den Herd und war in Gedanken ganz woanders.

»Hat Lisbeth nichts zu dir gesagt?«

»Nein, Mama. In welchem Zusammenhang?«

»Ach, nur so … Weil sie am häufigsten mit ihm zusammen ist …«

»Weil er ihr nachläuft!« bekräftigte Anna. »Je früher er geht, um so besser ist es für die ganze Familie!«

Als sie das Wort ›Familie‹ aussprach, öffnete er die Tür, lächelte und wiederholte:

»… Familie! Morgen, Tante! Morgen, Anna … Habt ihr mir ein wenig Kaffee aufgehoben?«

Er nahm eine Tasse vom Haken, griff nach der Kaffeekanne auf der Ecke des Herdes und goß sich ein.

»Ist Pipi noch mal gekommen?« wollte er wissen.

»Sie steht unten bei der Schleuse …«

»Hab ich gesehen!«

Hatte er gesehen, tatsächlich! Er hätte doch merken müssen, daß er zuviel war hier im Haus, aber von Abreisen war nicht die Rede. Er lächelte, er war vergnügt! Er freute sich über die Sonne, die schöne Luft, den Geruch des Ladens und das Gemüse, das er auf dem Tisch liegen sah …

Störte ihn das unheilvolle Loch in der Scheibe überhaupt nicht, das wie eine erste Wunde des Hauses wirkte? Tante Maria hingegen war jedesmal, wenn sie hinschaute – und das tat sie ständig –, so entsetzt, daß sie sich wieder mit der Hand über die Augen fuhr.

»Wo wollen Sie hin, Hans?«

Hans hatte seinen Kaffee ausgetrunken und wollte zum Quai hinüber.

»Mal hören, was die erzählt!«

»Hans …! Ich bitte Sie … Tun Sie das nicht! Sie bringen sie damit nur noch mehr gegen uns auf …«

»Gut... Dann laß ich es...«

Sie sollten sich später noch an diesen Morgen erinnern, wo außer einer zerbrochenen Fensterscheibe alles noch im Lot gewesen war. Die Luft war klar, und es kamen Familien vorüber, die in die Ferien fuhren.

Niemand dachte an Sidonie. Selbst Pipi schien fast vergessen zu haben, daß es eigentlich nur um sie ging, daß alles an einem ebenso sonnigen Morgen angefangen hatte – mit einem nackten weißen Körper, der aus dem Wasser gefischt worden war.

Nein, heute drehte es sich nur um die Krulls; man schaute von weitem zu ihrem Haus und dem Laden mit der braungetünchten Fassade und dem in Schrägschrift aufgepinselten Namen *C. Krull* herüber.

Von Zeit zu Zeit trat nebenan die Schreinersfrau vor die Tür, um sich zu vergewissern, daß es einstweilen noch bei der eingeworfenen Scheibe geblieben war.

Bis mittags um zwölf hatte sich nichts getan. Nur Potut war vorbeigekommen und hatte sich auf eine Bank gesetzt, auf der er manchmal stundenlang dahindöste.

Die Kundschaft allerdings blieb weg, die Ladenglocke ertönte kein einziges Mal. Pipi war am Hafen und an der Schleuse in Aktion, dirigierte die Kunden um und lief auch selber in die Rue Saint-Léonard, wenn sie irgendwelche Besorgungen übernahm.

Um halb zwölf traf der Glaser ein und machte sich an die Arbeit. Der kleine Junge von den Rideaus kam herbeigelaufen und sah ihm zu.

»Du solltest lieber heimgehen, Emile!« rief die Nachbarin ihm zu. »Steh nicht vor dem Haus herum!«

Tante Maria hatte es gehört, und Hans, der gerade in der Küche war, wandte sich zu ihr um. Ihre Blicke trafen sich.

Das Lachen war aus Hans' Gesicht verschwunden, und in seinen Augen stand ein neuer Ernst.

»Was hat Joseph gesagt?« erkundigte er sich.

Auf die Frage war Tante Maria nicht gefaßt gewesen, und sie zuckte unwillkürlich zusammen.

»Er muß sich auf seine Doktorarbeit konzentrieren«, sagte sie mit einem Blick zur Decke.

Joseph war dermaßen konzentriert, daß er zur Essenszeit mit dem starren Blick eines Menschen auftauchte, der zuviel geschlafen hat. Und er fuhr zusammen, sobald jemand das Wort an ihn richtete.

Sie saßen am Tisch und aßen, jeder auf seinem Platz. Hans konnte durch die offenstehende Tür nach draußen sehen, und dort entdeckte er gleichzeitig mit Tante Maria, die neben ihm saß, eine neue Gruppe von Leuten. Auf dem Tisch stand dampfend das Ragout, das niemandem schmecken wollte.

Germaine, das kleine und fortan stadtbekannte Popo-Monster, stand draußen und trug den lächerlichsten Hut zur Schau, den man sich für sie vorstellen konnte – eine kirschrote randlose Strohglocke, die das Groteske ihrer Erscheinung vollendet unterstrich und ihr Ähnlichkeit mit einem Gnom verlieh.

Verstärkt wurde dieser Eindruck noch durch ihre ernste, wie von einer Mission erfüllte Miene und die Art, ihre Worte jeweils mit einem Kopfnicken zu unterstreichen, wie um zu sagen: ›Jawohl! Genau so ist es!‹ – Und dazu die weit aufgerissenen, puppenhaften Kulleraugen…

Sie stand gegenüber auf der anderen Straßenseite und hatte zwei junge Mädchen und einen jungen Mann dabei, die im gleichen Schuhgeschäft arbeiteten. Sie versuchte gar nicht, unauffällig oder unbeteiligt zu wirken. Im Gegenteil! Sie gestikulierte, sie wies zuerst auf das Haus und dann auf ein Fenster im Obergeschoß; warum, wurde nicht recht klar.

Sie konnten von der Küche aus ja nicht hören, was sie sagte. Sie konnten sie nur sehen – beziehungsweise Tante Maria und Hans konnten es... Dann hörten sie nebenan die Tür auf- und zugehen: natürlich die Frau des Schreiners, die von dem Schauspiel etwas mitkriegen wollte.

Sie konnte ihre Neugier nicht lange bezähmen, überquerte die Straße und fragte Germaine aus, die erneut zu feierlichen und mit großen Gesten unterstrichenen Erklärungen ansetzte.

Lisbeth sah, was draußen vor sich ging, als sie aufstand und einen Topf vom Feuer holte. Ihr ängstlich-fragender Blick wanderte aber nicht zu ihrer Familie, sondern zu Hans.

»Hat er die Scheibe wieder eingesetzt?« fragte Cornelius unterdessen, der mit dem Rücken zur Straße saß.

»Ja... Er ist vorhin gerade fertig geworden.«

»Wieviel hat er verlangt?«

»Anna, wieviel hat er verlangt? Du hast ihn doch bezahlt...«

»Nein, ich hab nicht bezahlt, weil er keine Rechnung dabeihatte. Er muß erst seinen Chef fragen, wieviel es kostet...«

Alltägliche Worte und Gesten... Ragout, dann Zwetschgenkompott.

Potut hatte seine Bank am Quai verlassen und stand jetzt bei dem aufgedonnerten Mädchen. Germaine redete immer noch. Sie konnte bis in alle Ewigkeit und mit der übertriebenen Ernsthaftigkeit von Kindern reden, die sich wichtig nehmen, machte die immergleichen großspurigen Gesten und warf herausfordernde Blicke zum Haus Krull herüber...

Ging die denn nicht wenigstens zum Essen nach Haus?

Cornelius Krull steckte sich eine Pfeife an, und sein Gesichtsausdruck war dabei so ungetrübt wie bei einem Heiligen, der in seiner Nische steht. Josephs rechte Hand verkrampfte sich. Er stand auf, stellte sich in voller Länge unter die Tür zum Laden, und die anderen sahen nur noch seinen Rücken.

»Bring den Kaffee, Lisbeth.«

Sie ließ eine Tasse fallen, und wenigstens für ihre Mutter war es direkt wohltuend, ihr sagen zu können:

»Was machst du denn? Kannst du sie nicht vernünftig festhalten?«

Joseph drehte sich wieder um. Sein Adamsapfel hüpfte auf und ab. Er wandte sich zu der anderen Tür, der zum Korridor und zur Treppe.

»Trinkst du keinen Kaffee?«

Er zögerte, lehnte dann aber ab.

»Ich geh rauf...«

»Du solltest dich ein wenig hinlegen...«

Das meinte sie nicht ernst. Sie wußte, daß es nicht ging. Aber man mußte eben so tun, als ob – wenigstens in Anwesenheit von Cornelius.

Am meisten zu schaffen machte es Maria Krull momentan, daß ihr Mann die Angewohnheit hatte, nach dem Kaffee eine Weile auf der Ladenschwelle stehenzubleiben und seine Pfeife zu rauchen.

Das tat er jetzt auch wie an anderen Tagen. Germaine stand mit ihrem gräßlichen roten Hut immer noch gegenüber. Ein kleines Mädchen, der reinste Dreikäsehoch, setzte gerade an, mit Kreide etwas an die Hauswand zu schreiben. Das Kind hatte bisher erst ein *M* geschrieben, rannte aber mit einem entsetzten Aufschrei davon, als Cornelius unter der Tür erschien, und lief im Bogen zum Grünstreifen und zu den anderen zurück.

Wer hätte das für möglich gehalten… Seltsamerweise wanderte Tante Marias Blick von Zeit zu Zeit zu Hans und suchte das stumme Gespräch mit ihm.

›Es sieht schlimm aus, nicht wahr?‹ schien sie zu sagen.

Hans versuchte nicht, sie vom Gegenteil zu überzeugen. Es hätte nicht viel gefehlt, und sie hätte ihn gefragt: ›Was sollen wir jetzt tun?‹

Dabei war noch nichts geschehen – nur eine Scheibe war zu Bruch gegangen und schnell durch eine neue ersetzt worden, eine versoffene ältere Frau hetzte an der Schleuse die Schiffer auf, und ein kleines Mädchen mit Beinen und einem Hintern wie eine Frau stand vor dem Haus und plusterte sich auf.

Die Familie wartete darauf, was Cornelius Krull sagen, wie er reagieren würde, als er sich umdrehte. Aber es geschah rein gar nichts. Sein Gesicht hatte wie stets diesen elfenbeinernen Schimmer, die Augen standen grau unter weißgrauen Brauen, der Bart war starr, und er schlurfte wie an jedem anderen Tag auch in seinen Pantoffeln zur Küchentür, ging durch die Küche, stellte die Pfeife auf dem Pfeifenständer ab und wandte sich zur Treppe.

Lisbeth verlor als erste die Beherrschung.

»Ja, wann geht die eigentlich wieder!« brach es aus ihr heraus.

»Sei ruhig...«, murmelte ihre Mutter. »Bleib am besten von der Tür weg.«

Daraufhin rührte sich Maria Krull eine ganze Weile nicht mehr. Sie hielt die Augen halb geschlossen, nur die Lippen bewegten sich gleichförmig. Sie hatte die Hände über dem Bauch gefaltet und stand betend vor dem nicht abgeräumten Eßtisch, vor ihrem Teller, auf dem sieben Pflaumenkerne lagen.

»Germaine!«

Eine durchdringende Stimme durchschnitt die Luft, die ordinär-schrille Stimme einer Frau aus dem Volke.

»Ger*maine*!« Die zweite Silbe wurde in die Länge gezogen.

Und das kleine Monster mit dem roten Hut gab im gleichen schrillen Ton zurück: »Komm ja *schon*!«

Die Gruppe vor dem Haus löste sich auf. Nur Potut stapfte noch schwerfällig zur nächsten Bank und sank dort nieder. Vor dem Haus war alles leer, nur Bäume und Kieselsteine, die in der Sonne glitzerten.

Maria Krull seufzte auf und warf Hans einen erleichterten Blick zu.

»Ich glaube, Sie sollten heute lieber nicht ausgehen, Hans!« hatte Tante Maria gesagt, als sie ihn nach seiner Jacke greifen sah.

Er hatte nur kurz überlegt und dann beschlossen, daheim zu bleiben.

Sie waren geflissentlich bemüht, sich wie sonst auch zu verhalten. Lisbeth saß im Salon und spielte Klavier, und ihre Mutter hatte überlegt, ob an einem Tag wie heute Musik aus dem Hause zu hören sein sollte.

»Die Leute müssen es ja auch mal leid werden«, hatte Hans ihr versichert, als ob er ihre Gedanken erraten hätte.

Zwischen ihm und seiner Tante war unausgesprochen ein subtiles Einverständnis entstanden, das sich von Stunde zu Stunde intensivierte. Man hätte meinen können, daß nur sie beide die Sachlage begriffen, daß nur sie beide bestimmte Dinge wußten oder errieten und daß sie die einzigen erwachsenen Menschen im Haus waren.

»Was hast du vor, Anna?« fragte Tante Maria verwundert, als sie Anna mit einem Tuch um den Kopf auftauchen sah, in jeder Hand einen Eimer mit Wasser.

»Es ist Ladenputztag heute, Mama...«

Erneutes Zögern. Sollte man wie in jeder anderen Woche auch den Laden gründlich saubermachen?

Sie entschied sich dafür. Die Tür zur Straße blieb offen, während die Wurzelbürste über den gefliesten Boden schrubbte und sich auf der Schwelle Rinnsale von Seifenwasser bildeten.

Tante Maria ging ihrer Tochter zur Hand. Mal stieg sie auf die Trittleiter, mal stand sie unten; sie nahm sich ein Fach nach dem anderen vor, rückte jedes Glas und jede Flasche, sämtliche Schachteln und Päckchen zur Seite, wischte über Regalböden und -seiten und ging ab und zu vor die Tür, wo sie ihr Staubtuch ausschüttelte.

Hans stand die meiste Zeit zwischen Küche und Laden, rauchte Zigaretten und sah ihnen zu. Manchmal setzte er sich auch hinüber in die Werkstatt, diese dämmrige Oase der Ruhe und Kühle, wo alles wie an jedem anderen Tag und noch genauso wie vor zwanzig, dreißig Jahren war. Die teils weißen, teils ungeschälten Rutenbündel lehnten an der weißgekalkten Wand. Der alte Cornelius saß auf einem Stuhl mit abgesägten Beinen in seiner Ecke; der Gehilfe hockte zwei Meter entfernt auf einem gleichartigen Stuhl, arbeitete im gleichen Rhythmus an einem gleichartigen Korb, und keinem von beiden fiel es jemals ein, etwas zu sagen.

Das war nun schon seit vielen, vielen Jahren so – fast ein Menschenalter lang –, und ebenso lang lag das Kissen aus blauem Rips auf Cornelius' Stuhl...

Die Tür zum Hof stand offen. Zwischen den runden Pflastersteinen wuchs etwas Gras. In der Mitte war eine Baumscheibe aus schwarzer Erde freigelassen für die Linde. Vogelgezwitscher drang herein, und eine Amsel hüpfte auf dem hellen Rechteck hin und her, das den Horizont der beiden Männer bildete.

Der Gehilfe hatte einen Buckel. Er kam um sechs Uhr früh und ging kurz vor Dunkelwerden durch die hintere Tür wieder weg. In welche Welt er bis zum nächsten Morgen eintauchte, war nur schwer vorstellbar.

Immer noch Klavierspiel... Lisbeth ließ nicht locker, blieb immer an der gleichen Stelle hängen, setzte nervös ein weiteres Mal an und stolperte wieder genau wie vorher.

»Hans!«

Tante Maria hatte nach ihm gerufen und forderte ihn halblaut auf:

»Gehen Sie mal raus und sehen Sie sich das an …«

Das Trottoir lag wie ausgestorben in der Sonne. Er schaute nach beiden Seiten und warf dann erst einen Blick auf die Fassade. Auf dem dunklen Stein unterhalb des Schaufensters hoben sich ungeschickt aufgemalte Striche ab, die sich zu Blockbuchstaben und dem Wort MÖRDER formierten.

Von Pipi war weit und breit nichts zu sehen. Kein Mensch an der Schleuse, kein Schiff wollte passieren. Die Welt schien eingeschlafen, und doch war jemand – vielleicht das kleine Mädchen von heute mittag – hergekommen und hatte das Wort hingeschrieben, während Tante Maria und Anna bei offener Tür im Laden waren.

Es war im übrigen nur ein Wort … Zwar war Sidonie vielleicht schon nicht mehr ganz so tot wie zuvor, aber noch ging es hier nicht ausdrücklich um sie. MÖRDER, das war abstrakt, das konnte auch ein Plural sein. Es stand hier unter dem Schaufenster, und darüber war das Namensschild *Krull* …

»Ich wisch das weg, nicht wahr, Hans?«

Sogar Anna fragte ihn jetzt nach seiner Meinung! Sie war mit einem nassen Scheuerlappen in der Hand herausgekommen und vor ihm stehengeblieben.

Die Buchstaben ließen sich nicht restlos entfernen. Die Kreide hatte sich in den Poren der Backsteine festgesetzt, und aus einiger Entfernung war das Wort noch zu erkennen.

»Gehen Sie rein, Hans … Bleiben Sie nicht hier draußen …«

Er hatte sich einen Augenblick auf dem Trottoir aufgehalten, aber nur, um zu Joseph hinaufzusehen, der nach wie vor in Hemdsärmeln am Fenster saß und über seine Arbeit gebeugt war.

Die Atmosphäre war spannungsgeladen wie bei einem aufziehenden Gewitter, wenn jeden Augenblick krachend der erste Blitz einschlagen kann.

Man hielt an den täglichen Gewohnheiten fest, doch es wirkte alles gebremster als sonst. Man redete – vermeintlich wie immer, aber die Stimmen hatten nicht ihren normalen Klang. Man schrubbte den Boden. Tante Maria polierte die kupfernen Waagschalen und dann die Messingplatte des Schanktisches.

Und in Gedanken war man bei den Feinden, fragte sich, wo sie waren und was sie ausheckten.

Um fünf Uhr war plötzlich der rote Hut wieder an Ort und Stelle, obwohl das Schuhgeschäft erst um halb sieben schloß. Germaine hatte diesmal andere Mädchen dabei, ein halbes Dutzend Gören wie sie selber, die sie wohl dort aufgegabelt hatte, wo sie wohnte.

Sie lachten und redeten laut durcheinander. Germaine blieb nicht mehr so auf Abstand wie am Mittag. Sie kam auf die Idee, eine ihrer Freundinnen in den Laden zu schikken, nur mal so... Vorher legten sie ein paar Sous zusammen.

Eine hochaufgeschossene, schwarzhaarige Bohnenstange betrat daraufhin den Laden. Sie steckte barfuß in ausgetretenen Latschen, und der Staub hing grau an ihren Beinen.

»Schokolade!« sagte sie gehässig und ging auf den Ladentisch zu.

»Was für welche?«

»Schokolade für zwanzig Sous …«

Sie sah Tante Maria mit angespanntem Gesicht in die Augen. Kein Zweifel, sie würde bei der ersten Bewegung, die ihr verdächtig erschien, die Flucht ergreifen.

Tante Maria fischte ein Stück violett eingewickelte Schokolade aus einem bauchigen Glas, und das Mädchen streckte ihr die zwanzig Sous hin.

Vielleicht hatte sie vorgehabt, noch irgendeine Mutprobe zu bestehen – Tante Maria etwa ein Schimpfwort entgegenzuschleudern oder die Schokolade auf den Boden zu werfen. Ihr Gesicht verriet eine derartige Absicht, aber dann brachte sie den Schneid nicht auf, ergriff das violette Papier, machte zwei normale Schritte zur Tür und rannte zu ihren Freundinnen zurück.

Eine der Freundinnen streckte Maria Krull die Zunge heraus, als sie deren Stirn und Augen über der Auslage entdeckte. Germaine gab sich mit solchen Kindereien nicht ab; dazu spielte sie eine viel zu wichtige Rolle. Sie stand einfach da und blickte herausfordernd zum Laden hinüber.

Wer weiß, welche rätselhaften Gedankengänge Tante Maria ein paar Minuten später dazu brachten, sich an Hans zu wenden, als dieser sich gerade eine Limonade eingeschenkt hatte.

»Schreibt Ihr Vater Ihnen gar nicht, Hans?« fragte sie.

Er hörte den Verdacht heraus. Sie waren einer beinahe so schlau wie der andere.

»Das könnte ihn in Schwierigkeiten bringen.«

»Ach ja?«

»Ich bin denen politisch nicht genehm …«

Sie ließ es dabei bewenden. »Ich geh mich waschen«, kündigte sie an.

Der Laden war noch feucht und roch frisch geputzt.

»Ich auch«, murmelte Anna. Ihre Schürze war naß geworden, und das Haar hing ihr strähnig ins Gesicht.

Aber ein Blick ihrer Mutter genügte, und sie begriff, daß Hans nicht allein im Laden bleiben sollte.

»Sobald du wieder da bist«, verbesserte sie sich. »Falls Kundschaft kommt...«

Der unbedacht ausgesprochene Satz hallte lang nach, zumal seit dem Morgen kein Kunde in den Laden gekommen war. Außer diesem Mädchen, das draußen am Quai stand und an dem Stück Schokolade knabberte.

Der Quai selbst wirkte unbelebter als sonst, leerer. Nur dieser hartnäckige rote Hut hielt sich da draußen, diese abstoßende Germaine. Und eine Stunde später war die dürre Ninie mit dem schiefen Gesicht zu ihr gestoßen.

Wo hatte Ninie eigentlich den ganzen Tag gesteckt? Warum war sie nicht auch mit hier herumgestanden? Und Pipi? Und Potut, der vorhin noch auf einer Bank geschlafen hatte und mit einem Mal verschwunden war?

Um sechs Uhr kamen wie üblich die Arbeiter von der Werft Rideau vorbei, doch diesmal blieben sie stehen. Einer von ihnen rief Germaine eine Frage zu, und die hielt ihnen eine lange Rede.

Sie trugen noch Arbeitskleidung. Sie sahen zum Namensschild *Krull* herüber und bekamen gehässige Mienen. Schließlich gingen sie doch weiter, ohne den Krulls etwas getan zu haben.

Bald darauf fuhr ein Polizist auf dem Fahrrad vor und

hielt am Straßenrand. Er machte sich nicht die Mühe abzusteigen.

»Kommt mal einer!« rief er einfach ins Ladeninnere; die Tür stand ja noch offen, damit der Boden schneller trocknete.

Anna ging hinaus, und er übergab ihr ein Papier.

»Was ist das?« fragte Hans, als sie zurückkam.

»Eine Vorladung für Papa... Er soll morgen um neun Uhr auf dem Kommissariat erscheinen... Ich denke, daß Mama für ihn hingehen wird.«

Die Vorladung wurde Cornelius tatsächlich nicht gezeigt. Sie wurde ihm gegenüber nicht erwähnt. Die anderen respektierten ihn, er war das Familienoberhaupt. Aber auf die Art – wahrscheinlich gerade weil man ihn respektierte und fürchtete – wurde er in die meisten Angelegenheiten einfach nicht einbezogen.

Das war erstaunlich, weil er immer eine große Ruhe und Würde ausstrahlte, wie ein tauber Mensch, der inmitten der ihn umgebenden Hektik seinen inneren Träumen nachhängt.

Die anderen verstummten, als er in die Küche trat, und er schien diese Stille normal zu finden. Man schwieg auch während des Essens, abgesehen von ein paar belanglosen oder unerläßlichen Bemerkungen. Man schwieg, bis er gegangen war, und er nahm das Schweigen mit in die Werkstatt hinüber, wo er sich wieder neben dem Gehilfen niederließ.

»Wo ist Lisbeth?« wollte Tante Maria wissen. Sie hatte die Vorladung gerade unter ihrer Schürze verschwinden lassen.

Das Klavier war verstummt, man wußte nicht, wo Lisbeth war, und rief im Treppenhaus nach ihr.

Auch Hans war weg.

Tatsächlich standen die beiden seit einigen Sekunden im Flur des zweiten Stocks beisammen. Hans war nach oben gegangen, um Zigaretten zu holen, und Lisbeth hatte ihn abgepaßt.

Sie klammerte sich mit flehentlicher Miene an ihn und stammelte: »Ich kann nicht mehr!«

Na und, was konnte er dafür...

»Laß uns weggehen!« sagte sie inbrünstig.

Von unten kam die Stimme ihrer Mutter.

»Lisbeth!«

»Ich komme...«

Vergeblich bemühte sie sich, Hans in ihren Bann zu ziehen – das erhoffte Zeichen seiner Einwilligung blieb aus.

»Ich komm ja schon...«

Sie brachte schnell ihre Haare in Ordnung und wandte sich nochmals zu ihm um.

»Was hast du denn da oben gemacht?«

»Nichts! Bloß die Hände gewaschen...«

»Warst du bei Hans?«

»Nein... Wieso? Ist er nicht hier...?«

Hans, der im Treppenhaus mitgehört hatte, schnalzte kennerhaft mit der Zunge.

Vielleicht hatte Tante Maria in dieser Nacht gar nicht geschlafen? Oder war sie durch ein ungewöhnliches Geräusch geweckt worden? Hans hatte im Halbschlaf zuweilen den

Eindruck, vom Trottoir her ein Flüstern wahrzunehmen. Vielleicht hatte die Tante das auch gehört und war dann richtig wach geworden…

Er wachte auf, weil ihn jemand an der Schulter rüttelte. Es war Lisbeth. Sie stand im Nachthemd an seinem Bett und hatte den Finger auf den Mund gelegt.

Es war schon Tag, aber das Licht hatte noch keine eindeutige Färbung und tendierte mehr zu Grau als zu Rosa.

»Schau mal runter…«, hauchte sie.

Und sie ging zum Fenster und beugte sich ganz vorsichtig hinaus, um ihm zu zeigen, was sie meinte.

Hans stand auf und zog sich den Pyjama über, den er zum Schlafen nie anhatte.

»Was ist da los?«

Sie gab ihm zu verstehen, daß sie es nicht wußte. Er ging auf Zehenspitzen die Treppe hinunter, durch die Küche hindurch und trat in den Laden.

Die Ladentür stand offen. Tante Maria kauerte mit einem Scheuertuch in der Hand auf der Schwelle. Sie hob ängstlich den Kopf, erkannte Hans und legte ebenfalls den Finger auf den Mund.

Es war erst vier Uhr morgens. Keine Menschenseele auf der Straße draußen – nur Tante Maria, die den Eingang putzte und bestimmt zum ersten Mal in ihrem Leben im Morgenrock vors Haus getreten war.

Hans sah sie fragend an. Aber dann merkte er selber, was los war – am Geruch. Als er näher trat, sah er es auch: In der Nacht waren Exkremente vor die Tür gekippt worden, und die Tante entfernte sie gerade. Er fühlte etwas Weiches an seiner Schulter, hob den Kopf und sah eine tote, ebenfalls kotbeschmierte Katze, die an der Ladenglocke aufgehängt war.

Tante Maria ließ keinen Abscheu erkennen. Sie erledigte die Arbeit und fürchtete nur, nicht mit allem fertig zu werden, bis Cornelius wie üblich um halb sechs herunterkommen würde.

Als sie sah, wie Hans die Katze abnahm, warf sie ihm einen dankbaren Blick zu. Dann wies sie – stumm, immer noch aus Angst, das leiseste Geräusch könnte das Haus aufwecken – mit der Hand auf den braunen Fensterladen.

KREPIERT! stand in fast meterhohen Buchstaben da, diesmal in Ölfarbe.

# 7

Kurz nach halb neun kam Maria Krull aus dem Schlafzimmer herunter. Sie war ausgehfertig, trug jedoch ihre Alltagskleidung – das Wollkleid, den schwarzen Hut, die Häkelhandschuhe und die Schuhe mit den schiefen Absätzen.

Unten vor der Treppe war ein Garderobenständer aus Bambus mit einem Spiegel, in den sie wie gewohnt einen Blick warf, um sich den Hut zurechtzurücken.

Heute früh jedoch schien der Blick in den Spiegel nicht dem Hut zu gelten, sondern ihrer ganzen Person. Alles an ihr wirkte grau, aschgrau – die Haare, die Haut, die Stimme, die Bewegungen.

Zwischen Maria Krulls Augen und denen im Spiegel kam es zu einem erstaunten Kontakt, woraufhin Tante Maria nicht durch die Küche und den Laden auf die Straße ging, sondern wieder die Treppe hinaufstieg.

Anna wusch das Frühstücksgeschirr ab und warf manchmal einen Blick auf den gegenüberliegenden Quai. Lisbeth hatte sich ans Klavier gesetzt, weil ihre Mutter ihr das aufgetragen hatte, blätterte in einem Notenheft und lauschte auf die Geräusche aus dem Hause. Hans mußte in der Werkstatt oder im Hof sein.

Maria Krull ging im Schlafzimmer hin und her, und als

sie kurze Zeit danach wieder herunterkam, trug sie das festliche schwarze Seidenkleid, hatte den Jettschmuck und die goldene Halskette angelegt, die weißen Handschuhe hervorgeholt und die Ansteckblume, ein Veilchen, an den Hut gesteckt.

Sie brauchte sich nicht im Spiegel anzusehen, und sie hatte es auch eilig. Sie schien das Haus möglichst rasch und ohne einen Blick nach rechts oder nach links verlassen zu wollen, machte dann aber kehrt, gab Anna wortlos einen Kuß auf die Wange, ging in den Salon und küßte Lisbeth zweimal.

Im Hausflur traf sie schließlich auf Hans. Sie zuckte zusammen, zögerte und ging weiter, ohne den Mund aufgemacht zu haben. Das heißt, in der Küche murmelte sie Anna doch noch ein paar Worte zu, und ihre Stimme klang wie sonst auch:

»Wenn Vater nach mir fragt, sag ihm, ich bin auf dem Markt...«

Hans ging zur Tür und sah ihr nach. Sie lief unwillkürlich schneller und blickte zu Boden. Hans wäre jede Wette eingegangen, daß ihre Lippen sich bewegten, daß sie sich auf dem ganzen Weg halblaut zurechtlegte, was sie dem Kommissar sagen wollte.

Ob das nur ein Eindruck war, der durch Tante Marias Abwesenheit entstand? An jenem Vormittag schien das Haus Löcher zu haben – Piloten würden in derartigen Fällen von Luftlöchern sprechen. Man ging durch ein Zimmer und fühlte sich eigenartig berührt, weil der Raum nicht seine gewohnte Dichte hatte, weil der Geruch nicht wie sonst war oder weil ein Geräusch, das eigentlich hierhergehört hätte, nicht zu hören war. Lisbeth zum Beispiel saß im Salon vor dem Klavier, aber es war kein Ton zu hören, obwohl es Zeit zum Üben gewesen wäre.

Auch in der Umgebung des Hauses war es leerer als sonst. Hatten im Hafen wirklich weniger Schiffe festgemacht? Möglich war es schon, weil die Sauregurkenzeit begonnen hatte. Es war zwar Wäsche zum Trocknen aufgehängt, aber nicht viel, und sie hing bei der herrschenden Windstille schlaff herab.

Pipi war nicht an der Schleuse. Sie hatte gestern abend wahrscheinlich zuviel getrunken und schlief ihren Rausch aus.

Bei geöffneten Fensterläden war von den nächtlichen Verunglimpfungen am Krullschen Geschäft nichts mehr zu sehen. Sie hatten auch die Ladentür offengelassen wie zur Bekräftigung, daß sich nichts geändert und man keinen Grund hatte, sich zu verstecken.

Hans schlenderte in die Küche zurück und hob wie gewohnt die Deckel von den Töpfen, womit er Anna normalerweise zur Weißglut brachte.

Heute sagte sie nichts. Vielleicht merkte sie es gar nicht. Es war alles gedämpft, wie hinter Watte; auch die Geräusche von draußen kamen von weiter weg als sonst.

»Was gibt es zum Mittagessen?« fragte er.

»Weiß ich nicht...«

Sie sagte das nicht, weil sie ihm keine Antwort geben wollte. Sie wußte es wirklich nicht, und Hans setzte seinen Weg fort, der ihn über den kühlen Korridor zum Salon führte.

Das Klavier war nicht aufgeklappt. Lisbeth hatte beide Ellbogen auf den Deckel und das Kinn in die Hände gestützt und blickte verloren in eine Partitur, die sie gar nicht sah. Hans trat hinter sie und streichelte ihr sanft über den blonden Nackenflaum.

Zuerst schüttelte sie nur den Kopf, um ihm zu verstehen zu geben, daß er das lassen sollte. Dann aber, als er lächelnd weitermachte, sagte sie mit einem Aufseufzen:

»Lassen Sie mich, Hans!«

Er streichelte sie unbeirrt weiter und fuhr ihr, immer noch lächelnd, mit der Hand unter das Kleid und den Rücken hinunter bis zur Mulde zwischen den Schulterblättern.

Da wandte sie sich energisch und mit wutverzerrtem Gesicht zu ihm um und schrie ihn an:

»Ich hab doch gesagt, Sie sollen mich lassen!«

Allerdings tat es ihr schon wieder leid, ehe ihre Wut noch voll zum Ausbruch gekommen war. Sie sah Hans ängstlich an, wandte den Kopf und sagte leise:

»Tut mir leid... Ich bin nervös...«

Er ließ sie daraufhin in Ruhe, nahm die häusliche Atmosphäre in sich auf, zog einen Stuhl heran, setzte sich rittlings neben Lisbeth und zündete sich schweigend eine Zigarette an. Das Fenster war geschlossen, die Tüllgardinen zugezogen. Davor standen zwei Grünpflanzen in Kupferübertöpfen. Auch die Tür war geschlossen; sie waren allein innerhalb der geblümten Wände, der vergrößerten Porträtfotos, der polierten Möbel und der vielen Nippsachen.

Hans schien fast zu wissen, daß Lisbeth gleich reden

würde – daß sie reden mußte. Er saß abwartend und in der Haltung eines Zuhörers da.

»Sehen Sie mich nicht so an«, sagte sie, wie um in Schwung zu kommen. Leiser und zum Klavier gewandt fügte sie hinzu: »Es gibt Augenblicke, in denen ich mich für mich schäme...«

Er, Hans, schämte sich nicht, weder für sich selbst noch für sie. Er hatte noch nicht einmal Mitleid. Aber er wußte diesen Augenblick zu schätzen – die Atmosphäre des Salons und den Anblick von Lisbeths Nackenlinie, ihrer spitzen Nase und des kleinen Taschentuchs, das sie zusammengeknüllt in der Hand hielt für den Fall, daß sie es plötzlich brauchte.

»Mama hat soviel gelitten...! Sie hat ihr Leben lang so kämpfen müssen! Und da gehe ich einfach hin und...«

Seine Antwort entsprach bestimmt nicht dem, was sie erwartet hatte. Er stieß den Rauch der Zigarette aus und fragte in aller Gemütsruhe: »Warum hat sie gelitten?«

Das war der einzige heikle Augenblick, die einzige Hürde, die er zu überspringen hatte. Sie würde entweder gleich in Tränen ausbrechen und sich in ihr Zimmer verkriechen oder wie jeder vernünftige Mensch reden. Letzteres war der Fall – allerdings erzählte sie zögernd, linkisch, verschüchtert, dann aber zunehmend ruhiger.

»Die Leute sind uns gegenüber so mies gewesen!«

»Warum?«

»Einfach so... Weil wir Ausländer sind...! Meine Mitschüler haben mich nur die *Boche* genannt, und was glaubst du, was die Lehrerin einmal vor der ganzen Klasse zu mir gesagt hat: ›Wer von einem fremden Land gastfreundlich aufgenommen wird, der muß sich dort ganz besonders gut aufführen ...!‹«

Die Tür ging auf, Anna streckte den Kopf herein, und ihr Gesicht war fast ebenso grau wie das ihrer Mutter.

»Ach, da seid ihr ja«, seufzte sie nur, als sie die beiden sah.

Sie verschwand, wie sie gekommen war, und die Tür wurde geräuschlos wieder geschlossen.

»Anna ist es noch übler ergangen«, knüpfte Lisbeth an das Auftauchen ihrer Schwester an. »Sie war so gut wie verlobt, mit einem jungen Mann aus sehr guter Familie – dem Sohn des Friedensrichters gegenüber der Kirche Saint-Léonard. Das ist das Haus mit den zwei Balkons ... Als der Vater des Jungen davon erfuhr, hat er seinen Sohn in Montpellier weiterstudieren lassen und geschworen, er würde ihn verstoßen, wenn er meine Schwester heiraten sollte ... Als ob wir was dafür könnten! Mama lehnt sich nie auf ... Sie ist zu allen Leuten freundlich und liebenswürdig. Aber ich weiß, daß es ihr etwas ausmacht, wenn unsere Nachbarn – zum Beispiel die Morins direkt nebenan – lieber den Hut aufsetzen und einen weiteren Weg gehen, als bei uns einzukaufen.«

Lisbeth senkte die Stimme, um zu ernsteren Bekenntnissen auszuholen.

»Mama ist so tapfer, Hans! Sie hat so viel verkraftet! Wenn Sie wüßten ...«

Natürlich würde sie es erzählen, aber es ziemte sich eben, daß sie zögerte, daß sie sich umsah, wie um sicher zu sein, nicht belauscht zu werden.

»Als Vater hierherkam – er ist damals als fahrender Geselle von Stadt zu Stadt gezogen –, da gab es den Schießplatz noch nicht, und auf dem ganzen Übungsgelände standen Korbweiden. Die Werft Rideau hat es auch noch nicht gegeben; ich glaube, dort war die städtische Mülldeponie. Vater konnte kein Französisch; er hat sich auf der anderen Seite des Wassers in einer Holzhütte niedergelassen, inmitten der Weiden, und hat mit dem Korbflechten begonnen. Wir hatten mal ein Foto von ihm aus der Zeit, aber es ist inzwischen verblaßt. Er war schon so wie heute; der Bart war zwar blond, aber auf dem Foto hat er auch weiß ausgesehen…«

Sie brach ab. Jemand war im Laden. Ein paar Sekunden lang lauschten sie beide nach drüben, warteten auf einen Eklat… Aber dann kamen das beruhigende Geklimper von Kleingeld in der Kassenschublade und Schritte auf dem Trottoir. Es war nur ein Kunde gewesen!

»Dort, wo jetzt der Schreiner wohnt, war ein kleiner Bauernhof, wo die Leute aus der Stadt sonntags hingingen und ein Glas Milch tranken.«

»Und dieses Haus hier, was war damit?«

»Es hatte noch kein Obergeschoß, und da, wo jetzt der Hof ist, war der Misthaufen. Der Hafen übrigens war schon da. Mutter behauptet, es hätte damals mehr Schiffe gegeben als jetzt, alle von Pferden gezogen. Hier im Haus war ein Café mit Ausschank, die Schiffer kamen zum Trinken her. Der Laden hat noch nicht existiert; es hat nur die Getränke gegeben und Hafer für die Pferde.«

Sie redete endlich wie ein erwachsener Mensch; der Salon mit dem Blumendekor an den Wänden war zu einer

Oase geworden, aus der die auf dem Haus lastende Angst verbannt war. Der Zigarettenrauch hüllte den Kronleuchter ein; auf dem Fenstersims hüpften Spatzen hin und her.

»Hier ist nie von diesen Dingen die Rede... Anna, die weiß besser darüber Bescheid als ich, weil sie ja älter ist. Sie hat auch unsere Großmutter gekannt.«

»Die Mutter von Tante Maria?«

»Ja... Das Café hier, das hat sie geführt.«

»Ganz allein?«

»Zu Anfang ganz allein, ja. Ich hab nie genau erfahren, wo sie herkam, aber sie war ein dunkler Typ, wie die Leute aus dem Süden... Sie muß eine sehr schöne Frau gewesen sein; auch Mama hat phantastisch ausgesehen...«

»Und ihr Vater?«

»Ja, eben... Deswegen hab ich vorhin gesagt, daß Mama so tapfer war, Hans... Es waren nämlich nacheinander mehrere Männer im Haus, und die besseren Leute haben meine Großmutter nicht gegrüßt... Von ihrer Tochter haben die Leute nur gewußt, daß sie zu der Zeit zur Welt gekommen ist, als ein Elsässer im Haus war, der nach zwei Jahren wieder weg ist... Mama hat am Tresen bedient, und da hat mein Vater sie auch kennengelernt... Was gibt's da zu lächeln?«

Hans lächelte nicht. Vielleicht hatten sich seine Lippen ein klein wenig auseinandergezogen, jedoch ohne jede Ironie. Er hatte jedenfalls seiner Tante gegenüber keinerlei ironische Gefühle. Interesse, das ja... Es interessierte ihn ganz einfach, wie alles gekommen war: Zuerst das Café mit dieser zugezogenen Frau und ihrer Tochter... Dann war Cornelius dazugekommen, eine Art Pilger, der endlich seinen Pilgerstab weglegte. Er hatte sein Handwerkszeug von den Weidenbäumen gegenüber ins Hinterzimmer des Ausschanks gebracht.

»Und wie lange waren sie zu dritt hier?« fragte er.

»Mehrere Jahre... Anna erinnert sich noch an die Großmutter. Bei ihrem Tod war Anna drei Jahre alt, glaub ich. Sie war zum Schluß kaum noch aus ihrem Sessel in der Küche aufgestanden, weil sie ganz dicke Beine bekommen hatte und nicht mehr gehen konnte. Joseph behauptet, es sei Wassersucht gewesen und daß die in der Familie läge...«

Die Großmutter war gestorben, und danach waren Zucht und Sitte eingekehrt! Der Schanktisch war immer schmaler geworden und wurde schließlich ans äußerste Ende der Ladentheke verbannt. Die Werbeschilder für alkoholische Getränke und die womöglich etwas anzüglichen Bilder waren abgehängt und statt dessen ein Reklameplakat für Wäschestärke der Marke *Remy* aufgehängt worden, leuchtendblau mit einem makellos weißen Löwen... Tante Maria war jung und schön gewesen, hatte sich aber wahrscheinlich damals schon ihr steifes Wesen und die würdevolle Haltung zugelegt.

»Warum sind sie nicht weg von hier?« fragte er, fand die Bemerkung aber selbst albern.

»Warum hätten sie weggehen sollen?« antwortete Lisbeth. »Und wohin? Das Haus gehörte ihnen, und sie hatten ein gutgehendes Geschäft. Wenn die Schiffer mal einkaufen gehen, dann decken sie sich gleich für mehrere Tage ein und...«

Na klar! Sie waren geblieben – einfach so. Sie waren geblieben, weil sie gerade hier waren!

›Wie war das eigentlich mit Cornelius gewesen‹, überlegte Hans weiter, ›hatte der einen Grund gehabt, hier haltzumachen?‹ Er war durch einen großen Teil Deutschlands gewandert, durch Belgien und den Norden Frankreichs, bis er zwischen einem Fluß und einem Kanal an ein Weidenwäldchen kam und sich dort niedergelassen hatte, einfach so, ohne sich noch weiter umzusehen. Ähnlich wie seinerzeit die Juden haltmachten, als sie das Gelobte Land erreicht hatten.

Vielleicht merkte er nicht, daß er ein Fremder war... Er hatte alles beibehalten, seine Religion, seine Gewohnheiten, seine lange Pfeife mit dem Porzellankopf. Er sprach den Dialekt seiner Heimat, in dem sich mit der Zeit ein paar französische Brocken festgesetzt hatten; nicht er hatte sich angepaßt, sondern die Familie hatte sich an seine Sprechweise gewöhnen müssen.

»Mama hat nie etwas gesagt, aber ich weiß, daß es hart für sie war...«

Was war hart gewesen? Hierzubleiben? An diesem Stück Kanal festzuhalten, der Schleuse, den paar Räumen des Hauses?

Bestimmt war es auch hart gewesen, sich trotz der feindseligen Haltung der Leute seinen Lebensunterhalt zu verdienen... Sou für Sou das Geld zu verdienen, Ziegelstein für Ziegelstein, um zuerst einmal das Haus aufstocken zu lassen. Und später sollten die Kinder ordentliche Schulen besuchen und gutbürgerlich gekleidet werden; man hatte einen Salon gebraucht und ein Klavier und gute Ware in den Regalen!

Hier war weder Stadt noch Land gewesen. Sie waren am

äußersten Stadtrand; erst allmählich waren Straßen mitsamt Trottoirs und Gaslaternen entstanden, die Straßenbahnlinie gekommen. Rechts und links von ihnen waren weitere Häuser errichtet worden. Nebenan hatte sich ein Schreiner niedergelassen. Auf der anderen Seite kleine Leute, Rentner und Angestellte, die hier gebaut hatten und wahrscheinlich nichts wußten von der Geschichte der Großmutter.

Die Leute wußten nur, daß die Krulls Fremde waren. Daß sie hier im Viertel nichts zu melden hatten und nicht dazugehörten, sondern zum Kanal und seinem ›fahrenden Volk‹.

»Und Pipi?« wollte Hans wissen.

»Weiß ich nicht... Ich hab sie immer nur so gekannt, wie sie jetzt ist. Schon als ich klein war, hat sie ab und zu im Laden Ärger gemacht... Woran denkst du?«

Plötzlich hatte sie ihn unabsichtlich geduzt – es war einer der seltenen Augenblicke der Freundschaft zwischen ihnen.

Ein kurzer Augenblick, denn während sie ihren Cousin anblickte, erschauderte Lisbeth: Ihr Körper erinnerte sich, zuckte zusammen vor lauter Scham, ihre Gesichtszüge entglitten.

»Wenn Mama das erfahren würde«, stammelte sie mit gesenktem Kopf. »Wieso hab ich das nur tun können, Hans? Was soll jetzt geschehen?«

Zunächst geschah nichts. Sie hatten alle beide nicht auf das Geräusch der Schritte draußen geachtet, zuerst auf dem Trottoir, dann im Laden. Die Tür ging auf, und im Türrahmen stand nicht Anna, sondern Maria Krull. Eine Maria Krull im Seidenkleid und mit Jettschmuck, den Sonntagshut auf dem Kopf und das Gesicht farb- und ausdruckslos. Sie schaute sie beide an.

Unmöglich zu sagen, was sie dachte, ob sie mit Erstaunen oder Mißbilligung zur Kenntnis nahm, daß sie beide hier beim Klavier saßen. Im übrigen war der Blick, den sie ihnen zuwarf, so hintergründig, daß sie wohl ganz andere Dinge vor Augen hatte. Trotzdem fragte sie mit ganz normaler Stimme und wie beiläufig:

»Hat Vater nach mir gerufen?«

»Nein, Mama.«

Lisbeth biß sich auf die Unterlippe. Sie war aufgestanden, hatte zu einer Bewegung angesetzt und ihrer Mutter entgegeneilen wollen; die aber war schon zurückgewichen, hatte die Tür geschlossen und ging die Treppe hinauf.

Es war nichts geschehen. Maria Krulls Auftritt war denkbar untheatralisch gewesen, gleichzeitig aber denkbar eindrucksvoll. Hans runzelte die Brauen, vergaß die Zigarettenasche abzustreifen und wußte auf Lisbeths fragenden Blick auch keine Antwort.

Was für Neuigkeiten hatte es gegeben? Was hatte der Kommissar zu Tante Maria gesagt? Sie hatte nicht geweint; sie hatte keine roten Augen. Und es war weit beängstigender als alles andere, sie so ruhig und kalt zu sehen, ihre gleichförmige Stimme zu hören, die einen derart belanglosen Satz formulierte wie: ›Hat Vater nach mir gerufen?‹

War das also ihre Hauptsorge – Cornelius den Besuch bei der Polizei zu verheimlichen?

Im Augenblick hörte man sie direkt über dem Salon hin und her gehen, und ihre Bewegungen und Handgriffe waren leicht zu erraten. Sie legte das Seidenkleid ab und zog ihr Alltagskleid an. Dann band sie sich die Baumwollschürze mit den winzigen blauen Karos um.

»Wo gehen Sie hin, Hans?«

»Ach, nirgendwohin ...«

Er hatte keine Lust mehr auf den Salon und auf die Stimmung dort, das war alles. Er wollte lieber bei Cornelius vorbeischauen, der neben dem buckligen Gehilfen auf seinem Stuhl mit den halb abgesägten Beinen saß.

Cornelius hatte lange, schmale Hände, und auf seinem Handrücken traten die Venen hervor. Er ließ bedächtig die Weidenruten durch die Finger gleiten, hob bei Hans' Eintreten den Kopf, und in seinem Blick lag ein Willkommensgruß. Er hatte sich daran gewöhnt, daß Hans ab und zu in der Werkstatt auftauchte, wo es schön kühl war. Und daß er sich auch manchmal setzte und Geschichten aus Deutschland erzählte.

Hatte er vom Kommen und Gehen seiner Frau tatsächlich nichts mitbekommen? War ihm heute morgen, als sie mit dem Saubermachen gerade rechtzeitig vor seinem Erwachen fertig geworden waren, gar nichts aufgefallen?

In seinem Gesicht lag stets der gleiche Ausdruck friedlicher Gelassenheit, und der weiße Bart unterstrich das noch. Und doch glaubte man zuweilen in seinen Mundwinkeln etwas wie Resignation oder hintergründige Ironie aufblitzen zu sehen.

»Eine Hitze ist das!« sagte Hans aufseufzend. Die Ruhe und der Frieden in der Werkstatt beeindruckten selbst ihn.

Tante Maria stand bereits wieder im Laden. Sie bediente eine Schiffersfrau, eine magere Rothaarige, die ein Baby auf dem Arm hatte und unter umständlichen Verrenkungen das Geld aus ihrem dicken Portemonnaie herausfischte.

Dann machte sich wieder Leere breit. Anna traute sich nicht, etwas zu sagen, und Lisbeth machte sich wie in einem Akt der Verzweiflung an ihre Fingerübungen, langsam, unnachgiebig, verbissen.

Von Pipi war draußen immer noch nichts zu sehen.

Und Joseph... Er war in seinem Zimmer und verhielt sich so still, als wäre er gar nicht da.

Hans hatte mehrmals die Empfindung, daß der Blick seiner Tante suchend zu ihm wanderte, daß er immerzu an ihm hängenblieb. Wenn er sie dann aber seinerseits ansah, blickte sie weg.

Sie hatte sich aus unerfindlichen Gründen darangemacht, einige hundert Sardinenbüchsen neu aufzustapeln, die volle drei Regalfächer einnahmen. Und sie erledigte diese Arbeit mit übertriebener Ruhe und einer Entschiedenheit, die an Lisbeth und ihre verbissenen Übungen am Klavier erinnerte.

»Das Essen ist fertig!« verkündete Anna schließlich. Sie war die einzige, die sich ihre Erschöpfung anmerken ließ.

Cornelius kam aus der Werkstatt und Joseph von oben – hemdsärmlig und mit übermüdeten Augen.

Der Quai blieb leer. Man stellte sich die Frage, wo die Feinde von gestern abgeblieben waren und was sie im Schilde führten.

Nur Germaine tauchte noch auf und zog draußen ihre Nummer ab wie ein Zirkusclown. Sie hatte immer noch den roten Hut auf und war diesmal in Begleitung von zwei kleinen Mädchen, die kaum zwölf sein mochten und daher um so mehr von Germaines Wichtigkeit überzeugt waren. Die ging in der Mitte, und die beiden anderen hatten ihr die Hände auf den Unterarm gelegt, wie sie selbst das seinerzeit bei Sidonie getan hatte – weil sie ›die Große‹ war. Sie bildeten eine kompakte Dreiergruppe, teilten einander flüsternd schauerliche Geheimnisse mit und warfen zwischendurch ängstliche Blicke zum Hause Krull herüber.

Die vollbusige Germaine hatte tags zuvor jedoch bestimmt etwas zu hören bekommen, weil sie nicht rechtzeitig zum Mittagessen erschienen war; die Vorstellung dauerte nämlich nicht lange, die drei Grazien entfernten sich zusammen in Richtung Rue Saint-Léonard und taten dabei sehr ernst und erwachsen.

Joseph saß am Tisch und sah so blaß und abgekämpft aus, daß es mitleiderregend war. Und nur wenn er sich unbeobachtet fühlte, wagte er seine Mutter anzusehen, ihr einen angsterfüllten Blick zuzuwerfen.

»Bist du mit deiner Arbeit noch nicht fertig?« wollte Anna von ihm wissen. Wenigstens hier in der Küche sollte der beruhigende Klang menschlicher Stimmen zu hören sein, fand sie.

»Ein paar Seiten hab ich noch zu schreiben ...«

»Wann bist du dran?«

»Am siebten ...«

»Hoffentlich hat Monsieur Schoof bis dahin die Sache mit dem Haus geklärt!«

Das war noch ein anderes Kapitel. Joseph war zwei Jahre Famulus im Krankenhaus gewesen und wollte sich als Arzt niederlassen, sobald er seine Arbeit beendet und die mündliche Prüfung hinter sich hatte.

Marguerites Mitgift sollte in einem kleinen Haus bestehen, das vor einiger Zeit weiter vorn am Quai errichtet worden war, in dem Teil, der schon zum engeren Stadtgebiet gehörte. Marguerite hatte es sich ausgesucht, weil es so schmuck aussah und einen kleinen eingezäunten Garten hatte.

Im Herbst sollte also beides gleichzeitig stattfinden – die Eheschließung und die Niederlassung als Arzt. Der derzeitige Besitzer des Hauses verlangte jedoch einen Preis, den Monsieur Schoof für überhöht hielt, und es wurde nun schon seit über einem Monat verhandelt und taktiert.

»Ißt du keinen Spinat?«

Joseph schüttelte nur den Kopf.

Onkel Cornelius hielt an einer liebgewordenen Gewohnheit fest, auf die er nur verzichtete, wenn Besuch da war: Er benutzte beim Essen nicht das normale Besteckmesser, sondern sein Taschenmesser, das er schon seit vierzig Jahren hatte und dessen Klinge inzwischen nur noch einen Zentimeter breit war. Er schnitt sein Brot damit über dem Daumen, beugte sich nach vorn und hielt mit der linken Hand seinen Bart, während er das Essen zum Mund führte.

»Hast du heute nachmittag Unterricht, Lisbeth?« fragte Maria Krull.

»Ja, um zwei. Harmonielehre ...«

Ein Flugzeug donnerte so niedrig über das Viertel, daß man dachte, es müsse an einen Schornstein stoßen oder ein Dach eindrücken, wie das manchmal auf Zeitungsfotos zu sehen war. Joseph stand als erster auf und ging nach oben.

Noch immer wußte niemand, was im Büro des Kommissars vorgefallen war, und Tante Maria half Anna erst einmal beim Geschirrspülen wie sonst auch.

Vielleicht schob sie das Reden absichtlich noch hinaus? Vielleicht bereitete sie sich innerlich vor, sammelte Kräfte, übte sich weiter in dieser übermenschlichen Ruhe, die sie seit heute vormittag zur Schau stellte?

Obendrein lungerte auch noch Hans überall herum und bekam alles mit, jedes Sich-gehenlassen. Einmal schon hatte Tante Maria, als sie im Laden eine Art Inventur machte, ihm einen flehenden Blick zugeworfen.

Maria Krull räumte auf, machte sich hier zu schaffen und da, öffnete die Kassenschublade und schloß sie wieder.

Dann schien sie endlich tief durchzuatmen und sich zum Handeln aufzuraffen.

»Ich komm gleich wieder runter!« rief sie Anna durch die halbgeöffnete Küchentür zu.

Sie ging betont langsam die Treppe hinauf, wobei sie ihr Kleid anhob, und blieb im ersten Stock eine ganze Weile im Flur stehen. Schließlich drehte sie einen Türknauf, aber die Tür ging nicht auf. Sie klopfte.

»Was ist?« kam Josephs Stimme von innen.

»Ich bin's«, meldete sie sich ganz leise.

Anna und Hans fühlten sich zwei Stunden lang wie zwei wilde Tiere im Käfig, die weniger über ihr Eingesperrtsein irritiert sind als darüber, daß man sie zusammengesteckt hat und daß sie sich bei jedem Schritt begegnen.

Es war völlig ungewohnt, Anna ohne eine Beschäftigung zu erleben; sie brachte nicht die Energie auf, etwas anzupacken. Und wenn sie die Beherrschung zu verlieren drohte, baute sie sich hinter dem Ladentisch auf, als ob sie auf Kundschaft wartete.

Dadurch konnte Hans feststellen, daß sie sich auf die gleiche Art wie ihre Mutter hinstellte und über die Schaufensterauslage hinweg wie aus einem Versteck den Quai beobachtete.

Drüben wurden Ziegelsteine abgeladen, die im vollen Sonnenlicht grellrot wirkten, und das umgebende Grün verstärkte diesen Eindruck noch.

Doch das war weit weg: weniger als hundert Meter zwar, aber trotzdem in einer anderen Welt und in unüberwindlicher Ferne.

Tatsächlich vorhanden waren die beiden Stimmen dort oben, dieses eigenartige Gemurmel, teils leise, teils nur im Flüsterton. Und begonnen hatte es mit einem nicht enden wollenden Monolog und vereinzelten kurzen Unterbrechungen durch Joseph.

Sie hatten die Tür abgeschlossen, und man hatte auch gehört, wie das Fenster zugemacht worden war.

Maria Krull redete und redete; das war das einzige, was man hier unten wußte. Und sie tat es mit gleichförmiger Stimme, wie man aus der Bibel vorliest. Oder wie die Frauen, die in einem dunklen Winkel der Kirche sitzen und ihren Rosenkranz beten.

»Wollen Sie eigentlich noch lang hier im Haus herumwandern?« begehrte Anna schließlich auf, die sich schon ganz elend und schwindlig fühlte.

Hans antwortete nicht. Er sah sie an, und sein Blick war weder gehässig noch spöttisch. Freundschaftlich zwar auch nicht, aber doch zum ersten Mal wohlmeinend-neugierig.

»Wie sind Sie eigentlich auf die Idee gekommen, sich bei uns einzunisten?«

»Durch die Tatsache, daß ich sonst nirgendwohin konnte...«

»Wenn hier etwas passiert...« Sie hatte eigentlich sagen wollen: ›ein Unglück passiert‹, war dazu aber zu abergläubisch. »...dann haben Sie das zu verantworten...«

»Meinen Sie?«

Er griff in das Glas mit den sauren Drops und steckte sich einen in den Mund.

»Was hat der Kommissar eigentlich zu *Ihnen* gesagt?«

»Nichts... So gut wie nichts.«

Jetzt, nach einer ganzen Stunde, kam von oben ein ungewohntes Geräusch. Es war wie ein zu Boden fallender Körper, der aber hart aufschlägt. Jemand, der sich auf die Knie wirft, hätte zum Beispiel ein solches Geräusch verursachen können.

Anna sah Hans an, und der rührte sich nicht. Sie hielten beide den Atem an.

Jetzt setzte Josephs Monolog ein, abgehackt, ungeordnet und mit Pausen durchsetzt, in denen ihm vor Weinen vielleicht die Stimme versagte.

Wie lange mochte er so geredet haben? Fünf Minuten oder zehn? Es ging jedenfalls lang; es war lang und schmerzlich.

Dann erneut Geräusche... Es stand zu hoffen, daß es vorbei war. Hastige Schritte, dann andere Schritte, endlich das charakteristische Quietschen von Sprungfedern, wenn sich jemand aufs Bett fallen läßt.

»Hans!«

Er wandte sich nicht um.

»Wissen Sie etwas? So sagen Sie's mir doch! Ich bin am Ende...! Hat Joseph womöglich...«

Er mochte Anna nicht, ohne besonderen Grund. Vielleicht, weil sie nicht anziehend war, vielleicht auch einfach deswegen, weil sie ihn auch nicht mochte. Und trotzdem war er bewegt, suchte nach einer Antwort und brachte doch nur ein »Woher soll ich das wissen?« heraus.

Zum Weinen war keinem von ihnen zumute; man stand zu sehr unter Druck... Man machte den Mund auf, um etwas zu sagen, und es kam kein Wort heraus!

Was ging da oben vor sich? Warum diese völlige Stille? Diese nicht enden wollende Stille!

Ein Fuhrmann kam herein. Er hatte die Peitsche über der Schulter und sagte vertraulich: »Gib mir einen kleinen Marc...«

Anna schenkte ihm den Marc ein, goß das Glas aber zu voll, griff geistesgegenwärtig schnell nach einem Tuch und wischte die Theke ab.

Endlich waren sie wieder auf den Beinen da oben. Joseph sagte etwas, nur ein paar Sätze. Jetzt war wieder die Mutter an der Reihe mit ihrer Bibellesung... Sie setzten sich; sie schlugen einen anderen Tonfall an, und es klang eher wie eine normale Unterhaltung.

Während Anna das Geld für den Marc in die Kassenschublade mit dem Metalleinsatz legte, faßte sie sich endlich ein Herz.

»Sie sollten lieber fortgehen«, sagte sie zu Hans und sah an ihm vorbei zum Quai. »Ganz abgesehen davon, daß Sie Lisbeth nur Unglück bringen...«

Er hatte keine Zeit, sie zu fragen, was sie damit meinte. Im ersten Stock wurde die Tür geöffnet und wieder geschlossen. Tante Maria ging ins Schlafzimmer, wo sie nur ganz kurz blieb. Endlich kam sie langsam die Treppe herunter, ging durch die Küche und erschien auf der Schwelle zum Laden.

»Was heckt ihr beide da eigentlich aus?« murmelte sie mit leicht nach rechts geneigtem Kopf und war dabei so durch und durch sie selbst, daß man seinen Augen nicht trauen wollte.

# 8

Grüne Uferböschungen und Reihen von Bäumen begrenzten abwechselnd den schnurgerade verlaufenden Kanal, der stellenweise durch das dichte Blattwerk über dem Wasser zum Tunnel wurde. Es war kurz vor sieben, ein friedlicher Sommerabend, und die paar Schiffe, die noch unterwegs waren, tuckerten im Rhythmus des Dieselmotors oder glitten im Tempo der Treidelpferde dahin. Das schräg einfallende Sonnenlicht brachte die Scheiben eines weiß gegen die grüne Landschaft abstechenden Hauses zum Aufflammen und verlieh einem kleinen Mädchen, das einen Apfelschimmel am Zügel führte, einen überdimensionalen Schatten.

Die *Centaure* jedoch hatte es eilig und näherte sich mit lärmendem Motor der Tilly-Schleuse. Das Wasser teilte sich vor der verengten Einfahrt, die Molen kamen näher, und der Schiffer tutete ein paarmal energisch, weil er den Schleusenwärter mit der Kurbel in der Hand sah, der wohl gerade nach Hause wollte.

Der Mann schirmte die Augen gegen die Sonne ab, sah die *Centaure* herankommen, warf einen Blick auf seine große silbrigglänzende Uhr und machte sich dann doch noch daran, langsam die Schleusentore zu öffnen.

Das war von den Krulls aus gesehen drei Schleusenbecken weiter – insgesamt etwa sieben oder acht Kilometer. Die Tilly-Schleuse war weitaus am unbeliebtesten wegen der ovalen Beckenform und der seitlichen Schieber, die zuviel Wasser auf einmal abließen und dadurch Strudel erzeugten.

Die Leute von der *Centaure* wollten die Nacht im Dorf oberhalb der Schleuse verbringen. Die Frau stand am Bug und hielt die Strahltrosse in der Hand, die sie allmählich lockerte.

›Bei der Tilly-Schleuse gibt's mal ein Unglück‹, hatte es schon hundertmal geheißen. ›Ehe da nicht ein Schiff untergegangen ist, kommen die vom Straßen- und Brückenbauamt zu keinem Entschluß!‹

Und jetzt passierte das Unglück. Ob die Frau die Trosse zu rasch lockerte? Das Schiff kam von der Wand ab, geriet in einen Wirbel, wurde dadurch einen guten Meter weiter nach vorn gedrückt, und das reichte, um den Bug hochkommen und auf dem trockenlaufenden Beckenrand aufsitzen zu lassen.

Die Frau schrie. Der Schiffer kam nach vorn gerannt. Der Schleusenwärter beugte sich herunter, aber es war schon zu spät: Die *Centaure*, deren Bug fast ganz aus dem Wasser ragte, zerbrach langsam in zwei Teile. Sie hatte Zement geladen.

Die Krulls saßen am anderen Ende des schnurgeraden Wasserlaufs mit den beiden seitlichen Baumreihen und bekamen von dem Unglück nichts mit. Sie verhielten sich, als ob auf dem Kanal nichts passiert sei.

Hans, der vorübergehend vom Laden, von der Küche

und dem Salon genug hatte, stand zum Zeitpunkt des Unglücks unter der Tür zum Hof und steckte sich eine Zigarette an. Als er das Streichholz wegwarf, fiel sein Blick auf die halbhohe gekalkte Mauer, die den Hof vom Garten der Guérins trennte. Über der Mauer wurde der Kopf eines Jungen sichtbar, der vermutlich auf eine Tonne oder eine Leiter gestiegen war und Hans unbeweglich und mit weit aufgerissenen Augen fixierte.

»Louis ...!« schrie eine Frauenstimme.

Der Junge rührte sich nicht. Er starrte wie gebannt herüber. Er konnte sich nicht losreißen.

»Louis! Willst du wohl runterkommen! Ich verbiete dir, zu den Leuten da rüberzugucken ...!«

Die Tür zur Werkstatt stand offen. Cornelius und der Gehilfe hatten das sicher gehört. Aber keiner von beiden hatte auch nur mit der Wimper gezuckt, und sie taten das auch nicht, als Hans sich zu ihnen setzte.

In die Augen des Gehilfen allerdings war ein boshaftes Funkeln getreten, besonders als Hans angefangen hatte, eine seiner Geschichten zum besten zu geben.

»Hab ich Ihnen die Geschichte mit dem Affen schon erzählt? Das war damals, als ich in Düsseldorf bei einer Cousine meiner Mutter war, die nicht weit vom Bahnhof eine Parfümerie hatte ...«

Der Gehilfe lächelte auf eine ganz besondere und ihm eigentümliche Art in sich hinein. Etwa in der Art, wie man ein Bonbon lutscht ... Es hätte sich gelohnt, ein Heft anzulegen, um all die Verwandten und Freunde aufzulisten, bei denen Hans in den verschiedensten Teilen Deutschlands gewohnt hatte. Seine Geschichten fingen immer ganz ähnlich an: ›Damals, als ich in Berlin bei Tante Martha war…‹ oder: ›Als ich mit Freunden, den von Neumanns, in Tirol Urlaub gemacht habe…‹

Der Gehilfe kaute auf seinen leeren Backen herum – entweder, weil diese Episoden ihn innerlich belustigten, oder weil das ein Tick von ihm war.

Abgesehen von dem Unfall an der acht Kilometer entfernten Schleuse – von dem sie aber erst am nächsten Tag erfahren sollten – passierte nichts Außergewöhnliches an diesem Abend, und im Haus Krull erholte man sich von der nervlichen Anspannung der jüngsten Zeit.

Ein paar kleine Zwischenfälle gab es zwar schon… Zum Beispiel blieb Josephs Stuhl leer, als sie sich alle zu Tisch setzten, und unwillkürlich schaute jeder zu dem leeren Platz hin. Dabei hatte Anna schon zweimal durchs Treppenhaus gerufen, daß das Essen fertig sei.

Tante Maria stand schließlich wortlos auf, ging hinauf, kam nach kurzer Zeit zurück und sagte nur: »Er kommt.«

Er kam, und er sah niemand an. Die anderen sahen, daß er geweint hatte, ließen sich das aber nicht anmerken.

Und sobald sie mit dem Essen fertig waren, riet Tante Maria ihm, zu Bett zu gehen.

»Leg dich gleich hin«, sagte sie wie zu einem Kranken. »Das wird dir guttun.«

»Ich lasse die Läden runter«, kündigte sie außerdem noch an, obwohl das Geschäft normalerweise erst viel später geschlossen wurde.

Cornelius protestierte nicht, wenngleich er abends gern noch auf der Schwelle stand, eine letzte Pfeife rauchte und zusah, wie sich unter den Bäumen die Luft bläulich verfärbte.

Maria Krull schien mit ihren weißen Händen ein riesiges Spinnennetz von der Familie abwehren zu wollen, und einstweilen hatte sie es durch ihre Besonnenheit geschafft, daß nichts passiert war. Oder daß es wenigstens danach aussah.

Hans jedoch, der fast wie eine Frau viele Dinge eher intuitiv erfaßte, fing ab und zu einen kurzen Blick seiner Tante auf, den sie ihm immer dann zuwarf, wenn er anderswohin schaute. Und dieser Blick brachte etwas anderes zum Ausdruck als ihre früheren Blicke. Sie wollte wissen, was er dachte, sie erforschte und belauerte ihn. Sie wußte, daß er es wußte; er wußte, daß sie es wußte. Und darin waren sie sich so nah, daß ihre eigene Familie für sie viel weniger zählte als er, Hans, der Fremde!

›Sie möchte mit mir reden‹, dachte er.

›Er ahnt, daß ich ihn brauche‹, sagte sie sich.

Bei der Tante waren die Ungeduld und der Groll über den Schnorrer, der er war, verflogen; bei Hans war die Ironie gewichen.

Sie warteten aufeinander. Aber an diesem Abend kam es noch nicht dazu. Sie brauchten eine Pause. Es dauerte keine zehn Minuten, bis alle auf ihren Zimmern waren.

Jetzt schlenderten viele Leute lässig am Quai entlang – Liebespaare, Frauen mit ihren Hündchen, ältere Ehepaare, die etwas frische Luft schnappen wollten oder mit den Kindern spazierengingen. Auch der rote Hut tauchte auf – Germaine war wieder in Begleitung der beiden kleinen Mädchen von heute mittag und zog ein paarmal am Haus vorüber.

Die drei waren zu dieser abendlichen Stunde milder gestimmt, was wahrscheinlich auch an einer Gruppe junger Burschen lag, die da herumstanden. Und sie beließen es dabei, manchmal zum Haus Krull herüberzuschauen.

Viel später – Hans war schon halb eingeschlafen – kamen andere junge Burschen johlend aus der Stadt zurück, und einer von ihnen versetzte der Ladentür einen Tritt. Aber das hätte er an einer beliebigen anderen Tür vielleicht auch gemacht.

Hans, der bei offenem Fenster schlief, erwachte vom Klang der Stimmen, die aus dem Laden heraufdrangen. Im ersten Augenblick dachte er, Tante Maria habe mit jemandem Streit. Aber dann hörte er, daß der Mann, ein Schiffer, nicht auf sie schimpfte, sondern auf die Regierung, und besonders auf das Straßen- und Brückenbauamt.

Von der Schleuse kam Stimmengewirr. Leute standen in Grüppchen vor einem handgeschriebenen Plakat mit der Ankündigung, daß der Kanal wegen eines Unfalls an der Tilly-Schleuse für etwa zwanzig Tage stillgelegt werden müsse.

Bereits im Lauf der Nacht war der Wasserspiegel um zwanzig Zentimeter gesunken, und große, ungesund aussehende Blasen stiegen an die Oberfläche.

Hans machte, immer noch von seinem Zimmerfenster aus, eine weitere Entdeckung. Etwa fünfzig Meter vom Haus entfernt stand ein Polizeiposten, und das war sonst nicht der Fall.

Wahrscheinlich hatte die ganze Nacht über ein Polizist Wache geschoben. Vielleicht war auch gestern abend einer dagewesen, und Hans hatte ihn bloß nicht bemerkt. Das wäre eine Erklärung für die Zurückhaltung der vollbusigen Göre mit dem Superpo gewesen und auch dafür, daß es in der Nacht keine neuen Schmierereien am Haus gegeben hatte.

Der Polizist war in Uniform; er hatte also nicht die Aufgabe, die Krulls zu überwachen, sondern sie zu beschützen. Und das bedeutete, daß Tante Maria sich beschwert hatte.

Hans wusch sich von Kopf bis Fuß mit kaltem Wasser ab und spritzte dabei wieder einmal den gewachsten Dielenboden voll, was Anna immer in Rage brachte. Er goß sich wie an jedem Morgen in der Küche den Kaffee ein. Durch die halbgeöffnete Verbindungstür zum Laden erhaschte er einen vielsagenden Blick von Tante Maria.

Er wußte jetzt, daß das Gespräch kurz bevorstand, spielte aber den Ahnungslosen und holte sich die Lokalzeitung vom Ladentisch, wo sie allmorgendlich hingelegt, aber von niemandem gelesen wurde. Das heißt, Anna war an den Todesanzeigen interessiert.

*Rätsel um den Mordfall vom Quai Saint-Leónard. Die Ermittlungen im Fall der am Quai Saint-Léonard tot aufgefundenen Sidonie S. scheinen erneut in Gang gekommen zu sein. Wie verlautet, ist ein gewisser Potut, der nach der Entdeckung der Leiche festgenommen wurde, bereits seit Tagen wieder auf freiem Fuß. Es gilt als erwiesen, daß er mit der verabscheuungswürdigen Tat nichts zu tun hat. – Es scheint nunmehr alles darauf hinzudeuten, daß die Polizei derzeit eine andere, offenbar heiße Spur verfolgt…*

Noch so ein Zufall! Da hatte sich der alte Lokalreporter unter anderem auf dem hiesigen Kommissariat umgehört und nur eben mal was läuten hören …

Hans faltete die Zeitung zusammen und legte sie wortlos auf ihren Platz zurück. Er überlegte sich, wann und wie seine Tante das Gespräch mit ihm einfädeln würde und ob sie es einfach hier im Laden führen oder ihn zum Beispiel nach oben bitten würde. Oder vielleicht auch …

Er ging in den Salon, von wo kräftiges Klavierspiel herüberdrang. Und er fuhr Lisbeth genau wie tags zuvor über den Nacken, weil er bestimmte Gesten gern wiederholte und hoffte, sie damit in die gleiche angenehme Stimmung zu versetzen.

Dieses Mal schwieg Lisbeth und beugte sich nur etwas nach vorn, um ihre Noten zu entziffern. Im gleichen Moment kam Tante Maria herein und tat so, als wollte sie etwas aus einer Schublade holen.

Lisbeth stand sofort auf und ging hinaus.

Wahrscheinlich war ihr eingeschärft worden: ›Sobald ich ins Zimmer komme, läßt du mich mit ihm allein!‹ Und Anna hatte auf den Laden aufzupassen.

Somit waren sie nun endlich allein hier im Salon mit der kleinblumigen Tapete und den zerbrechlichen Nippsachen. Hans fiel auf, daß seine Tante die Brille, die sie sonst nur zum Lesen trug, aufgesetzt hatte, allerdings nicht, um ihn besser sehen zu können, sondern um ihre Augen dahinter zu verbergen. Einstweilen kramte sie immer noch in der Schublade.

»Haben Sie Nachricht von Ihrem Vater, Hans?« fragte sie dann, ohne ihn anzusehen.

Er bewahrte Haltung. Aber der Schlag hatte gesessen. Er nahm ihn lächelnd hin, hatte fast Lust, ein impertinentes ›Kanaille‹ zwischen den Zähnen hervorzustoßen.

Er hatte begriffen, sah unerfreuliche Dinge auf sich zukommen. Was ihn jedoch nicht hinderte, sich ungeniert eine Zigarette anzuzünden und sich auf die Tischkante zu setzen, obwohl seine Tante das nicht ausstehen konnte.

»Ich hab dieser Tage keinen Brief bekommen«, antwortete er leichthin.

»Wie schade... Monsieur Schoof macht sich nämlich Gedanken, was aus dem armen Mann geworden ist...«

»Ach, tatsächlich?«

Endlich hörte sie mit der nervtötenden Kramerei in den Schubladen auf und blieb mit dem Rücken zum Fenster in ihrer üblichen Haltung und mit den über dem Bauch gefalteten Händen stehen.

»Ist Ihr Vater nicht schon seit fünfzehn Jahren tot?«

Hans spürte, daß seine Lippen zitterten; er konnte sich wirklich etwas Angenehmeres vorstellen... Er war trotzdem entschlossen, sich nicht aus dem Konzept bringen zu lassen, und er rettete sich in ein verkrampftes Auflachen.

»Ach so... Das haben Sie vom Kommissar, nicht wahr? Ich hatte nicht mehr dran gedacht, daß er ja meine Papiere durchgesehen hat...«

»Was haben Sie jetzt vor, Hans?«

Er mußte schnell sein – schnell denken, die Lage schnell beurteilen. Und er durfte jetzt keinen Fehler machen. Vor zwei oder drei Tagen noch wäre ihm unter diesen Umständen nichts übriggeblieben, als zu gehen, wie ihm das schon verschiedentlich mit anderen Leuten passiert war, bei denen er sich auch für kürzere oder längere Zeit eingenistet hatte.

Jetzt aber fielen ihm die Blicke wieder ein, die seine Tante ihm gestern zugeworfen hatte. Er sah sie nochmals lauernd an und gelangte zu der Überzeugung, daß sie ein Spiel spielte – wie der Bauer auf dem Markt, der an der Kuh herummäkelt, die er kaufen will.

Sie hatte sich den Gesprächsverlauf offenbar Punkt für Punkt und so minutiös zurechtgelegt, als ob sie alles schriftlich fixiert hätte. Der Auftakt bestand darin, daß sie ihren Gegner in eine mißliche Lage brachte. Worauf aber wollte sie hinaus?

»Was ich vorhabe…? Ganz ehrlich, Tante, ich weiß es selber noch nicht. Ich hab einen alten Schulfreund in Südfrankreich unten, dessen genaue Adresse ich allerdings nicht habe… Ich weiß nur, daß er eine Villa irgendwo zwischen Nizza und Cannes bewohnt…«

Er gab sich zynisch; er fand das am besten so.

»Und Lisbeth?«

Darauf war er nicht gefaßt gewesen. »Lisbeth?« wiederholte er, um Zeit zu gewinnen.

Was wußte die Tante wirklich über sein Verhältnis zu Lisbeth? Wer konnte geredet haben? Joseph? Vielleicht während der langen Aussprache gestern… Hatte er alles gesagt? Oder hatte Anna ihrer Mutter gegenüber nur einen vagen Verdacht geäußert?

»Sie sagen gar nichts…«

Was ihn trotz allem hoffnungsvoll stimmte, war Tante Marias Haltung. Sie wirkte ruhig und etwas leidend. Das war nicht die Haltung einer Frau, die gerade erfahren hat, daß sie einen Betrüger unter ihrem Dach beherbergt; einen, der sich obendrein noch über die eigene Tochter hergemacht hat.

»Nun?«

»Ich tue, was Sie für richtig halten, Tante!« antwortete er, und damit hatte er sich nichts vergeben.

»Ist Ihnen eigentlich klar, was Sie sind?«

Worauf er bockig zurückgab: »Mir ist klar, daß ich gar keine andere Wahl hatte und daß mein Leben so verlaufen ist, wie es verlaufen mußte.«

Das war nichtssagend, hatte nichts zu bedeuten. Das ermöglichte es ihm, sich ihr gegenüber nach wie vor selbstsicher zu geben, ihr sogar herausfordernd zu begegnen. Und wenn sie das in die falsche Kehle kriegte, dann war ihr auch nicht zu helfen...

»Hören Sie, Hans...« Das kam schon eine Nuance weniger energisch.

›Mal sehen, mit was für einem großartigen Vorschlag sie rausrückt‹, dachte Hans. Denn sie hatte einen auf Lager, ganz bestimmt! Dieser ganze Auftritt zielte nur darauf ab. Insofern hatte die Tante einen noch schwierigeren Stand als er selbst. Deswegen hatte sie auch die Brille aufgesetzt, die gab ihr mehr Sicherheit und sollte die Angst und Unentschlossenheit verbergen, die in ihren Augen stand.

»Hören Sie...«

Sie zögerte immer noch und hielt den Blick gesenkt.

»Monsieur Schoof könnte Sie verklagen... Und wir müssen jetzt schon Ihretwegen eine hohe Geldstrafe bezahlen, das hat der Kommissar mir gestern gesagt. Weil Ihre Papiere nicht in Ordnung sind und wir Sie nicht bei der Polizei gemeldet haben ... Und was Lisbeth angeht: Sie ist noch minderjährig, und wenn die Sache je Folgen haben sollte ...«

Sie mußte den Kopf abwenden und konnte durch ihre beschlagenen Brillengläser nicht mehr viel sehen.

»Sie wird bestimmt keine Folgen haben ...«, beteuerte er eilends. In dem Punkt war er sich seiner sicher, und es lag ihm wirklich daran, ihr diese Sorge zu nehmen.

Tante Maria wagte nicht nachzuhaken.

»Sie müssen jedenfalls weg von hier«, fuhr sie fort. »Sie können nicht einmal in Frankreich bleiben, weil Sie dafür Einkünfte nachweisen müßten. Und der Kommissar sagt, Sie werden hier so oder so keine Arbeitsgenehmigung bekommen ...«

Bei den letzten Worten empfand Hans einen fast unwiderstehlichen Lachreiz, und er fühlte sich jetzt wieder durchaus wohl in seiner Haut.

»... und daß Sie hier nicht auf Dauer bleiben können, wissen Sie selbst. Wir hätten Sie nicht ewig durchfüttern können, auch wenn nichts passiert wäre ... Wir sind keine reichen Leute, und wir werden ohnehin scheel angesehen ...«

»Ja, ich weiß.«

Sie war aber noch nicht fertig. Sie ließ nicht locker; demnach hatte sie ihre Gründe dafür. Und sie sprach ganz langsam, was nur bedeuten konnte, daß sie sich ihre Rede genau zurechtgelegt und Angst hatte, den Faden zu verlieren.

»Auch wenn wir eingebürgert sind – in den Augen der anderen sind wir immer noch Ausländer ... Ohne die Leute vom Kanal könnten wir den Laden dichtmachen. Und da kommen Sie frisch aus Deutschland daher; Sie haben überhaupt nicht die Absicht, sich unauffällig im Hintergrund zu halten. Im Gegenteil ...«

Hans lächelte wieder. Wie recht sie hatte! Es machte ihm einen Riesenspaß, als Ausländer zu gelten, deutsch zu sprechen, auf einer Caféterrasse etwas zu bestellen, was man hier nicht kannte, ohne Kopfbedeckung und mit offenem Hemdkragen durch die Straßen zu gehen, obwohl das hier im Viertel völlig unüblich war.

»Wo war ich stehengeblieben?«

»Daß ich gar nicht die Absicht habe, mich im Hintergrund zu halten ...«

Sie wandte sich zum Fenster um und beobachtete Madame Guérin von nebenan, die ihr Stück Trottoir kehrte und dabei neugierig zu Krulls herübersah. Sie überlegte, ob wohl schon wieder etwas im Gange war, beruhigte sich dann aber, als im Laden alles ruhig blieb.

»Sie wissen genausogut wie ich, was in den letzten Tagen alles vorgefallen ist. Sobald hier etwas Unangenehmes passiert, fällt es immer auf uns zurück ... Damals, bei der Typhusepidemie, als Joseph krank wurde wie andere auch, haben die Frauen hier im Viertel behauptet, er hätte alle anderen angesteckt ...«

Hans drückte gemächlich die Zigarette aus, als ob er in irgendeiner geschäftlichen Besprechung säße. Dann steckte er sich eine neue an.

»Und jetzt haben sie sich wegen der Sache mit dieser Kleinen wieder gegen uns verschworen ...«

Hans reagierte mit einem Wimpernzucken; er fand diese Umschreibung bemerkenswert. Was beinhaltete das nicht alles – *Die Sache mit dieser Kleinen!* Einen Überfall am Kanalufer, eine nackt ausgezogene, vergewaltigte, erwürgte und ins Wasser gestoßene Sidonie …

»Der Kommissar hat anonyme Briefe bekommen, Anzeigen … Es gibt eben Leute, für die kann es, wenn sich kein anderer Täter dingfest machen läßt, nur einer von den Krulls gewesen sein.«

Ihre Stimme klang nicht mehr so sicher.

»Das ist mir vom ersten Tag an klar gewesen. Ich hab gleich geahnt, was da auf uns zukommt – und noch zukommen wird … Gestern hatten wir einen Tag Ruhe, aber das geht bald wieder von vorn los.«

»Was hat Joseph gesagt?«

Er ging lieber gleich zum Angriff über. Tante Maria verlor zwar nicht die Fassung, zeigte aber doch Wirkung.

»Joseph hat mit dieser scheußlichen Sache nichts zu tun … Da bin ich sicher … Er hat es mir gestern geschworen …«

Demnach hatte auch sie ihn in Verdacht gehabt! Demnach traute sie ihrem Sohn etwas in der Art zu! Sie kannte ihn also …

Hans hielt die Augen gesenkt und kostete seinen kleinen Triumph aus.

»Als ich gestern vom Kommissariat zurück war«, glaubte Tante Maria hinzufügen zu müssen, »mußte ich einfach wissen, was los war … Joseph mag Fehler haben, aber gelogen hat er noch nie. Ich brauch ihm nur in die Augen zu sehen, und ich weiß Bescheid … Was ist, Hans, was soll das heißen?«

Hans hatte nämlich gerade das Gesicht verzogen.

»Nichts, Tante.«

»Joseph hat nichts getan, ich sag's noch einmal. Und wenn bestimmte Aussagen gegen ihn vorliegen, dann nur, weil ... Weil er eben seit jeher zu geradeheraus war. Und vielleicht auch, weil wir ihn zu streng erzogen haben ...«

Sie schniefte etwas, hätte beinahe das Taschentuch aus der Schürzentasche gezogen, ließ es dann aber sein. Das wäre ja fast schon einer Niederlage gleichgekommen.

»Was für Aussagen?«

»Ach, dummes Zeug ... Irgendwelche Dinge, die solche Gören wie die Kleine mit dem roten Hut zusammenphantasieren ...«

»Sie hat ausgesagt, daß Joseph auf dem Jahrmarkt hinter ihnen hergelaufen ist an dem betreffenden Abend, nicht wahr? Hinter Sidonie und ihr ...«

»Ach, solche Mädchen bilden sich doch immer ein, daß jemand hinter ihnen herläuft! Das ist jetzt Nebensache, Hans. Das, worauf es ankommt, sind die Leute ... Und das andere dumme Gerede weiß der Kommissar schon richtig einzuschätzen ...«

»Glauben Sie?«

»Das hat er mir selbst gesagt!«

»Und ich geb Ihnen mein Wort darauf, daß er diese Dinge haargenau ermitteln läßt.«

Er war in Versuchung, die Lokalzeitung von heute früh zu holen und seiner Tante das aufschlußreiche Artikelchen unter die Nase zu halten.

»Darum geht es nicht«, fuhr sie unbeirrt fort. »Er kann ermitteln lassen, soviel er will – er wird nichts finden, was Joseph belastet, höchstens irgendwelche belanglosen Kleinigkeiten. Aber wovor ich Angst habe, das sind die Leute... Die werden uns das Leben unmöglich machen. Es sei denn...«

Sie brach ab. Sie war auf dem Gipfel dieser Unterredung angekommen und wurde von Schwindel erfaßt, stürzte sich ungeschickt in die Schlußphase.

»Da Sie ohnehin fortmüssen, können Sie genausogut gleich in ein anderes Land gehen, nach Deutschland oder sonstwohin... Wenn Sie heimlich die Stadt verlassen, wird bestimmt der Verdacht auf Sie fallen...«

Die im Korsett eingezwängte Brust hob sich hoffnungsvoll. Die Tante sah ihn eindringlich an, wie um ihn in ihren Bann zu schlagen, ihm ein Ja zu entreißen.

»Für Sie ist es doch einerlei! Sobald Sie mal über die Grenze sind...«

Darauf also hatte sie hinausgewollt! Hans, der sich nur selten wunderte, war verblüfft. Er bewunderte seine Tante dafür, daß sie diese ganze Rede geschwungen hatte, um ihm jetzt ihre Schlußfolgerung zu präsentieren:

»Wir könnten Sie wegen Betrugs anzeigen, und Sie würden ins Gefängnis kommen. Sie haben die minderjährige Lisbeth verführt, haben Aufregung und Unfrieden ins Haus gebracht – aber das sei Ihnen alles nachgesehen, wenn Sie die Rolle des Sündenbocks übernehmen und dadurch den Verdacht von Joseph ablenken!«

Joseph wurde durch diesen Plan aufgewertet, den sie sich eigens für ihn ausgedacht hatte. Und er saß währenddessen einfach oben bei geöffnetem Fenster und war über seine Hefte gebeugt!

In der Küche waren Anna und Lisbeth und warteten.

»Wie ich die Leute kenne, werden sie uns danach bestimmt in Ruhe lassen«, schloß sie matt und wandte den Kopf zum Fenster.

Auffallend, daß in ihren Erklärungen wie überhaupt in den Gesprächen hier im Hause immer wieder das Wort *Leute* auftauchte. Es hatte einen besonderen Klang bei den Krulls, einen Hintersinn, der fast furchterregend war. Die Leute, das war der Rest der Menschheit; das war das Meer, das ringsum gegen das Eiland der Familie Krull anbrandete … Das fing bei den Guérins an und ging bis ans Ende der Welt.

›Die Leute werden uns in Ruhe lassen …‹ Was bedeutete, daß mit dem Verschwinden von Hans auch das Gewitter abziehen würde.

»Was hat Joseph Ihnen nun wirklich gesagt, Tante?«

Er war nicht mehr der Angeklagte. Er brauchte sich nicht mehr aufzuspielen. Jetzt stellte *er* die Fragen, und zwar mit schneidender Stimme.

»Sehen Sie sich das an, Hans …«

Die Tante deutete durch den Tüllvorhang hindurch auf den Quai. An der Schleuse standen die Fischer herum, und ihre Haltung drückte immer noch dumpfes Aufbegehren aus. Die schamlose Pipi stand auch dabei und hielt große Reden. Man glaubte fast ihre Stimme zu hören. Es war unschwer zu erraten, daß sie ihren neuen Zuhörern die Geschichte mit ihrer Tochter erzählte, und manchmal wies sie mit dem Finger auf das Haus der Krulls.

»Ja, ich sehe es …«

»Sogar die Stillegung des Kanals werden sie uns am Ende noch anlasten! Wenn Sie dagegen weggingen …«

»Was hat Joseph Ihnen gegenüber zugegeben?«

»Was sollte er zugeben? Und wie kommen Sie darauf?«

»Ich komme darauf, weil er geweint und sich vor Ihnen auf die Knie geworfen hat, weil danach die Nerven mit ihm durchgegangen sind und er sich aufs Bett legen mußte…«

Sie schwieg.

»Er kannte Sidonie, nicht wahr?«

»Er hat sie zweimal auf der Straße angesprochen. Das hat ihre Freundin dem Kommissar gesagt… Sie behauptet, sie hätten sich alle beide über ihn lustig gemacht, weil er Frauen gegenüber ungeschickt ist…«

»Und was war an dem betreffenden Abend?«

»Was haben Sie, Hans? Warum schauen Sie mich so an?«

»Weil ich es wissen will!«

»Sie glauben also, daß…«

»Ich glaube gar nichts! Aber ich weiß, daß Joseph nicht so ist wie andere Männer. Ich kann mir schon denken, was er abends auf der Straße getrieben hat – er ist jeden Abend ausgegangen, bevor das passiert ist, oder etwa nicht?«

»Er brauchte frische Luft!«

»Und Freunde hat er keine, noch nicht mal auf der Universität!«

»Weil die anderen ihm immer vorhalten, daß er Deutscher ist!«

»Eine Freundin übrigens auch nicht…«

»Er ist eben zu schüchtern…«

Sie stand ihm Rede und Antwort, obwohl sie es nicht wollte, und sie ärgerte sich darüber.

Hans dagegen blieb lässig auf der Tischkante sitzen und zerknitterte dabei ein gesticktes Deckchen.

»Was hat er Ihnen sonst noch gesagt?«

»Ich bitte Sie ... Wenn Sie jetzt nicht aufhören damit ...«

Sie blickte zur Tür und dann zur Decke – ganz so, als wollte sie ihren Sohn zu Hilfe rufen.

»Ich bin kein Dummkopf, Tante, das müssen Sie schon verstehen ... Ich habe gesehen, was passiert, als ich mit Joseph an einer Gaslaterne vorbeigegangen bin und er dort ein engumschlungenes Paar stehen sah. Seine Finger haben angefangen zu zittern, und er hat eine ganze Weile keinen Ton herausgebracht. Und genauso geht es ihm, wenn er zum Beispiel hinter einem erleuchteten Fenster eine weibliche Gestalt sieht oder wenn auf der Straße eine Frau daherkommt, der man ansieht, daß sie unter dem Kleid fast nichts anhat. Ich hatte einen Freund in Deutschland, der ...«

»Seien Sie still!«

»Mein Freund, der brauchte bloß ein nacktes Bein zu sehen ... Und es hat erst aufgehört, wenn er endlich ...«

»Hans!«

»Und ich geb Ihnen Brief und Siegel, daß Joseph sich in dunklen Winkeln herumgedrückt und die Pärchen abgepaßt hat, um ihnen beim Schmusen zuzuschauen ...«

Sie mußte sich setzen, zog diesmal tatsächlich ihr Taschentuch hervor, aber nur um sich den Schweiß von der Stirn zu wischen.

»Er hat mit dem Mord nichts zu tun!« versicherte sie. »Er hat es mir geschworen ...«

»Wovor hat er dann solche Angst?«

Sie sah ihn lange an, aber in ihren Augen stand ein ganz

anderer Ausdruck als bisher. Sie war fast geschlagen. ›Kann ich Ihnen vertrauen?‹ schien sie ihn zu fragen.

Ja, das schier Unglaubliche war passiert: Tante Maria, das personifizierte Mißtrauen, unterlag dem Einfluß von Hans.

»Er hat mir nichts verheimlicht«, brachte sie endlich heraus. »Er ist ihr nachgegangen... Er wollte sie noch mal ansprechen, aber ohne daß die andere dabei war – diese Freundin, die sich über ihn lustig gemacht hat... Er hat mir gestanden, daß er dieses Mädchen anziehend fand, weil sie Tuberkulose hatte wie er selbst...«

Hans hörte ihr mit der ernsten Miene eines Arztes zu.

»Er hat erst auf dem Quai gemerkt, daß ihr noch jemand folgte – ein untersetzter Mann mit einem Filzhut auf dem Kopf...«

»Erzählen Sie weiter, Tante!«

Sie hielt kurz inne, weil sie weinen mußte, vielleicht weniger aus Kummer als vielmehr aus Überdruß. Dann warf sie Hans einen flehenden Blick zu.

»Warum wollen Sie das eigentlich...«

»Was hat er gesehen?«

»Es ist alles meine Schuld! Wenn ich ihm erlaubt hätte, sich mit jungen Mädchen zu treffen wie die anderen auch, dann wäre das nicht passiert. Dabei hab ich immer nur an seine Gesundheit gedacht! Er war ziemlich zurück als kleines Kind, und in der Schule war er ewig krank...«

»Er hat aus einem Versteck zugesehen, nicht wahr?«

»Der Mann hat Sidonie angesprochen und auf sie eingeredet. Zunächst hat sie ihn wohl nicht abgewiesen, sie ist immerhin mit ihm zum Kanal runtergegangen, bis zu einer

Stelle, an der Ziegelsteine aufgeschichtet sind. Die sind übrigens immer noch da... Sie haben sich geküßt. Der Mann wollte dann aufs Ganze gehen, und die Kleine hat sich zur Wehr gesetzt...«

Mit welchen Worten mochte Joseph seiner Mutter diese Szene beschrieben haben?

»Sie haben sich dann am Boden gewälzt, alle beide; aber *er* hat nicht gesehen, daß der andere sie erwürgt hat. *Er* hat gedacht...«

»Wie lang ist er geblieben, bis zum Schluß?«

»Als er begriffen hat, was los ist, war nichts mehr zu machen. Da hat der Mann die Leiche schon zum Kanal geschleift. Joseph hat sein Gesicht nicht gesehen; er meint, es war ein Penner und er sei wie ein Landstreicher angezogen gewesen.«

»Und die anonymen Briefe?«

»Die laufen alle aufs gleiche hinaus... Ein paar kleine Mädchen, die ihren Eltern erzählt haben, daß Joseph ihnen gefolgt ist, sie angesprochen hat... Als ob man so was nicht von allen jungen Männern sagen könnte! Aber wenn Joseph bei der Polizei zugibt, daß er am Tatort war... Hans! Sie haben uns schon viel Leid zugefügt... Was soll jetzt aus meiner armen Lisbeth...«

Sie weinte wieder ein wenig und redete dann ins Taschentuch hinein, wodurch ihre Stimme sich ganz dumpf anhörte.

»Sie müssen Joseph retten – Sie *müssen*, hören Sie...? Sie müssen weg von hier, damit die Leute aufhören, sich mit uns zu beschäftigen...«

Hans glaubte einen Augenblick, Tante Maria wolle sich

ihm zu Füßen werfen, wie Joseph es gestern bei ihr getan hatte.

Vom Laden kam der schwere Schritt von Holzschuhen; ein Schiffer war eingetreten.

## 9

Woran hatte Maria Krull gemerkt, daß dieser Schritt nicht zu einem wohlmeinenden Kunden gehörte, sondern eine Drohung enthielt? Man hatte die Holzschuhe nur wenige Male auftreten hören, und schon spitzte sie die Ohren; schon kehrte sie der einen Tragödie den Rücken und wandte sich der nächsten zu. Ihr Blick war schärfer geworden, sie vergaß Hans und lief in Gedanken zum Laden, was sie im nächsten Augenblick auch wirklich tat.

Hans sollte dieses Bild von ihr nie mehr vergessen: Sie war, die schwere Gestalt wie in einem Fotoalbum zur Pose erstarrt, hinter dem einen Flügel der Glastür zwischen Küche und Laden stehengeblieben. Das durch die Spitzengardine auf dieser Glastür fallende Licht ließ Tante Marias Haar aufleuchten wie einen Heiligenschein, während ihr Gesicht im Gegenlicht straffer und konturierter wirkte.

Der andere Türflügel stand einen Spaltbreit offen. Tante Maria hatte den Kopf leicht nach vorn geneigt und belauerte den Feind; sie hielt sich bereit, Anna jederzeit zu Hilfe zu eilen.

Der Mann war ein Schiffer, der sich wenige Sekunden zuvor aus der Gruppe um die hetzende Pipi gelöst hatte. Schon als Kind, in seiner Dorfschule, hatte er sich laufend aufspielen, nach dem Gelächter und dem Beifall der anderen schielen und versuchen müssen, den Lehrer oder die Lehrerin mit seinem dummdreisten Gehabe zu provozieren.

»Ihr werdet schon sehen...!« hatte er den anderen strahlend und mit einem Rest Bier im Schnurrbart verkündet.

Er überquerte den Grünstreifen und plusterte sich auf, weil er die Blicke der anderen spürte, wandte sich noch einmal prüfend um und machte seinem Publikum ein Zeichen, als ob er sagen wollte: keine Angst...! Ihr werdet schon sehen!

Dann verlangsamte er seinen Schritt aber doch, je näher er dem Krullschen Haus kam, so daß er den Laden fast wie ein normaler Kunde betrat.

Anna stand an der Theke. Lisbeth hielt sich in einer Ecke des Ladens auf, weil sie nicht in der Küche oder ihrem Zimmer allein sein wollte. Sie waren beide blaß, und die innere Unruhe stand ihnen ins Gesicht geschrieben.

»Was darf's sein?« fragte Anna, der nichts Besonderes aufgefallen war. Sie wunderte sich nur, daß der Polizist, der bisher meist fünfzig oder hundert Meter weiter weg gestanden hatte, sich direkt vor dem Schaufenster aufbaute und in den Laden hereinsah.

»Einen Pernod!«

Anna sah sich nach der richtigen Flasche um. Und in diesem Augenblick hatte Tante Maria die Küche erreicht und sich hinter die Tür gestellt.

Der idiotische Wichtigtuer ergriff das Glas, das Anna ihm hingestellt hatte, warf ihr einen dreisten Blick zu, kippte den Inhalt im hohen Bogen durch den Laden und stellte das Glas auf die Theke zurück.

Er kam sich großartig vor. Er sah Anna fest in die Augen, wischte sich den Schnurrbart ab und fand es heldenhaft, einem jungen Mädchen gegenüber den starken Mann zu markieren.

»Es geht mir einfach gegen den Strich, im Haus eines Mörders was zu trinken!« sagte er dazu.

Anna wandte automatisch den Kopf zur Küche und sah ihre Mutter hinter der Tür stehen. Ob der Mann sie auch sah? Er ging jedenfalls zum Ausgang.

Der Polizist war einen Augenblick unschlüssig, als der Mann auf der Schwelle stand, aber dann brummte er ihm bloß zu: »Verschwinden Sie lieber! Machen Sie hier kein Aufsehen!«

Hans war in den ersten Stock hinaufgegangen; wann genau, hätte niemand sagen können. Er verschwand stets lautlos und tauchte lautlos irgendwo auf, ohne daß ein Lufthauch entstand. Maria Krull stellte fest, daß er nicht mehr da war, weder in der Küche noch im Salon, ging zur untersten Treppenstufe und hörte, wie er offenbar gerade an Josephs Tür war und sachte den Knauf drehte.

Hans machte das nicht absichtlich; er wollte gar nicht überraschend auftauchen. Es war nur einfach so, daß die Tür nicht knarrte und der Dielenboden unter seinen Schuhen nicht knackte.

Nun aber stand Hans überrascht vor dem ruhig und, wie er im ersten Augenblick meinte, leer daliegenden Zimmer. Das Fenster stand offen; auf dem Tisch davor aufgeschlagene Hefte und ein Federhalter mit angeknabbertem Stiel und gleich daneben ein Fäßchen mit grüner Tinte. Aber es saß nicmand auf dem Stuhl. Es war überhaupt niemand in diesem vorderen Teil des Zimmers mit dem Spiegelschrank, der das Grün der Bäume draußen reflektierte, und der Wanduhr aus schwarzem Marmor, deren Zeiger seit weiß Gott wie lange auf zehn vor zwölf standen.

Und doch war Joseph da. Er lag angezogen auf seinem Bett und wirkte länger denn je. Seine großen Füße steckten in gelblichen Hausschuhen, und der eine Arm hing auf den rotgemusterten Bettvorleger herab. Sein Mund stand offen, und er atmete regelmäßig.

Dies war der einzige Raum des Hauses, in dem es nach Männerschweiß und kaltem Tabak roch. Hans ging am Tisch vorbei und warf einen unwillkürlichen Blick auf das Heft und die mit Josephs kleiner Schrift vollgeschriebenen Seiten. *Die Läsionen und ihre anatomische Typisierung* lautete die Überschrift, unter der aber noch nichts stand. Das Papier wölbte sich auf dieser Seite jedoch und hatte Eselsohren. So, als ob jemand längere Zeit verbissen über anderen Problemen gebrütet und dabei in Gedanken an dem Papier herumgerieben hätte. Und an den Rand hatte Joseph mit Bleistift und in einer ganz anderen Schrift eine Notiz gemacht: *Es würde vielleicht schon genügen, auf der Straße einen Polizisten zu ohrfeigen… Oder zu lügen, ohne rot zu werden, oder…* Darunter eine Zeichnung aus verschlungenen Linien, die nichts Konkretes darstellte. Wie jemand eben gedankenverloren etwas hinkritzelt.

Danach hatte sich Joseph, trübselig wie er war, lang auf dem Bett ausgestreckt, ohne die Überdecke zurückzuschlagen. Ob er in den letzten Nächten viel geschlafen hatte? Wahrscheinlich nicht. Jetzt endlich hatte ihn der Schlaf übermannt – ein schwerer Tagesschlaf. Sein weißes

Hemd, an dem er den Kragenknopf geöffnet hatte, war naßgeschwitzt.

Hans hatte sich auf einen Stuhl neben den Nachttisch gesetzt und betrachtete seinen Cousin. Er rührte sich nicht, und er machte auch kein Geräusch. Und doch spürte Joseph in seinem Tiefschlaf, daß jemand neben ihm war. Er kehrte langsam wieder an die Oberfläche zurück, über seine verschwitzte Haut lief ein Schauer, der Adamsapfel geriet in Bewegung, und er blinzelte unter den Wimpern hervor.

Als er Hans erkannte, versuchte er, schneller zu sich zu kommen, rieb sich Wangen und Augen und fragte mit belegter Stimme:

»Was wollen Sie?«

Hans lächelte unwillkürlich, wenn auch nur andeutungsweise, etwas mitleidig und leicht spöttisch.

Joseph richtete seinen langen Körper auf, setzte die Füße auf den Boden. Er blieb noch einen Augenblick auf dem Bettrand sitzen.

»Sind Sie jetzt zufrieden?«

Hans hätte beim besten Willen auch nicht sagen können, warum er immer so einen fröhlichen Ausdruck im Gesicht hatte, so ein Strahlen, das wie ein Abglanz der morgendlichen Frische und des blankgefegten Himmels draußen war. Und auch der klaren Luft voller Töne und voller Leben, die sich bis zum fernen Horizont erstreckte.

Er hatte Joseph im Schlaf beobachtet eben, und der saß jetzt vor ihm – schüchtern, verschlossen, leicht benommen.

»Dummkopf...«, entfuhr es Hans, während er seinen Cousin unverwandt ansah.

Es war tatsächlich ein Erlebnis, Joseph jetzt voller Unruhe, Eifersucht und Bitterkeit aufstehen zu sehen und dabei all das wirklich zu begreifen, was in ihm vor sich ging … Die allerkleinsten Regungen, deren Joseph sich noch nicht einmal selber bewußt war!

Wahrhaftig, Hans hätte auch Joseph sein können. Er besaß die Fähigkeit, gleichzeitig Joseph und Hans zu sein! Er hätte in dem Gespräch, das sich zwischen ihnen anbahnte, sie beide verkörpern und für sich allein jeweils die Antworten des einen und des anderen geben können.

Während Joseph einfach nur Joseph war!

Joseph stand jetzt in voller Größe und mit dem Kopf über der von der Decke hängenden Schreibtischlampe da. Sein Gesicht war vom Schlaf noch feucht glänzend, und sein Hemd hatte im Rücken Knitterfalten bekommen.

»Ich hab mich vorhin lang mit Tante Maria unterhalten«, fing Hans an, stand ebenfalls auf und ging zum Fenster. Er setzte sich auf die Fensterbank und steckte sich eine Zigarette an.

»Was hat Ihnen meine Mutter gesagt?«

»Alles …! Sie möchte, daß ich weggehe und damit den Verdacht auf mich lenke. Sie stellt sich nämlich vor, daß die Familie dann in Ruhe gelassen wird. Aber das ist Unsinn!«

»Die haben kein Recht, uns zu schikanieren …!« Joseph hielt den Kopf gesenkt, seine Stimme klang matt. »Ich habe nichts getan …«

Wenn Joseph nicht so lang gewesen wäre, hätte er nicht gar so mitleiderregend ausgesehen. Aber er war riesig, und der gesenkte Kopf sah aus, als sei er an dem langen Hals aufgehängt.

Sein Verhältnis zu Hans war bisher von Haß und Mißtrauen bestimmt gewesen. Es war der Haß desjenigen, der sich einem anderen unterlegen fühlt und der diese Unterlegenheit als Ungerechtigkeit empfindet. Der darüber in Rage gerät und doch nicht imstande ist, entsprechend zu reagieren... Aber es war ein Haß, der auf unfreiwilliger Bewunderung, auf Neid basierte!

Und da stand er heute diesem Hans mit seinem überlegenen Lächeln gegenüber, einem Hans, der alles wußte, und konnte nur ein klägliches ›Ich habe nichts getan...‹ daherstammeln.

»Lächerlich! Ich hab noch selten so was Blödes gehört!«

Es klang sarkastisch, ob Hans wollte oder nicht. Er schaute auf die Straße hinunter und sah, wie Pipi sich von der Gruppe löste und auf das Haus zuging.

Joseph rang mit sich selbst. Er kämpfte gegen seine Schüchternheit, seine Bescheidenheit und die eifersüchtige Bewunderung an, die er für seinen Cousin und dessen Ungeniertheit und Zynismus empfand.

»Wo ich dieses Mädchen doch nicht umgebracht habe...«

»Aber sie verdächtigen dich, und sie werden dich auch weiterhin verdächtigen...«

Er hatte Joseph eben zum ersten Mal geduzt, aber nicht aus Verachtung oder Arroganz, nein, sie hatten sich plötzlich einander angenähert.

»Für die reicht es, daß sie mich für einen Ausländer halten!« gab Joseph zurück. »Immer das gleiche Lied... Sobald hier in der Gegend etwas passiert, wird es uns in die Schuhe geschoben!«

Hans war mit seinen Sinnen gleichzeitig drinnen und

draußen. Er sah Pipi zu und stellte sich vor, wie Tante Marias Stirn und ihre grauen Haare über der Auslage sichtbar wurden, wie sie auf ihre Feindin lauerte... Aber er behielt zugleich Joseph im Auge, der langsam den Schlaf abschüttelte.

»Darum geht's doch gar nicht, daß ihr Ausländer seid...«, verkündete er im Ton eines Menschen, der die Wahrheit gepachtet hat und von keinem Zweifel erschüttert wird. »Das kommt daher, daß ihr nicht ausländisch genug seid...! Oder es andersherum wieder zu sehr seid...«

Unten ertönte die Ladenglocke. Lisbeth und Anna standen wahrscheinlich in der Küche und schauten durch die Spitzengardine hinaus.

Der Polizist hatte sich Richtung Schaufenster in Bewegung gesetzt.

»Nicht ausländisch genug?« wiederholte Joseph und runzelte die Brauen.

»Oder eben zu sehr! Aber ihr steht nicht dazu... Ihr seid verschämte Ausländer, wie ihr auch verschämte Protestanten seid. Ihr laßt euch in der Fremde nieder, und ihr wollt so sein wie die Leute von hier... Ihr macht ihnen ungeschickt ihr Verhalten nach und wißt doch, daß es nie das gleiche sein wird... Und das spüren die Leute. Ich möchte wetten, daß ihr an jedem 14. Juli mehr Fahnen raushängt als die anderen und daß ihr an Fronleichnam Rosenblätter aufs Trottoir streut... Na, und das nehmen die Leute euch mehr übel, als wenn ihr gar nichts tun würdet. Als wenn ihr einfach eure Fensterläden geschlossen hättet...«

Er schwieg einen Augenblick. Er hörte nichts von unten. Er bedauerte sehr, daß er einen Teil des Schauspiels verpaßte und nicht mitbekam, was sich zwischen seiner Tante und Pipi abspielte.

»Wenn wir aggressiv wären, würde das alles noch viel schlimmer machen!« wandte Joseph ein. Aber er war fast schon eingeschwenkt. Sobald ein Sachverhalt zur Debatte stand und nicht seine eigene Person, gewann er seine Fassung zurück. Er überdachte die von Hans vertretenen Ideen.

»Es geht doch nicht darum, aggressiv zu sein, sondern selbstsicher…!«

Er zuckte zusammen. Die Ladenglocke hatte wieder gebimmelt. Der Polizeibeamte stand nicht mehr auf dem Trottoir; er hatte den Laden betreten und die Tür offengelassen.

»Schluß jetzt!« hörte man ihn mit geheuchelter Strenge sagen. »Gehen Sie…«

»Sie hat angefangen!« keifte Pipi. »Wagt sie es doch, mir die Babywäsche vorzuhalten, die ich von ihr gekriegt hab, als mein kleines Mädchen auf die Welt gekommen ist! Völlig abgenutzte Babywäsche, die sie schon für ihre drei Kinder verschlissen hatte…«

»Gehen Sie aus dem Laden! Nun kommen Sie mit… Machen Sie keinen Skandal…«

»Skandal, ich? Also, das ist doch der Gipfel!«

Der Polizist führte sie hinaus, und sie schimpfte auf dem Trottoir weiter herum.

Hans hatte sich wieder seinem Cousin zugewandt. »Na, siehst du?«

»Was?«

»Es ist immer das gleiche! Deine Mutter hat gejammert

und an ihre Wohltaten erinnert! Sie gibt großzügig her, aber sie vergißt ihre milden Gaben nicht. Wie gesagt: Einerseits zu sehr und andererseits nicht genug, das ist typisch für euch.«

Seltsamerweise gestanden ihm die anderen ungewollt das Recht zu, ein Urteil über sie zu fällen. Joseph hörte ihm zu! Derselbe Joseph, der noch vor kurzem dafür gewesen war, Hans vor die Tür zu setzen – er diskutierte jetzt mit ihm!

»Wenn's nach Ihnen ginge, sollte man richtiggehend unmoralisch sein, wie?« Joseph höhnte zwar noch, aber immerhin...

»Das ist noch das beste! Oder eben durch und durch moralisch... Aber man schleicht nicht abends auf den Quais herum und guckt anderen beim Schmusen zu in der Hoffnung, irgendwo einen Blick auf ein Stück nacktes Fleisch zu erhaschen!«

Joseph wandte den Kopf und knackte mit den Fingern.

»Und meine Schwester?« fragte er nach einigem Zögern.

»Lisbeth?« sagte Hans unschuldig.

»Ja, Lisbeth...«

Das Kribbeln und die Unruhe hatten ihn wieder erfaßt. Jenes diffuse, ungute Kribbeln, bei dem seine Finger zu zittern begannen, sobald gewisse Dinge zur Sprache kamen.

»Lisbeth mag das«, versicherte Hans.

»Und dann? Und später?«

»Ach, später heiratet sie bestimmt, und es hat keine Bedeutung mehr...«

»Was, die Heirat?«

»Die Heirat und alles andere...«

»Und wenn ihr Mann dahinterkommt?«

Hans zuckte die Achseln, warf seine Kippe auf die Straße hinunter, steckte sich eine weitere Zigarette an und sah dem Polizisten entgegen, der jetzt zurückkam, nachdem er Pipi fortbegleitet hatte.

Es mußte gegen elf Uhr vormittags sein. In der Werft Rideau wurde emsig gehämmert, und alle drei Minuten hielt eine Straßenbahn.

Joseph wußte nicht mehr, was er sagen noch wie er sich verhalten sollte. Er wußte nicht mehr, was er von seinem Cousin halten sollte, den er verstohlen beobachtete und dessen Selbstsicherheit er bewunderte.

Das Herz war ihm schwer. Wenn er gekonnt hätte, hätte er geweint, aus Traurigkeit, aber auch aus Ekel vor sich selbst, vor den Menschen, dem Leben... vor dem, was er getan hatte und was er hätte tun wollen. Und davor, daß er Hans zufolge einer war, der entweder zuviel oder zuwenig tat...

Das alles beruhte auf einer schrecklichen, deprimierenden Ungerechtigkeit. Soweit er nämlich zurückdenken konnte, war er bemüht gewesen, alles richtig zu machen, so wie die anderen, und besser als sie zu sein. In der Schule hatte er versucht, der Beste zu sein, zu Hause hatte er ein braves und respektvolles Kind sein wollen. Er hatte seine Kleider saubergehalten und seine niederen Instinkte bezähmt.

Und jetzt stand er hier wie ein Angeklagter vor diesem Hans, der in seinem Alter war, ihn spöttisch ansah und ihm diese zynische Ruhe voraushatte. Hinzu kam, daß er sich wie ein Fisch an der Angel vorkam; der andere verfolgte

Schritt für Schritt seine Gedanken und zog ihn zu sich heran, wann immer er wollte...

Joseph brachte es nicht mehr fertig, ihn zu hassen. Er erlag seinem Einfluß. Er war nahe daran, ihn um Rat zu fragen!

»Warum hast du das alles deiner Mutter erzählt?« fragte Hans und sah sich das Zimmer an, wie um sich die gestrige Szene zu vergegenwärtigen.

»Der Kommissar hatte es ihr gesagt...«

»Was?«

»Alles!«

»Ja, aber was genau?«

»Die Sache mit den Mädchen, denen ich abends immer mal hinterhergelaufen bin... Weil ich es nie über mich gebracht habe, sie anzusprechen... Weil ich nicht wußte, wie ich es anfangen, was ich sagen sollte... Ich hatte das Gefühl, sie würden sich schon beim ersten Wort ausschütten vor Lachen...«

»Und jetzt?«

»Wieso jetzt?«

»Was willst du tun?«

Hans blickte seinen Cousin an. Es war nicht gerade so, daß er Mitgefühl empfand, aber er verstand ihn. Er überlegte und war bemüht, gleichzeitig Hans und Joseph zu sein – wie Joseph zu empfinden und seine Reaktionen vorherzusehen.

»Wenn der Kommissar mich verhört, sag ich ihm die Wahrheit!«

»Dann bist du geliefert!« Und auf deutsch fügte er hinzu: *»Kaputt!«*

»Warum?«

»Weil sie dir nicht glauben!«

Hans hatte nicht die geringste Lust, dieses Gespräch bald zu Ende zu bringen. Die Sonne schien ihm auf den Rücken, und er fühlte sich wohl hier auf der Fensterbank.

Und Joseph hätte sich seinerseits ziemlich ratlos gefühlt, wenn sein Cousin ihn plötzlich sich selbst überlassen hätte. Das Zimmer hatte sich in der kurzen Zeit, seit Hans da war, schon verändert. Joseph war mit seiner Scham, seinen Gewissensbissen, seiner Empörung und seiner Wut nicht mehr allein. Mit all den Gedanken und Gefühlen, mit denen er sich seit Tagen herumschlug.

Mit Hans nun, und das wirkte so beruhigend, bekamen die Worte eine andere Bedeutung, wurden irgendwie fast schwerelos. Und die Fakten verloren ihre Ungeschminktheit, ja ihr Gewicht. Womöglich hätten sie sogar ruhig und sachlich über Sidonie sprechen können und darüber, wie es zu dem Verbrechen gekommen war.

»Sie werden dir nicht glauben, weil es unwahrscheinlich ist. Ein junger Mann hat nach Meinung der Leute ein Mädchen oder Freundinnen und sieht nicht nur zu, wie's die anderen treiben. Sag mal, als du durchs Schlüsselloch zugeschaut hast, wie ich mit deiner Schwester …«

Joseph wagte es, seinem Cousin ins Gesicht zu sehen. Er wartete auf die Frage.

»Ich könnte wetten, du warst gar nicht so empört, oder?«

Hans gab sich wohlwollend, augenzwinkernd. Die Entscheidung darüber, ob die Dinge gut oder schlecht waren, beschämend oder nicht, die traf er. Er jonglierte mit allem herum wie mit seiner Zigarette, die ständig von einem Mundwinkel in den anderen wanderte, so daß man immer dachte, sie müsse im nächsten Augenblick herunterfallen.

»Du bist ja trotz allem ein bißchen abstoßend...«, fing er wieder an. »Deine Mutter letzten Endes auch; sie weiß, daß ich mit ihrer Tochter ins Bett gegangen bin, und bittet mich trotzdem um einen Gefallen...«

Joseph widersprach nicht. Er war in ein Räderwerk geraten. Nachdem er bestimmte Behauptungen und Urteile unwidersprochen hingenommen hatte, mußte er auch alles weitere über sich ergehen lassen.

»Ihr seid schon komische Heilige, laß dir's gesagt sein! Wenn ich an der Stelle der Leute hier wäre – also mir würdet ihr auch sauer aufstoßen... Da hält Tante Maria dieser Pipi Predigten, aber gleichzeitig schenkt sie ihr was zu trinken aus! Wenn ihr keiner Schnaps verkaufen würde, könnte sie sich schließlich nicht ewig besaufen!«

Was mochten die Frauen unten denken? Bestimmt schauten sie immer mal zur Decke, wie Anna und Hans es tags zuvor getan hatten, als Tante Maria hier in ebendiesem Zimmer gewesen war, und fragten sich, welche Tragödie da oben im Gange war.

Es spielte sich jedoch überhaupt keine Tragödie ab in diesem ganz und gar gewöhnlichen Zimmer. Joseph ging hin und her und zog jedesmal den Kopf ein, wenn er an der Deckenlampe vorbeikam. Und manchmal blieb er stehen und sah seinen Cousin an. Und Hans saß am Fenster und redete...

Ja, er redete; er sprach wie nebenbei alles aus, was ihm gerade in den Sinn kam und bei Josephs Anblick einfiel.

»Du heiratest Marguerite?«

Aber ja! Marguerite mitsamt dem Häuschen, das Monsieur Schoof kaufen wollte, dem hübschen goldenen Käfig, von dem aus Joseph alles betrachten konnte, worauf er Lust hatte.

Und er hatte auf alles Lust! Genau wie Hans.

Hans jedoch, der bediente sich. Hans hatte ja sogar noch Lust gehabt, mehr oder weniger lang in einem Haus wie dem der Krulls zu wohnen... Die guten Gerüche aus der Küche zu schnuppern, Anna zu schockieren, Tante Maria zu erschrecken, Joseph zur Verzweiflung zu bringen und mit Lisbeth, der er die gewagtesten Praktiken beibrachte, ins Bett zu gehen.

Er hatte Lust darauf gehabt, und er hatte es gemacht! Und wenn er Lust bekäme, sich bei anderen Leuten umzusehen...

»Verstehst du, Joseph, du wirst meiner Ansicht nach immer unglücklich sein...«

»Weil ich nicht so bin wie die anderen!« ereiferte sich Joseph. »Weil ich überall fremd bin! Weil ich anders empfinde. Keine Heimat, kein Vaterland habe, keine Menschen, die wie ich denken! Weil ich auf einer Art Insel zur Welt gekommen bin und meine Familie kein Verständnis für mich aufbringt! Wie sollte ich etwa meinem Vater erklären...?«

Hans lächelte. Die Vorstellung, dem alten Cornelius die Sache mit den kleinen Mädchen erklären zu wollen, war amüsant.

Auch Joseph war amüsant in seiner überwältigenden Aufrichtigkeit, seiner fixen Idee, eine Art Paria zu sein, seinem Konformitätsdrang, seinem Bedürfnis, sich in eine festgefügte Ordnung einzugliedern, sich von der Menge getragen und eins mit ihr zu fühlen…

»Schon im Kindergarten hat es angefangen! Schon damals war ich der Außenseiter…«

»Und ich mach das absichtlich!« beteuerte Hans.

»Was?«

»Anders sein als die anderen! Und deswegen werde ich von den anderen auch respektiert… Stell dir vor, ich wäre hier aufgekreuzt, hätte höflich um Aufnahme gebeten und dazu gesagt, daß ich keinen Centime in der Tasche habe und nicht mehr weiß, was tun… Oder ich hätte Lisbeth erklärt, daß sie hübsch ist und daß ich sie liebe, statt sie aufs Bett zu werfen!«

Er hatte sich umgewandt und schaute auf die Straße.

»Aha… Da ist ja die andere…«, stellte er fest.

Die andere, das war Germaine, die immer noch ihren scheußlichen roten Hut aufhatte. Noch so eine, die sich allzu wichtig nahm, die dachte, ihre große Stunde sei gekommen. Sobald sie in ihrem Schuhgeschäft Schluß hatte, schnappte sie sich die eine oder andere Freundin und kam angetanzt, um die Krulls zu beobachten!

Weil die Krulls ihr nämlich ein wenig gehörten. Daß Ermittlungen über sie eingeleitet worden waren, das war ihrer, Germaines, Aussage zu verdanken. Es gefiel ihr, daß sie eine wichtige Rolle spielte, und während sie vor dem Haus auf und ab ging, wackelte sie mit dem Hintern wie eine Matrone, lachte immer wieder nuttenhaft auf und flüsterte ihren Begleiterinnen Gott weiß was für Dinge ins Ohr.

Sidonie war tot. Germaine hatte ihr Erbe angetreten und

damit auch die Verpflichtung übernommen, sie zu rächen. Sie hatte auch die jüngeren Freundinnen mit den dürren Beinen geerbt, die sich bei ihr unterhakten und denen sie mehr oder minder präzise Auskünfte über die Männer und die Liebe zuraunte.

»Wetten, daß du imstande gewesen wärst, auch der hinterherzulaufen?« sagte Hans, der immer noch auf der Fensterbank saß. »Was die braucht, das ist 'ne Tracht Prügel auf den blanken Hintern, und ich überleg mir wirklich, ob ich mich nicht dazu durchringen soll ...«

Als er sah, was für ein Gesicht Joseph bei diesen Worten machte, lachte er laut los.

»Also nein, Joseph! Du kannst doch nicht jedesmal aus dem Häuschen geraten, wenn von einer Frau die Rede ist oder von einem Hintern ...«

Joseph kämpfte wieder mit den Tränen. Seine Finger hatten gezittert, und er war rot geworden. Jetzt wußte er nicht mehr ein noch aus. Am liebsten hätte er Hans gebeten, sofort zu gehen, aber er wollte ihn auch dabehalten.

Er hatte Angst vor ihm, und er brauchte ihn. Seit sie zu zweit im Zimmer waren und Worte genügten, um die Nebel aufreißen, Ängste verfliegen und komplizierte Gedankengänge verblüffend einfach erscheinen zu lassen – seitdem fürchtete er sich vor der Einsamkeit.

Besiegt war er jedoch nicht. Er beobachtete seinen Cousin, suchte nach Argumenten gegen ihn, hätte viel darum gegeben, ihn trotz allem unausstehlich zu finden.

Sie hatten die drei Frauen unten und Cornelius mit dem Gehilfen in der Werkstatt ganz vergessen.

Das Zimmer war fast zu einer richtigen Studentenbude

geworden. Hans warf seine Kippe hinunter, sah Germaine nach und zuckte die Achseln.

»Sobald man sich erst mal ernst und wichtig nimmt…«, fing er an.

Er brach ab, merkte, daß Joseph wissen wollte, wie es weiterging.

»Ja…?«

»Ach, nichts… Nicht der Rede wert…« Aber diesmal hatte er, Hans, gezögert und den Blick zu Boden gesenkt.

Sobald man sich ernst und wichtig nimmt… Ja und? Warum war er jetzt seinerseits verwirrt? Warum war ihm eben das neue Häuschen eingefallen, das Monsieur Schoof für Joseph und Marguerite kaufen wollte?

»Trotzdem, ein paar Dinge muß man schon ernst nehmen«, seufzte Joseph. »Wenn man zum Beispiel eine angeknackste Lunge hat…«

Sie stutzten, sahen sich an. War da nicht ein Geräusch gewesen auf der Treppe? Das Rascheln von Röcken… Es war jemand auf dem Flur; der Türknauf wurde gedreht.

»Hier seid ihr«, murmelte Tante Maria und sah einen nach dem anderen an. Sie hatte Mühe, ihre Überraschung zu verbergen, vielleicht war es auch Besorgnis. Mit einer solchen Atmosphäre hatte sie im Zimmer ihres Sohnes bestimmt nicht gerechnet.

Hans saß auf der Fensterbank, hatte die Füße nach oben genommen und zeichnete sich im Profil vor dem Hintergrund draußen ab. Joseph stand neben der Uhr, die wie immer zehn vor zwölf zeigte, und hatte den Ellbogen auf dem Kamin aufgestützt.

Beide hatten eine ernste Miene, aber von Tragik war

nichts zu entdecken. Es war einfach die ernste Miene junger Leute, die in Ruhe immerwährende Probleme durchsprechen.

Und Joseph war tatsächlich so weit weg, daß er seine Mutter erstaunt ansah, als ob ihm manche Dinge zum ersten Mal auffielen.

»Was ist?« fragte er.

»Nichts... Ich wollte nur sehen, ob ihr fertig seid fürs Mittagessen... Es ist halb eins.«

Sie hätte gern gewußt, was los war, und sah sie abwechselnd an. Aber das Gesicht ihres Sohnes verriet ihr nichts: Es war undurchdringlich, abweisend und wirkte viel ausgeglichener als sonst.

Sie versuchte es mit Hans, hoffte auf ihn wie auf einen Verbündeten, auf eine Geste oder irgendein beruhigendes Zeichen von ihm.

Hans jedoch sah auf die Straße hinaus und reagierte nicht.

»Ihr kommt doch gleich?«

»Wir kommen«, sagte Joseph.

Ihr Blick war auf das Bett gefallen.

»Hast du geschlafen?« fragte sie wieder verwundert.

»Ich hab mich ausgeruht.«

Sie hatte wirklich den Eindruck, hier zu stören. Sie zog sich zurück.

»Also, kommt...«, wiederholte sie.

Sie ließen sie gehen und warteten, bis ihre Schritte verklungen waren. Dann blickte Joseph zu Hans hinüber.

»Irgend etwas werden wir tun müssen«, äußerte er zögernd.

Auch er erwartete eine Antwort und mußte sich mit einer ausweichenden Handbewegung begnügen.

Bevor sie hinuntergingen, beugte sich Hans über das Heft, das immer noch auf der gleichen Seite aufgeschlagen war. Er sah Joseph an und deutete mit dem Finger auf die an den Rand geschriebenen Worte: *Es würde vielleicht schon genügen...* Er lächelte, freundlich und fast ohne Ironie.

Dann stiegen sie hintereinander die Treppe hinunter.

Die drei Frauen beobachteten sie mit einiger Besorgnis, als sie sich zu Tisch setzten. Vielleicht spürten sie, daß sich zwischen den beiden jungen Männern eine Verbindung ergeben hatte, die die übrigen Bewohner nichts anging und einen gegen sie gerichteten Zusammenhalt bewirkte.

Cornelius war schon beim Essen, seine linke Hand hielt wie immer den Bart fest.

## 10

Es war seit langem das erste Mal, daß in der Küche wieder eine entspannte Atmosphäre herrschte. Joseph nahm ungezwungen sein Essen ein; er, der die anderen seit Tagen nicht mehr anzusehen gewagt hatte, warf Anna, Lisbeth und seinem Vater jetzt forschende Blicke zu wie einer, der eine Zeitlang weg gewesen war.

Es gab Sauerkraut zum Mittagessen, was recht selten vorkam, aber für den weiteren Verlauf nicht ohne Belang sein sollte.

Anna wollte sich ein Kleid nähen, und Tante Maria unterhielt sich mit ihr darüber.

»Zwei Meter sechzig doppelt breit, das müßte reichen…«

»Ich brauche zweimal die Höhe, Mama. Und wenn der Rock etwas mehr Weite bekommen soll…«

Die Stoffproben lagen zwischen ihnen auf dem Tisch, es waren kleine helle Rechtecke. Lisbeth hatte sie längere Zeit befühlt, hin und her gewendet und gegen das Licht gehalten und dachte inzwischen kaum noch darüber nach, was Joseph und Hans wohl so lange zu besprechen gehabt hatten.

Die Ladenglocke ertönte, die Tür war geöffnet worden. Tante Maria sah auf, desgleichen Hans, der immer auf der gleichen Tischseite wie sie saß. Und sie wechselten einen Blick, als sie durch die Gardine gesehen hatten.

Die anderen fingen diesen Blick auf und sahen jetzt auch in den Laden hinüber.

»Ich geh schon!« sagte Tante Maria, als Anna ihren Stuhl zurückschob.

Zwei Männer hatten den Laden betreten, der eine war der Kommissar. Er war klein und dick, trug einen flachen Strohhut und steckte in einem leichten Wolljackett. Er wirkte wie der Inbegriff eines Spießers, der auf der Uferpromenade entlangspaziert und den anderen beim Angeln zusieht. Sein Begleiter war von ähnlicher Statur, sah aber weniger geschniegelt aus und auch brummiger, aber das kam vielleicht daher, daß ihm der Magen und die Leber zu schaffen machten.

Sie legten sich beide keine Zurückhaltung auf. Der Kommissar hatte eine Flasche von der Theke genommen, den Korken herausgezogen und schnupperte gerade daran, als Maria Krull dazukam. Natürlich nur aus Neugier... ›Sie werden Augen machen, wenn Sie diesen komischen Laden und die komischen Leute sehen!‹ – so oder ähnlich mochte er seinen Begleiter vorbereitet haben.

Er fühlte sich hier wie im Ausland, und er fand alles ungewöhnlich, sogar die banalsten Dinge.

»Sie wünschen...?«

»Tut mir leid, Sie zu stören, Madame Krull. Dieser Herr ist als Hauptkommissar zuständig für die Ermittlungen in dem Ihnen bekannten Fall. Und da er Ihrem Sohn ein paar Fragen stellen möchte...«

Hinter der Gardine war die wie versteinert am Tisch sitzende Familie zu erkennen.

»Sie möchten mit meinem Sohn sprechen?« wiederholte Tante Maria mißtrauisch.

Die beiden Männer verständigten sich durch ein Zeichen, und der Hauptkommissar, der mit den Magenbeschwerden, zog ein Papier aus der Tasche und hielt es Madame Krull wortlos hin.

»Was ist das?«

»Lesen Sie …«

»Ich hab meine Brille nicht da.«

»Ein Durchsuchungsbefehl.«

»Was wollen Sie durchsuchen?«

»Für den Anfang mal das Zimmer Ihres Sohnes …«

Sie brauchte einen Moment, um sich von dem Schreck zu erholen. Dann raffte sie sich auf und öffnete hastig die Tür zum Korridor.

»Hier entlang, bitte … Ich gebe meinem Sohn Bescheid … Wenn ich Sie solang in den Salon bitten darf …«

Es war nichts Ungewöhnliches an dem Salon. Eine Tapete in kleinem Blumendekor. Regale voller Nippes, einige aus Fadenglas. Ein bestickter Tischläufer, ein Klavier …

Und doch sogen die beiden Beamten schnuppernd die Luft ein, als ob sie in einem exotischen Land auf Entdeckungsreise wären. Und der mit den Magenbeschwerden erklärte dann wegen des Sauerkrautgeruchs: »Hier riecht's nach Deutschen!«

Als Tante Maria wieder in die Küche kam, galt ihr erster Blick Cornelius und nicht Joseph.

Onkel Cornelius wischte sich den Mund ab, als ob er

nichts gehört hätte, stand gemächlich auf und holte sich seine lange Porzellanpfeife vom Ständer.

»Jemand für dich, Joseph… Im Salon… Du solltest dir vielleicht ein Jackett überziehen.«

Joseph stand auf. Er wirkte erstaunlich ruhig, warf einen kurzen Blick in die Runde, wie um dieses Bild der Familie in lebendiger und bleibender Erinnerung zu behalten. Dann verschwand er im Salon.

Cornelius stand noch in der Küche herum, und deshalb konnten die anderen nichts sagen. Sie mußten warten. Für gewöhnlich ließ er sich etwa zehn oder zwölf Minuten Zeit, ehe er in die Werkstatt zurückging. Ob er begriff, daß er störte? Er sagte nichts, ging aber mit der Pfeife im Mund und schleppenden Schritts in den Hof zurück.

Die Salontür ging wieder auf.

»Hier entlang«, sagte Joseph. »Wenn ich vorgehen darf…«

Die drei Männer gingen laut polternd die Treppe hinauf und stapften dann über den Boden im ersten Stock.

Lisbeth versuchte vergeblich, einen Blick von Hans zu erhaschen, ihn beiseite zu ziehen und zu fragen, was eigentlich vor sich ging. Anna hatte resigniert mit dem Abwasch begonnen, und Tante Maria war verschwunden.

Hans nahm sich gerade noch soviel Zeit, eine Zigarette anzuzünden, dann ging er ebenfalls. Auf der Treppe nahm er drei Stufen auf einmal und machte dann die Tür zu einem Zimmer auf, das er noch nie betreten hatte – das Schlafzimmer des Onkels und der Tante.

Er wußte, daß dieses Zimmer und das von Joseph durch eine Tür miteinander verbunden waren.

Er hatte gerade zwei, drei Schritte in den Raum gemacht, da erblickte er Tante Maria; sie stand an ebendieser Tür und hatte den Finger auf den Mund gelegt.

Der Boden knackte kein einziges Mal, als er weiterging und sich neben sie stellte. Sie machte ihm etwas Platz, und ihre Gesichter waren sich so nah, daß sie sich fast berührten.

»Zeigen Sie uns die Kleider, die Sie am 17. getragen haben…«

»Das ist alles, was ich habe«, sagte Joseph und machte den Spiegelschrank auf. Dort hingen seine zwei stahlgrauen Anzüge, die ihm zu weit waren und in denen er immer so schlaksig wirkte und diesen unsicheren Gang hatte.

»An welchem Wochentag wird hier gewaschen?« Das war die Stimme des Hauptkommissars.

Der andere, der kleine Dicke, hatte sich mit dem Rücken zum Quai auf die Fensterbank gesetzt – wie Hans einige Zeit vorher.

»Am Montag«, antwortete Joseph.

Dafür, daß er allein zwei Polizisten gegenüberstand, klang seine Stimme erstaunlich normal.

»Natürlich«, brummte der eine, nachdem er die grauen Anzüge eingehend durchsucht hatte. Was soviel bedeutete, als daß er nichts gefunden und das auch nicht erwartet hatte.

Zwischen der Nase von Tante Maria und der von Hans waren keine zehn Zentimeter Abstand. Und er hatte die ganze Zeit dieses Zimmer vor Augen, das er noch nicht gekannt hatte – eine Einrichtung, so schwer und endgültig wie sonst nirgendwo im Haus. Wo jeder noch so unbedeutende Gegenstand erst nach Monaten oder Jahren seinen richtigen Platz gefunden hatte.

In diesem Zimmer, das bestimmt damals schon so war wie jetzt, war Joseph geboren worden. Seine ganze Kindheit und Jugend über hatte er diese unbeweglichen, ewig gleichen Gegenstände um sich gehabt, diese Möbelstücke, die es schon so lang gab, daß ihnen das gehobelte oder zersägte Holz und die Arbeit des Schreiners nicht mehr anzumerken waren: Es war eben *der* Schrank, *das* Bett, *das* Buffet, *der* Sessel des Vaters...

»Ich habe Ihnen noch ein paar Fragen zu stellen. Sie können sich setzen...«

›Jetzt zieht er einen Zettel aus der Tasche‹, dachte Hans, und das stimmte auch. Der Hauptkommissar hatte seinen weichen Hut aufbehalten. Die Zeit kurz nach dem Essen machte ihm die meisten Beschwerden, und manchmal verzog er leicht das Gesicht.

»Kennen Sie einen gewissen Cloasquin?«

Für Hans hatte er mit dieser Frage Neuland betreten, aber er sah, wie seine Tante blaß wurde und an sich halten mußte.

Steckte nicht schon allein in dem Namen eine Bedrohung? Cloasquin! Emile Cloasquin!

»Er war mit mir auf der Schule«, sagte Joseph, und seine Finger hatten zu zittern begonnen.

»Das war die Schule, nicht wahr, aus der Sie verwiesen wurden?«

Der Kommissar warf einen Blick auf seinen angeschmuddelten Zettel.

»Sie haben Cloasquin, dessen Eltern an der Place Saint-

Léonard einen Krämerladen hatten, gehaßt… Er war kleiner und schwächer als Sie. Wochenlang haben Sie ihm aufgelauert und sich eines Abends auf ihn gestürzt, als er an einem Stück Brachland vorüberkam. Sie haben ihn zu Boden gerissen, mit dem Knie auf der Brust unten gehalten und ihn an der Kehle gepackt…«

»Ich war damals elf…«, sagte Joseph, und man mußte sich wundern, ihn überhaupt etwas sagen zu hören.

»Cloasquin hat nach diesem Zwischenfall eine Gelbsucht bekommen, er mußte einen Monat im Bett bleiben und die Klasse wiederholen.«

Cloasquin war ein eigenartiger, kränklicher Junge gewesen – fahles blondes Haar, ein riesiger Mund und winzige Augen.

»Er hat alle anderen Mitschüler gegen mich aufgehetzt, mich einen blöden Deutschen geschimpft und…«

Das stimmte. Der schwächliche Cloasquin wußte die Schulkameraden alle auf seiner Seite; er hatte sich mit dem fast einen Kopf größeren Krull angelegt und in jeder Pause an ihm herumgestichelt.

Joseph hatte das monatelang geduldig ertragen. Aber dann hatte er, wie vom Kommissar geschildert, seinem Gegner aufgelauert, ihn zu Boden geworfen, ihm die Kehle zugedrückt und ihn aufgefordert: ›Du bittest mich um Entschuldigung! Ich will, daß du dich entschuldigst und versprichst, mich in Ruhe zu lassen!‹

»Eines ist festzuhalten«, fuhr der Magenkranke unbeirrt fort, »Sie sind ihm an die Kehle gegangen, und er hat daraufhin das Bewußtsein verloren. Sie waren damals elf Jahre alt, Monsieur Krull!«

Schweigen. Hans hatte Tante Marias Augen ganz nahe vor sich, und er sah ihre Gesichtshaut mit den einzelnen Poren wie durch eine Lupe.

»Noch etwas…«

Wieder kam der Zettel zum Einsatz.

»Kennen Sie die Marcotte?«

Keine Antwort. Hatte es Joseph die Sprache verschlagen? Diesmal konnte Tante Maria nicht folgen, und sie wartete gespannt, wie es weiterging.

»Sie streiten es also nicht ab… Sie kennen diese Frau, die jeden Abend an der Ecke der Rue des Carmes auf den Strich geht… Sie haben sich wiederholt und, wenn ich mich nicht irre, in regelmäßigen Abständen an sie gewandt.«

Joseph war diesen beiden Männern und ihren Attacken gegenüber viel ruhiger und gelassener als bei seiner Mutter oder auch nur bei Hans. Er beobachtete seinen Gegner, den mit dem weichen Hut, beeilte sich nicht mit seinen Antworten und wartete ab, welche Beschuldigungen er als nächstes vorbrachte.

»Die Marcotte hat zu Protokoll gegeben, daß Ihre Wünsche an sie etwas von denen der anderen Männer abwichen… Sie nimmt ihre Freier gewöhnlich mit zu sich nach Hause, in die Impasse des Forgerons. Sie jedoch haben das abgelehnt. Sie haben darauf bestanden, daß sich die Sache unter freiem Himmel, in irgendeinem dunklen Winkel abspielte… Und zwar jedesmal! Soll ich Ihnen ihre Aussage vorlesen?«

»Nicht nötig…«

»Sie geben es also zu?«

Zustimmendes Kopfnicken. Joseph stand immer noch vor ihnen. Er forderte sie nicht heraus, errötete aber auch nicht. Er sah nur nachdenklich aus und versuchte offenbar zu erraten, worauf das hinauslaufen sollte.

»Nächster Punkt: Kennen Sie Jeanne Aubray?«

Joseph versuchte sich zu erinnern.

»Der Name sagt mir nichts«, murmelte er schließlich.

»Sie ist Hausangestellte bei der Familie Rideau ...«

Jeanne war ein attraktives, stets aufreizend angezogenes Mädchen, nach dem sich alle Männer umdrehten.

»Jeanne Aubray trifft ihren Liebhaber dreimal die Woche am Quai, an einer Stelle unweit ihrer Arbeitgeber... Stimmt es, daß Sie sich jedesmal dort irgendwo versteckt hielten und daß der Liebhaber, ein Maurer, Sie immer erst verscheuchen mußte? Daß er Ihnen eine Tracht Prügel angedroht hat, wenn Sie noch länger den Voyeur spielen?«

Keine Antwort. Joseph gab den Tatbestand zu, und Hans hatte immer noch Tante Marias starr dreinblickendes Auge vor sich.

»Aber das ist noch nicht alles. Kommen wir jetzt zu Sidonie... Sie war in Begleitung ihrer Freundin Germaine, als Sie sie zum ersten Mal angesprochen haben. An einem regnerischen Abend, und Sie waren den beiden Mädchen schon längere Zeit gefolgt. Die beiden haben sich darüber lustig gemacht, daß Sie ihnen dauernd auf den Fersen waren, und haben unvermittelt kehrtgemacht. Sie waren verdutzt und wußten nicht, was Sie tun sollten. Sie haben ihnen dann einen Fünfzig-Franc-Schein vor die Nase gehalten, den Sie schon in der Hand hatten... Trifft das zu?«

Keine Antwort. Der andere Kommissar rauchte seine Pfeife, die vorquellenden Augen amüsiert auf Joseph gerichtet.

»Sie sind mehrfach so auf Mädchen zugegangen... Sie haben immer mit Geld gewinkt...«

Josephs Stimme kam aus weiter Ferne. Sie klang bedrückt, war aber trotzdem klar.

»Weil ich sie nicht anzusprechen wagte...!«

»Sagen Sie doch lieber gleich, daß Sie ihnen nicht wie andere junge Männer den Hof machen, sondern möglichst schnell zur Sache kommen wollten... Zusammenfassend läßt sich jedenfalls sagen, daß Sie sich bei Einbruch der Dunkelheit am Quai herumzutreiben pflegten, nach Liebespaaren Ausschau hielten und sie aus irgendeinem finsteren Winkel beobachteten... Und wenn Ihnen hinterher ein junges Mädchen über den Weg lief, dann haben Sie sich – mit der Miene eines Verrückten, um eine der Aussagen aufzugreifen – vor der Betreffenden aufgepflanzt, Sie wußten nichts Passendes zu sagen, und Sie haben mit einem Geldschein gewinkt, wenn Ihnen Zeit dazu blieb. Und im äußersten Notfall konnte man ja immer noch zur Marcotte... Wie alt sind Sie?«

»Fünfundzwanzig.«

»Und Sie schämen sich nicht mit solchen Lastern? In Ihrem Alter?«

»Ich war immer für mich allein...«, brachte Joseph stotternd und wie zu sich selbst gewandt heraus.

Doch dann sahen Tante Maria und Hans sich verwundert an. Joseph redete weiter, und er hatte wieder die monotone Stimme von vorhin.

»Als ich klein war«, fuhr er fort und sah dem Kommissar ernst in die Augen, »war ich auch schon in diesem Zimmer hier. Das Haus rechts gab es noch nicht. Gleich neben unserem Haus war eine Brache mit einer grasbewachsenen Böschung zu unserer Seite hin und einem Holzzaun zur Straße... Fast jeden Abend haben sich Paare hier herumgedrückt. Eine Frau vom gleichen Schlag wie die Marcotte hat am Kanal drüben die Schiffer angesprochen und sie hierhergebracht. Und ich habe von meinem Fenster aus zugeschaut...«

»Ist das ein Grund, es sein ganzes Leben lang so zu halten?«

»Ich weiß nicht... Kann sein, wenn man sich nicht über mich lustig gemacht hätte, dann... Jedenfalls habe ich nie etwas Strafbares gemacht...«

»Sie waren am Abend des Siebzehnten auf dem Jahrmarkt, nicht wahr?«

»Ja, ich bin mal durchgelaufen.«

»Sie sind Sidonie und ihrer Freundin gefolgt...«

»Ich hab sie von weitem gesehen.«

»Was haben Sie danach gemacht?«

»Nichts. Ich bin spazierengegangen.«

Tante Maria streckte die Hand aus, legte sie Hans auf den Arm und umklammerte ihn.

»Um wieviel Uhr sind Sie nach Haus gekommen?«

»Gegen elf. Ich hab nicht auf die Uhr geschaut, aber um elf war ich bestimmt zurück...«

»In diesem Fall sehe ich mich gezwungen, Ihnen die Aussage Ihrer Nachbarin Madame Guérin vorzulesen, der Schreinersfrau...«

Tante Maria erstarrte, und einen Augenblick lang sah es so aus, als wolle sie die Tür aufreißen, ins Nebenzimmer stürzen und die Verteidigung ihres Sohnes übernehmen.

*... litt ich unter den Nervenschmerzen, die ich etwa alle vierzehn Tage bekomme... Ich weiß, daß ich mich nicht im Tag irre, weil es der Besuchstag meiner Schwester war, die in Tilly wohnt... Ich konnte nicht einschlafen und habe deshalb um halb elf eine Tablette genommen und mich ans Fenster gestellt. Eine halbe Stunde später hab ich mich wieder hingelegt... Ich habe einen Wecker mit Leuchtziffern auf dem Nachttisch, so daß ich sehen konnte, wie spät es ist. Die Schmerzen waren immer noch nicht weg, und um zehn nach elf habe ich noch eine Tablette genommen und bin wieder zum Fenster gegangen. Von meinem Platz aus konnte ich das Kanalufer, das im Schatten der Bäume ist, nicht sehen. Außerdem hat der Mond nicht geschienen... Der Cousin der Krulls ist als erster heimgekommen, und zwar von der Stadt her und auf dem Trottoir... Joseph Krull, den habe ich erst viel später zurückkommen sehen; da hatte es gerade Mitternacht geschlagen, und ich wollte eben wieder ins Bett... Er ist vom Kanal her gekommen...*

Eine beängstigende Stille folgte. Tante Maria krallte ihre Finger fester in Hans' Arm.

»Sie bleiben dabei, daß Sie um elf Uhr zu Hause waren?«

»Ja.«

»Sie sind bereit, diese Aussage unter Eid zu wiederholen?«

»Ja.« Und im nächsten Augenblick mit ebenderselben Stimme: »Nein!«

Der Klammergriff um Hans' Arm lockerte sich; Tante Maria verließ einen Augenblick ihren Horchposten, weil ihr die Beine den Dienst versagten.

»Ich will Ihnen lieber gleich die Wahrheit sagen … Ich bin hinter Sidonie und ihrer Freundin hergelaufen. Wer weiß, vielleicht hätte ich's noch einmal versucht … Bei solchen Gelegenheiten hat man immer die Hoffnung, daß …«

»Daß der Fünfzig-Franc-Schein seine Wirkung tut!« unterbrach der Kommissar schroff.

»Daß eben das Wunder geschieht … Daß es wahr wird, was man sich ausmalt, wenn man stundenlang in der Gegend herumläuft …«

Er empfand keine Scham; er stellte das nur richtig. Er wußte es besser als die beiden anderen, und er sagte die Dinge, wie sie waren.

»Es passiert wohl allen Männern, nehme ich an, daß sie beim Anblick einer Frau auf der Straße von einem Verlangen erfaßt werden; daß sie sich vorstellen, wie dieses Verlangen gestillt wird, sich das in allen Einzelheiten ausmalen …«

»Nur mit dem Unterschied, daß das einem normalen Mann nicht bei jeder Frau passiert, die gerade daherkommt!«

»Das stimmt«, räumte Joseph ein. »Aber die meisten Männer haben auch irgendwelche Ventile. Ich dagegen …«

Nein! Es ging nicht, er konnte es diesen beiden Kommissaren nicht erklären. Die sahen die Dinge eben anders als er, hielten sich an die vermeintlich harten Fakten der Polizeiberichte.

»An dem betreffenden Abend ist ein Mann auf Sidonie zugegangen, und …«

»Wie hat er ausgesehen?« erkundigte sich der mit den Magenbeschwerden ironisch.

»Ich hab ihn nicht gut gesehen... Ziemlich groß und kräftig. Und schlecht gekleidet, fand ich... Ich bin ihnen nachgegangen...«

»Na so was!«

»Wieso?«

»Nichts. Fahren Sie fort.«

»Ich hab nicht sofort begriffen, was da los war. Ich hab gesehen, daß Sidonie sich zur Wehr gesetzt hat, dachte aber, es wird schon nicht so schlimm sein – nicht wirklich schlimm... Und erst nachher ist mir klargeworden...«

»Wie weit waren Sie weg?«

»Ich weiß nicht... Vielleicht zwanzig Meter.«

»Sie haben gesehen, wie der Mann die Leiche zum Kanal geschleift hat?«

»Ja!«

»Und Sie haben nicht eingegriffen?«

»Nein!«

»Und sind auch nicht auf die Idee gekommen, die Polizei zu alarmieren...? Sie haben sich ruhig schlafen gelegt?«

»Ruhig nicht!«

»Und am nächsten Morgen haben Sie keinem etwas davon erzählt, noch nicht einmal Ihrem Cousin?«

Joseph schüttelte den Kopf. Tatsächlich hatte er sich noch selten so ruhig gefühlt. Er hatte sich frei gefühlt; frei und ein wenig leer, ein wenig schwebend...

»Ist Ihnen klar, wie schwerwiegend Ihre Aussage ist?«

»Ich habe die Wahrheit gesagt. Lügen konnte ich noch nie.«

»Warum haben Sie nicht die Polizei benachrichtigt?«

»Weil die Polizei etwas gegen uns hat – genau wie das

ganze Stadtviertel, wie meine Kommilitonen auf der Universität, wie überhaupt alle ...«

Der Hauptkommissar warf seinem Kollegen einen Blick zu; der zuckte nur die Achseln.

»Das Geschäft braucht nur mal eine Minute zu spät geschlossen zu werden ... Jede Kleinigkeit genügt, und wir müssen eine Geldbuße bezahlen.«

»Sie haben dem nichts hinzuzufügen?«

»Nein.«

»Würden Sie den Mann wiedererkennen, der Sidonie umgebracht hat?«

»Ich weiß nicht.«

»Haben Sie über das, was Sie gesehen haben, mit jemandem gesprochen?«

Joseph zögerte; Tante Maria stand wieder hinter der Tür und sah aus, als wollte sie ihm die Antwort einsagen.

»Nein, mit niemandem.«

Wieder eine Stille, diesmal eine besonders lange. Die beiden Kommissare standen am Fenster und beratschlagten leise.

»Wir können im Augenblick keine Entscheidung treffen«, teilten sie Joseph dann mit. »Dafür bräuchten wir den Untersuchungsrichter, und der ist auf dem Lande. Sie werden einstweilen gebeten, sich nicht aus dem Haus zu entfernen, das im übrigen polizeilich überwacht wird.«

Die Tür zum Flur wurde geöffnet. »Bringen Sie uns jetzt in den Salon zurück ...«

Wieder polterten die Schritte der drei Männer durchs Treppenhaus. Hans und die Tante warteten, bis sie unten waren, dann gingen sie ebenfalls hinunter.

Im Korridor trafen sie auf Joseph, der gerade aus dem Salon kam. »Sie wollen Sie sprechen, Hans!« wandte er sich an seinen Cousin.

Der Kommissar in dem Wolljackett spielte mit den Nippsachen auf den Regalen herum, banaler Krimskrams, wie man ihn bei einer Tombola gewinnt. Und doch nahmen sie sich in seinen Wurstfingern wie exotische Gegenstände aus.

Die beiden Männer betrachteten das Haus tatsächlich, als ob sie noch nie etwas Derartiges gesehen hätten, als ob hier die Menschen wie die Dinge allesamt suspekt seien.

»Sie sind ein gewisser Hans Krull aus Emden?«

»Ja, Herr Kommissar.«

»Ihren Paß bitte... Danke! Ich muß ihn mitnehmen.«

»Aber...«

»Sie sind ohne Visum in Frankreich eingereist, und ich muß Ihre Papiere an die *Sûreté Nationale* weiterleiten. Und ehe von dort keine Entscheidung vorliegt, werden Sie die Stadt nicht verlassen...«

»Gut, Herr Kommissar.«

»Rufen Sie mir jetzt Madame Krull...«

Maria Krull hatte an der Tür gelauscht, und sie betrat auch schon das Zimmer.

»Was Sie betrifft«, sagte der Hauptkommissar und sah sie mißvergnügt an, »so rate ich Ihnen, vorsichtiger zu sein und Zwischenfälle wie den von heute morgen zu vermeiden...«

»Aber das war doch diese Frau, Herr Kommissar. Sie hat mich doch...«

»Ich bitte Sie, Zwischenfälle zu vermeiden. Wenn diese Frau ausfallend wird, sobald sie betrunken ist, dann schenken Sie ihr keinen Alkohol mehr aus...«

Er wandte sich zum Ausgang, machte versehentlich die falsche Tür auf und stand in der Küche. Anna hatte das Schnittmuster für ihr Kleid auf dem Küchentisch ausgebreitet, und Lisbeth saß bei ihr und redete leise auf sie ein. Der Kommissar setzte eine Miene auf, als ob er sagen wollte: ›Komischer Haushalt...‹

Joseph war unterdessen wieder in sein Zimmer zurückgekehrt.

Die beiden Männer gingen durch den Laden, und Tante Maria suchte vergebens nach besänftigenden Worten.

Der Hauptkommissar blieb vor dem kleinen Schanktisch stehen, legte die Hand auf eine der Flaschen und schnippte mit dem Finger gegen den Spezialverschluß aus Zinn.

»Wenn man keinen Ärger haben will, sollte man nicht gerade einen Ausschank betreiben...«

So kam es, daß Maria Krull ihr eigenes Haus mit neuen Augen sah, als sie weg waren. Sogar die Küche hatte ihr Mißfallen erregt, Gott weiß, warum... Sogar der Geruch! Und sogar der Salon! Sie war nahe daran, in den Spiegel zu schauen, um vielleicht herauszufinden, ob sie etwas an sich hatte, was das rüde Verhalten der beiden erklärte.

»Was haben sie gesagt?« fragte Anna mit einer Stecknadel zwischen den Zähnen.

»Nichts... Mach dir keine Gedanken... Wo ist Vater?«

»In der Werkstatt.«

»Hat er nichts gesagt?«

Sie schürte nebenher den Herd. Es gab vieles zu tun, aber nicht sofort. Zuerst mußte sie sich beruhigen. Auch Joseph brauchte Ruhe. Hans war ebenfalls anzusehen, daß er im Augenblick nicht zu einem Gespräch aufgelegt war.

Das Haus wirkte plötzlich kalt und fast leblos, als ob ein ungeheurer Windstoß hindurchgefegt wäre. Die gemütlichen Ecken und Winkel, die vertrauten Gegenstände sahen mit einem Mal ganz anders aus.

Was hatte die Familie denn so Besonderes an sich, und warum rief sie bei anderen Menschen Aggressionen hervor?

Sie brauchten jetzt vor allem Zeit, um wieder zu sich zu kommen, um die gewohnte Atmosphäre wiederherzustellen.

»Übst du denn nicht, Lisbeth?«

Sie sagte das bewußt und absichtlich. Allein schon die Tatsache, daß aus dem Haus Musik ertönte wie an anderen Tagen auch … Aber war es tatsächlich angebracht? Würden die Leute das als Provokation betrachten oder eher als Unschuldsbeweis?

»Ach ja, soll ich, Mama?«

Tante Maria sah Hans an.

»Gewiß doch … Na klar …«, sagte Hans.

Und außerdem mußte man sich beschäftigen. Sie durften hier nicht wie aufgescheucht umherlaufen, einer über den anderen stolpern und sich verstört ansehen. Joseph hatte gesagt, was er zu sagen hatte. Vielleicht hatte er recht gehabt. Man mußte abwarten, was dabei herauskam … Und außerdem durfte man nicht zum Quai hinübersehen! Man mußte das einfach ignorieren!

»Soll ich dir helfen?« schlug Maria Krull ihrer Tochter vor. »Hol mir mal meine Brille. Womöglich mißt du wieder falsch ...«

Die Klavierakkorde tönten durchs Haus wie an jedem andern Tag. Hans holte sich die Zeitung und hatte eigentlich vor, sich damit im Hof in die Sonne zu setzen. Er stand an der Hintertür und wollte sich gerade einen Stuhl heranziehen.

»Sie sollen zum Chef kommen ...«

Der Gehilfe war auf ihn zugetreten.

Das traf ihn wie ein Schlag. Es fiel schwer, sich vorzustellen, daß der schweigsame Cornelius jemanden in seine Werkstatt zitierte.

Und doch war es so! Er saß an seinem üblichen Platz auf dem Stuhl mit den abgesägten Beinen und hatte einen halbfertigen Korb vor sich. Auch der Gehilfe setzte sich wieder, als ob es seit eh und je ausgemachte Sache sei, daß seine Anwesenheit nicht störte.

Die Szene hatte einen eigenartig feierlichen Charakter – mit dem Onkel, der aussah wie der heilige Josef in Person, dem buckligen Gehilfen, der Ruhe und Kühle in der Werkstatt und dem Sonnenlicht, das durch die offene Tür hereinfiel.

»Hans, Sie müssen gehen ...«, sagte der Onkel, während der junge Mann sich auf den Stuhl setzte, den er bei den häufigen Besuchen hier zu seinem Stammplatz ausersehen hatte.

»Gehen? Aber wieso?«

»Sie müssen gehen ...«

So kam es, daß Hans, der sonst alle anderen einwickelte,

diesem ungerührten alten Mann wie ein kleiner Junge gegenüberstand, der sich ungeschickt zur Wehr setzt.

»Und wo soll ich hin? Was soll ich meinem Vater sagen, wenn ich nach Emden zurückgehe?«

Eine innere Stimme sagte ihm, daß diese Bemerkung ein Fehler gewesen war.

Cornelius zog wortlos eine alte Postkarte aus der Tasche seines blauen Arbeitskittels und streckte sie seinem Neffen hin. Sie war vor fünfzehn Jahren geschrieben; der Text war deutsch, und es war ein Ausschnitt aus einer Emdener Zeitung daruntergeklebt. Es war ein kurzer Bericht über das dramatische Ende von Peter Krull.

Cornelius Krull sah seinen Neffen noch nicht einmal an. Seine Reaktion interessierte ihn nicht. Nur der Gehilfe blickte Hans unverwandt und wie ein strafender Engel an. Hans versuchte ein Lächeln aufzusetzen.

»Entschuldigen Sie... Ich sehe, ich muß Ihnen wirklich alles gestehen. Ich wußte nicht mehr, wo ich hinsollte... Ich bin wegen meiner politischen Ansichten verfolgt worden und mußte mit dem Konzentrationslager rechnen... Und weil Sie mich nicht kannten, habe ich meinen Vater erwähnt... Ich habe gelogen...«

»Sie müssen gehen«, wiederholte der Onkel unbeirrt und mit der steinernen Ruhe einer gotischen Heiligenfigur. Er hatte die ganze Zeit über weitergearbeitet.

»Aber, Onkel Cornelius...«

Zum ersten Mal seit langer Zeit verlor Hans die Fassung. Eine leichte Röte war in seine Wangen gestiegen. Er hatte eben gemerkt, daß der Onkel etwas von seinem eigenen Vater an sich hatte – etwas Undefinierbares, eine Art sturer

Hartnäckigkeit. Und die hatte den Vater ja auch in seinen doppelt und dreifach abgesicherten Selbstmord getrieben.

Als Hans ein kleiner Junge gewesen war, hatte sein Vater im gleichen Ton zu ihm gesagt: ›Iß deinen Spinat!‹ Er hatte nicht lauter gesprochen dabei. Er hatte nicht gedroht und war nicht böse geworden. Er hatte seinen Satz notfalls dreimal wiederholt, und zum Schluß gehorchte man ihm.

Als ob man je gewußt hätte, was er dachte… Und als ob man jetzt wüßte, was hinter des Onkels Stirn vor sich ging, die aussah wie aus vergilbtem Elfenbein.

Die Karte, die er Hans gezeigt hatte, stammte von Bischoff, dem Puppenmacher, der in Emden gleich neben dem alten Haus der Krulls gewohnt hatte – dem ersten Haus mit der kleinen Schuhmacherwerkstatt.

Seit fünfzehn Jahren wußte Cornelius also Bescheid! Und er hatte nichts gesagt – niemandem. Er hatte es für überflüssig gehalten, seiner Familie etwas vom Selbstmord seines Bruders zu sagen, den diese ja gar nicht kannte.

Und er hatte auch nichts zu Hans gesagt, als der hier angekommen war…

Was wußte er eigentlich noch, ohne davon zu sprechen? Und woran dachte er den ganzen Tag, wenn er neben seinem buckligen Gehilfen in der Werkstatt saß?

Wieviel hatte er von der Tragödie mitbekommen, die sich im übrigen Haus abspielte? Wo doch alle anderen annahmen, er wisse nichts…

»Sie müssen gehen…«

»Ich kann jetzt nicht sofort weg… Die Polizei hat meinen Paß und…«

»Sie müssen gehen.«

»Aber ich hab kein Geld... Hören Sie, Onkel...«

Hans hing am Haus und an der Familie. Er wollte nicht weg von hier! Er wurde nervös, suchte nach Argumenten und setzte alles daran, diesen unerbittlichen Mann zu erweichen. Er ließ jegliche Selbstachtung fahren und ignorierte wissentlich den Buckligen, der alles mithörte.

»Wenn Sie mich vor die Tür setzen, dann werde ich an die deutsche Grenze geschickt. Und drüben komme ich ins Gefängnis! Ich hab's Ihnen noch nicht gestanden, aber ich werde polizeilich gesucht...«

Das stimmte nicht. Hans ließ sich Argumente einfallen, wic cr sie gerade brauchte.

»Sie werden doch nicht wollen, daß der Sohn Ihres Bruders wegen Diebstahls ins Gefängnis kommt... Hören Sie, Onkel...«

»Sie müssen gehen...«

»Ja, wann denn? Ich sagte doch, die lassen mich nicht weg! Der Kommissar hat eben meinen Paß mitgenommen... Ich habe Sie angelogen, ja. Aber was hab ich Ihnen denn sonst noch getan?«

»Sie müssen...!«

Die Gesetze der Logik waren hier außer Kraft gesetzt. Regungen des Mitleids, wie andere sie kannten, standen nicht zur Debatte. Cornelius hatte seine eigene Logik, die ebenso rätselhaft und undurchschaubar war wie die von Hans' Vater. Und nicht nur die Logik hatte Cornelius mit seinem Bruder gemeinsam! Wie konnte er es aushalten, sein ganzes Leben hier in dieser Werkstatt zuzubringen, in der er noch mehr von der Welt abgeschirmt war als in einem Kloster... So gut wie ein Fremder innerhalb der eigenen Familie, die ihn kaum anzusprechen wagte!

»Ich muß Ihnen noch ein wichtiges Geständnis machen, Onkel... Wenn Sie mich rausschmeißen, dann wird das Lisbeth sehr unglücklich machen...«

Er erhielt keine Antwort. Die war ihm auch egal. Hans wollte bleiben. Die Stunde des Abschieds war noch nicht gekommen, die Tragödie war noch nicht zu Ende. Und er mußte wissen, wie sie ausging...

Wie damals in Düsseldorf... Er hatte die Sache erst kürzlich erwähnt.

Es war bei der Cousine gewesen, die eine Parfümerie hatte. Sie hatte einen Mann, der eine dunkelblaue Uniform trug und bei der Eisenbahn arbeitete. Und da war außerdem noch ein Geiger, der in einem nahe gelegenen Café aufspielte und täglich um die gleiche Zeit vorbeikam...

Hans hielt sich gern in dem in zarten Rosa- und Blautönen gehaltenen Geschäft auf. Die Atmosphäre gefiel ihm, und er schätzte auch das feminine Fluidum im Nebenraum, wo eine Maniküre mit strahlenden Augen arbeitete.

Die hatte er allerdings nie besessen. Sie war verrückt nach einem von der Polizei, einem einfachen Streifenpolizisten, der oft vorne an der nächsten Straßenecke stand. Und sonntags ging sie mit ihm tanzen.

Hans war glücklich. Er hatte zwischen dem Musiker und seiner Cousine, einer faden Blondine, als Vermittler und Zuträger fungiert. Er überbrachte ihnen ihre Briefchen. Er machte sie beide scharf. Es war Winter, und es hatte viel geschneit.

Der Geiger war mehrmals nachmittags gekommen, und Hans lächelte in sich hinein, wenn er ihn in die Wohnung hinaufschleichen sah.

Eines Nachts war die Cousine dann aus dem Schlaf aufgeschreckt, weil ihr Mann dabei war, ihr das Haar abzuschneiden. Sie hatte nicht begriffen, was los war. Sie hatte einen Augenblick geglaubt, ihr sonst so friedlicher Mann sei einfach verrückt geworden.

»Stillhalten!« hatte er ihr befohlen und auf den Revolver gedeutet, der auf dem Nachttisch lag. Und er hatte ihr das Haar direkt über der Kopfhaut abgeschnitten. »Du wirst schon sehen, was dein Liebhaber für ein Gesicht macht, wenn er dich so sieht … Zieh dein Hemd aus … Du ziehst jetzt dein Hemd aus!«

Er mochte das in der Art gesagt haben, wie Onkel Krull die ganze Zeit sein ›Sie müssen gehen!‹ vorbrachte.

Und dann: »Geh jetzt die Treppe hinunter …! Mach die Haustür auf …! Du sollst die Tür aufmachen … Gut. Mach, daß du wegkommst! Geh nur zu ihm …«

Er hatte sie in einer Dezembernacht vor die Tür gesetzt, nackt und kahlköpfig.

Und dann war er zu Hans hinaufgegangen, der ein Stockwerk höher in einem früheren Mädchenzimmer schlief.

»Steh auf!«

Er hatte ihm voller Verachtung, jedoch kalt und ohne Zorn zwei Ohrfeigen gegeben.

»Geh!«

»Hören Sie, Onkel … Lisbeth und ich, wir lieben uns …«

Cornelius reagierte nicht und hantierte nur mit seinen weißen geschälten Weidenruten.

»Wenn ich gehe, ist sie sehr unglücklich. Ihr Leben ist verpfuscht …«

Jetzt war alles egal; jetzt ging er bis zum Äußersten. *Er wollte einfach nicht weg von hier!*

»Ich will Ihnen alles sagen … Lisbeth und ich, wir sind ein Paar … So daß es also …«

Er hätte schwören können, daß der Onkel es wußte. Ja, wußte der eigentlich alles?

»Gehen Sie …«

»Heute …?«

»Gehen Sie …«

»Geben Sie mir wenigstens Zeit bis morgen. Ich muß mir beim Kommissariat meinen Paß zurückgeben lassen … Damit sind Sie einverstanden, ja? Ich verspreche Ihnen, daß ich morgen …«

Er war klein; ein ganz kleiner Junge. Er machte ein komisches Gesicht, sein Glanz war dahin.

»Morgen, das verspreche ich Ihnen …«, wiederholte er und wußte selbst nicht, was er sagen wollte.

Er stand auf. Er hatte keinen einzigen Blick des Alten auffangen können. Er ging rückwärts bis zur Tür und warf dem Gehilfen einen haßerfüllten Blick zu.

Auf dem Korridor räusperte er sich und tat so, als müßte er niesen. Er begann ein Liedchen zu pfeifen, während er auf die Küchentür zuging. Und er trat erst ein, als sein Selbstvertrauen wiederhergestellt war.

## 11

Während sie alle mit hellwachen Sinnen durchs Haus gingen und seit einigen Tagen den nebensächlichsten Dingen soviel Aufmerksamkeit schenkten, daß es an Bespitzelung grenzte, wurde dem entscheidenden Zwischenfall fast keine Bedeutung beigemessen. Jedenfalls ahnte nicmand, welche Folgen er nach sich ziehen sollte.

Maria Krull war in der Küche gewesen, als die Ladenglocke ertönte. Sie hatte einen Blick durch die Spitzengardine geworfen, die Schere auf den Küchentisch zurückgelegt und war in den Laden gegangen.

Anna, die mit der Mutter beim Zuschneiden war, hatte kurz aufgesehen und die Frau eines Schiffers wahrgenommen. Sie hatte ein Kind auf dem Arm, die anderen hingen ihr an den Rockzipfeln. Anna hatte nicht weiter auf sie geachtet und weitergearbeitet.

»Nun, was möchtest du, Louise?« hatte Maria Krull aufseufzend gefragt, während sie hinter den Ladentisch trat. Sie hatte die Frage in dem traurigen und etwas wehklagenden Ton gestellt, den sie früher immer anzuschlagen pflegte, vor den unguten Zwischenfällen der letzten Zeit… ›Na, du Ärmste‹, schien sie beim Anblick ihrer Kundin sagen zu wollen, ›wie siehst du schon wieder aus! Und deine Kinder sind genau solche Hungerleider wie du…‹

Das stimmte übrigens. Diese Louise war die Frau des Schiffers von heute früh, dem Mann mit dem feuchtglänzenden Schnurrbart und dem großspurigen Gehabe, der seinen Pernod auf den Boden gekippt hatte.

Er machte ihr jedes Jahr ein Kind. Von ihren Kindern mochten an die zehn am Leben geblieben sein; sie hatten eines wie das andere einen aufgescheucht-resignierten Gesichtsausdruck und sahen aus wie geprügelte Hunde.

Die Mutter hielt eine Schulter höher als die andere; das kam daher, daß sie ewig einen Säugling auf dem Arm hatte.

»Stimmt es, daß er hier herumkrakeelt hat?« fragte sie höflichkeitshalber.

»Du weißt ja, wie er ist. Er war bereits betrunken...«

Tante Maria kannte fast alle Kanalschiffer. Manche ließen sich die Post an ihre Adresse zustellen, und neben der Theke hing ein Glaskasten, der immer voller Briefe war. Sie wußte, wohin die Schiffer fuhren und was sie geladen hatten. Und sie wußte auch, wann sie ihr Geld bekamen.

»Gib mir fünf Kilo Mehl.«

Tante Maria zögerte nicht. Sie nahm eine große Papiertüte und wog Weißmehl ab. Dann holte sie das dicke, mit einem Gummiband zusammengehaltene Anschreibebuch aus der Schublade.

»Und dann noch fünf Kilo Bohnen und fünf Kilo geschälte Erbsen...«

Maria Krull runzelte die Stirn. Sie wog die Ware aber trotzdem ab und ging sogar so weit, jedem der Kinder traditionsgemäß ein Bonbon zu geben.

»Bezahlst du?«

»Nein. Wir sind nächste Woche wieder da, zum Ausladen…«

Tante Maria nahm den violetten Stift zur Hand und setzte das Mehl, die Bohnen und die Erbsen ans Ende einer langen Liste.

»Tu mir noch zehn Büchsen Sardinen dazu…«

Das ging zu weit; dieser Satz löste alles aus. Maria Krull reagierte automatisch. Sie sah überrascht auf und sagte trocken:

»Hab ich nicht mehr, mein Kind!«

Louise für Mehl und Hülsenfrüchte Kredit zu geben, das mochte noch angehen, aber nicht für Delikatessen, die es auch bei den Krulls nicht gab!

»Aber da liegen doch welche, dort im Fach!«

»Das sind Muster…«

»Das sagst du nur, weil du mir nichts verkaufen willst, stimmt's?«

Louise war nicht bösartig, aber sie war dumm. Sie stand unter dem Einfluß ihres Mannes. Auch jetzt hatte sie nicht protestiert.

»Er hat mir noch eine ganze Liste mitgegeben«, gab sie zu und holte einen Zettel aus dem Portemonnaie. »Kerzen, Wäschestärke, drei Benzinkanister und…«

»Na, da kannst du ihm von mir ausrichten, daß er hier erst einmal seine Schulden bezahlen soll, ehe er sich Vorräte anlegt!«

Louise blieb eine ganze Weile unbeweglich im Laden stehen und starrte Maria Krull an, als ob sie auf etwas wartete. Dann ging sie zur Tür und sagte wie zu sich selbst:

»Jetzt verprügelt er mich wieder!«

Tante Maria sah ihr über die Auslage hinweg nach, wie sie mit ihrem schleppenden Schritt den Grünstreifen überquerte. Dann murmelte sie kurz etwas vor sich hin, klappte das Buch mit dem Gummiband zu und legte es in die Schublade zurück.

Kurz darauf waren Anna und ihre Mutter bereits wieder über den Schnitt gebeugt. Lisbeth spielte immer noch Klavier. Hans mußte in sein Zimmer hinaufgegangen sein, da er sonst nirgends zu sehen war.

Am Quai drüben standen ein paar Männer zusammen, wie immer, wenn mehrere Kähne nahe beieinander festgemacht hatten. An Bord eines großen Motorschiffs nutzte man die Zwangspause zum Wäschewaschen.

Louise und die Kinder näherten sich der Gruppe, bei der auch ihr Mann stand.

»Und?« rief er ihr entgegen. »Wo hast du die Vorräte?«

»Sie hat mir nichts geben wollen...«

»Waas? Gibt's denn so was? Sie hat dir nichts geben wollen?«

»Hör zu...«

Nein, er wollte nichts hören. Er wußte, daß sie von Geld anfangen würde, und darauf legte er keinen Wert. Er rief die anderen zu Zeugen an.

»Sagt mal – jetzt fangen die an und wollen die Kundschaft nicht mehr bedienen!«

Hans stand in diesem Augenblick gerade am Fenster. Er sah die Gruppe von weitem, aber es fiel ihm nichts Besonderes auf. Das war ein Bild, wie es sich täglich hier am Kanalufer bot: ein paar Männer in Holzschuhen, die Frauen auf den Schiffen und Kinder, die wie die jungen Hunde um einen Stapel Backsteine herumtollten – all dies vom Grün der Bäume überschattet und im Vordergrund die bimmelnde gelbe Straßenbahn.

Etwas mehr wunderte sich Hans darüber, daß er Monsieur Schoof und Marguerite unten auf dem Trottoir näher kommen sah. Er hatte vergessen, daß heute Donnerstag war – der Besuchstag der Schoofs. Und er hatte nicht gemerkt, daß es schon nach sechs war; donnerstags machten die Schoofs nämlich um sechs Uhr ihren Laden zu und gingen zu ihren Freunden, den Krulls.

Auch Anna war überrascht. Als sie die Ladenglocke hörte und durch die Gardine gesehen hatte, wer gekommen war, sagte sie:

»Ach, du meine Güte! Schon sechs vorbei ... Und ich hab mein Gemüse noch nicht auf dem Herd ...!«

Sie ging ins Treppenhaus und rief: »Joseph! Joseph! Marguerite ist da ...«

Drüben am Kanalufer marschierten im gleichen Augenblick drei aufgebrachte Männer auf das Haus Krull los, einer war der Mann von Louise.

Was Louise den anderen gegenüber nicht erwähnt hatte, war die Tatsache, daß sie über drei Monate mit der Bezahlung der angeschriebenen Waren im Rückstand war und daß man ihr deswegen nicht noch mehr verkauft hatte. Und sie hatte auch nicht gesagt, daß man ihr anstandslos Mehl, dicke Bohnen und Erbsen abgewogen hatte.

Es war ein schrecklicher Tag. Die Schiffer waren durch die Stillegung des Kanals und die damit verbundene Aussicht, womöglich wochenlang festzusitzen, ohnehin schon verstimmt. Und es brachte sie besonders in Rage, daß das

Unglück an der Tilly-Schleuse passiert war, wie sie es alle seit langem prophezeit hatten.

Und dann schuldeten sie den Krulls auch alle Geld – die einen mehr, die anderen weniger. Jeder wußte, daß sein Name mit violettem Stift in das Buch mit dem Gummiband eingetragen war.

»Sie hat kein Recht, die Kundschaft nicht mehr zu bedienen …«

Sie hetzten sich gegenseitig auf, und darüber verging die Zeit. Die drei Männer lösten sich aus der Gruppe unter den Bäumen und überquerten den Grünstreifen, wie es der Mann von Louise am Vormittag schon einmal allein getan hatte. Und sie stellten mit Genugtuung fest, daß die anderen ihnen nachstarrten.

Der wachhabende Polizist stand etwa dreißig Meter vom Haus entfernt und trat vorsichtshalber etwas näher, als er die drei kommen sah. Er war jung und sehr blaß; die Mütze war ihm zu weit und saß ihm sehr tief in der Stirn.

Er kam gleichzeitig mit den drei Männern vor dem Ladeneingang an.

»Sagen Sie mal …«, wandte sich einer von ihnen an den Ordnungshüter. »Wie ist das mit den Leuten, die einen Laden betreiben … Haben die ein Recht, einen Kunden nicht zu bedienen?«

Statt ihm eine Antwort zu geben, ermahnte ihn der Polizeibeamte:

»Weitergehen …! Machen Sie hier keine Geschichten … Gehen Sie weiter!«

»Pardon! Sie könnten mir ja erst mal höflich Antwort geben! Die Straße ist für alle da, und wenn ich Sie um eine

Auskunft bitte, dann müssen Sie mir die geben. Dafür sind Sie da!«

»Ruhe! Schreien Sie nicht so… Gehen Sie weiter!«

Der junge Polizist hatte die Anweisung, jegliche Ansammlung vor dem Haus zu verhindern.

»Wir gehen nachher weiter… Aber wir müssen unsere Einkäufe machen, und wenn die da drinnen die Kunden nicht mehr bedienen wollen, müssen Sie sie zwingen…«

»Ich bitte Sie, gehen Sie weiter…«

Ein paar Passanten blieben stehen, weil sie dachten, die Männer seien betrunkene Randalierer. Und damit lagen sie ja auch nicht ganz falsch. Die anderen Schiffer, die die Szene von weitem verfolgten, kamen unmerklich näher. Potut lag in dem dicken Mantel, den er das ganze Jahr über trug, auf einer Bank, hatte den Kopf auf den angewinkelten Arm gelegt und schlief.

»Was ist los?« fragte Monsieur Schoof in der Küche, als er von draußen Lärm hörte.

»Ich weiß nicht… Wahrscheinlich wieder mal Männer, die einen zuviel getrunken haben…«

Hans beugte sich aus dem Fenster.

»Sie werden mich nicht davon abhalten, den Laden zu betreten!« erklärte Louises Mann. »So ein Laden, das ist fast das gleiche wie die Straße… Da darf jeder rein, wenn er was kaufen will!«

Und er versuchte, an dem Beamten vorbeizukommen.

Der Polizist machte nun seinerseits einen Fehler. Er zog seine Trillerpfeife heraus und stieß einen schrillen Ton aus, um damit seinen Kollegen an der nächsten Kreuzung herbeizurufen.

Der allseits bekannte, durchdringende Pfiff der Polizei tat seine Wirkung: Im Nu waren Neugierige an den Fenstern und ein paar Gaffer auf der Straße.

Der uniformierte Kollege kam vorschriftsgemäß im Laufschritt herbeigeeilt, weshalb die Leute vermuteten, daß es um ein schwerwiegendes Delikt ging – etwa eine Körperverletzung oder einen Diebstahl. Und daß vielleicht jemand festgenommen wurde.

»Los, marsch! Gehen Sie weiter... Ich warne Sie – sonst nehm ich Sie mit zur Wache!«

»Das möcht ich mal erlebt haben...!«

»Sie werden es noch schnell genug erleben!«

Der andere Beamte war schnaufend eingetroffen.

»Lös mich mal solang ab hier, bis ich den Typ da auf die Wache gebracht habe...«

»Was soll das heißen? Ich bin kein ›Typ‹!«

»Komm mit...! Oder ich zeige dich an wegen Widerstands gegen die Staatsgewalt!«

Nebenan stand Madame Guérin auf der Schwelle und sah zu. Louise kam mit dem Baby auf dem Arm eben wieder über den Grünstreifen; zwei weitere Kinder hingen ihr an den Rockzipfeln.

»Komm mit, Désiré!« forderte ihr Mann, immer noch großspurig, einen seiner Begleiter auf. »Ich werd ihm schon Bescheid stoßen, dem Kommissar...«

Der Polizist entfernte sich mit den beiden Männern, und der Neue wußte überhaupt nicht, worum es ging.

»Gehen Sie weiter...!« wiederholte er mehrmals, jedoch ohne Nachdruck. »Hier gibt's nichts zu sehen...«

Anna hatte gerade den Tisch gedeckt, war in den Korridor gegangen und hatte gerufen:

»Das Essen ist fertig!«

Danach sah Monsieur Schoof zu seiner größten Überraschung Hans die Treppe herunterkommen und am Tisch Platz nehmen. Er rückte unbehaglich auf seinem Stuhl hin und her; er sah alle nacheinander fragend an.

Maria Krull jedoch sah hinaus und lieferte keine Erklärung.

»Wir sollten lieber schließen«, ließ sich Cornelius aus seinem Korbsessel vernehmen.

Es gab noch nichts Konkretes. Draußen stand der uniformierte Polizist mit dem Rücken zur Ladentür. Man ahnte, daß sich Grüppchen gebildet hatten und Passanten stehengeblieben waren.

»Was gibt's hier?«

Die meisten Leute wußten überhaupt nicht, worum es ging.

»Ich weiß auch nicht...«, bekamen sie zur Antwort. Oder vielleicht auch: »Sie haben einem Schiffer nichts verkaufen wollen...«

Tante Maria hatte eine sorgenvolle Miene aufgesetzt.

»Meint ihr, wir sollten die Läden runterlassen?« fragte sie. Sie hatte das Gefühl, das sei ein Fehler; sie hätte auch nicht sagen können, warum. Und sie sah unwillkürlich Hans an, wie um ihn nach seiner Meinung zu fragen.

Woraufhin Cornelius – und das passierte wirklich nicht oft – einen Satz zum zweiten Mal sagte. Er redete nicht lauter. Er sagte nur in leicht klagendem Ton:

»Wir sollten lieber schließen...«

Tante Maria stand auf und band ihre Schürze fest. Hans jedoch war schneller und sagte rasch:

»Ich geh schon, Tante …«

»Aber …«

Er war bereits drüben. Der Laden des Schaufensters ließ sich von innen schließen; das quietschende Geräusch der Kurbel drang zu ihnen herüber.

Monsieur Schoof nutzte die Gelegenheit und raunte Maria Krull zu:

»Was wollen Sie mit ihm machen?«

Er konnte nicht verstehen, daß der junge Mann, der ihn angelogen und fünftausend Franc von ihm ergaunert hatte, noch da war und mit am Tisch saß.

»Ja, was sollen wir mit ihm machen?«

Für diese Antwort brachte Monsieur Schoof nun wirklich kein Verständnis auf. Er war ja nur zu Besuch hier und konnte nicht wissen, was vor sich ging. Er fühlte sich weiterhin unbehaglich und sah die anderen in der Hoffnung auf eine Erklärung an.

Das Geratter des ungewohnt früh heruntergelassenen Rolladens hatte auf die versammelten Leute draußen eine ähnliche Wirkung wie zuvor die Trillerpfeife.

Die ganze Angelegenheit bekam mit einem Mal eine andere Dimension. Das Drama bahnte sich an.

Man wußte nicht, was los war; aber jetzt wußte man, *daß* etwas los war. Selbst Leute, die zehn Häuser weiter weg wohnten, kamen herbei, um sich die Sache anzusehen.

Als sie den Laden heruntergelassen hatten, hatte von den Krulls niemand daran gedacht, daß von außen das Wort KREPIERT! noch zu lesen war, obwohl sie es überstrichen hatten.

Der Laden der Eingangstür ließ sich nicht von innen herunterkurbeln; man mußte ihn bei geöffneter Tür schließen und dann einhaken. Hans ging gerade auf die Tür zu, als Tante Maria einer Intuition folgte und plötzlich rief:

»Hans!«

Im gleichen Augenblick entstand ein großes Getöse. Jemand hatte von der Straßenmitte her einen Stein geworfen, und er schlug direkt in das *Bleu-Reckitt*-Reklameplakat ein.

Joseph war kreidebleich geworden, schnellte von seinem Stuhl hoch, blieb ein paar Sekunden unbeweglich und mit zitternden Fingern stehen und setzte sich dann wieder, ohne daß die anderen weiter Notiz von ihm nahmen. Cornelius rührte sich nicht und war über seinen Teller gebeugt.

»Was haben die denn?« fragte Monsieur Schoof stotternd.

»Diebe!« plärrte draußen ein kleiner Junge.

Seltsamerweise und ohne jede Absicht blieben alle am Tisch sitzen. Es hatte einfach niemand ein Zeichen zum Aufstehen gegeben.

Ein zweiter Stein flog in den Laden und traf die Küchentür. Hans war es inzwischen geglückt, den Laden einzuhaken; er schloß hastig die Tür, so daß nur noch ein undeutliches Rumoren hereindrang, von dem sich im Augenblick gerade das Quietschen einer Straßenbahn abhob.

In der Küche war es plötzlich merklich dunkler geworden, und Anna stand unwillkürlich auf und räumte die Teller zusammen.

Maria Krull sah ihren Mann an, und da fiel ihr seine Haltung auf. Cornelius rührte sich immer noch nicht. Er hielt die Augen auf das Tischtuch gerichtet. Ausdruckslos. Aber er wirkte mit einem Mal gealtert. Er saß schweigend und reglos da, und niemand wußte, was er dachte.

»Wo gehen Sie hin, Hans?«

»Von oben zuschauen ...«

Die anderen ließen ihn gehen, und als er im Treppenhaus war, ertönte zur allgemeinen Überraschung Cornelius' gleichförmige Stimme:

»Ich hab ihm gesagt, daß er gehen muß ...«

Joseph war aschfahl. Seine Hände zitterten. Er blickte in die Runde und fühlte Entsetzen in sich aufsteigen. Vielleicht war er der einzige im Raum, der den Lärm von draußen richtig einschätzte.

»Was ist denn jetzt los?« Maria Krull war zusammengefahren.

»Im Salon ...«, stammelte Lisbeth.

Sie hatten nicht an die beiden Fenster im Salon gedacht, wo die Läden noch nicht heruntergelassen waren. Da war gerade eine Fensterscheibe zersprungen.

Tante Maria ging in den Salon hinüber. Auf dem Tisch war ein halber Ziegelstein gelandet.

»Anna ...! Komm und hilf mir!«

Man hätte annehmen können, daß Joseph, als Mann, jetzt aufstehen und seiner Mutter helfen würde. Er hatte das auch gewollt. Er versuchte aufzustehen und blieb doch sitzen, mit naßgeschwitztem Hemd und wild auf und ab hüpfendem Adamsapfel.

»Ich komme, Mama ...«

Sie sahen fast nichts. In der kurzen Zeit, in der sie die Läden herabließen, nahmen sie hinter dem Vorhang nur eben ein paar Gestalten und Gesichter wahr. Auch der Polizist stand noch da.

Der Beamte verlor allmählich die Nerven und wartete ungeduldig auf die Rückkehr seines Kollegen. Er wagte es nicht, seinen Posten zu verlassen und telefonisch Verstärkung anzufordern. Er stand, von allen Seiten eingeklemmt, direkt vor der Tür.

»Weitergehen...!« wiederholte er hartnäckig. »Gehen Sie weiter! Hier ist nichts zu sehen...«

Wie viele Leute mochten inzwischen vor dem Haus stehen? Vielleicht dreißig! Hinzu kamen die Nachbarn, die aus einiger Entfernung zuschauten.

Die Menge setzte sich überwiegend aus Schiffern zusammen, und manch einer wußte genausowenig, worum es ging, wie irgendein zufälliger Passant.

Bei der Rideau-Werft war um diese Zeit Feierabend. Die Arbeiter fuhren mit dem Rad nach Hause, stiegen beim Anblick der Menge ab und fragten ungerührt:

»Was machen sie mit denen?«

Auch sie blieben stehen, versperrten mit ihren Rädern die Straße und starrten die Krullsche Fassade an.

Kinder liefen den Erwachsenen zwischen den Beinen herum. Bereits jetzt hätte niemand mehr sagen können, wer die Steine geworfen hatte.

»Mir wär's am liebsten, die Schoofs würden gehen«, sagte Maria Krull im Vertrauen zu ihrer Tochter, als sie noch im Salon waren.

»Man sollte ihnen sagen, daß...«

In der Küche saßen sie immer noch zu fünft am Tisch: Cornelius, Joseph, Monsieur Schoof, seine Tochter und

Lisbeth. Es sah fast so aus, als ob sie nicht aufzustehen wagten. Als ob sie Angst hätten, daß etwas passieren würde, wenn sie sich aus ihrer erstarrten Haltung lösten.

Anna kam zurück. Tante Maria jedoch blieb verschwunden. Sie war in den ersten Stock gegangen, wo Hans in Josephs Zimmer hinter dem Vorhang stand.

Sie stellte sich zu ihm, schaute ebenfalls hinunter und konnte einstweilen nur verstreute Grüppchen sehen, die auf etwas zu warten schienen.

»Was hat Cornelius Ihnen gesagt?« fragte sie halblaut.

»Daß ich gehen soll ...«

»Sie haben uns genug geschadet«, sagte sie wie in Gedanken, den Blick nach draußen gerichtet.

Dann wandte sie sich abrupt um:

»Was hast du hier zu suchen, Lisbeth?«

»Aber, Mama ...«

»Geh runter! Du bleibst bei deinem Vater ...«

Sie waren zu viele. Anna hatte recht. Wenigstens die Schoofs hätten lieber nach Hause gehen sollen, statt sich in diese unschöne und verwirrende Geschichte hineinziehen zu lassen.

Da brachte Monsieur Schoof es doch fertig, in diesem Augenblick zu Cornelius zu sagen:

»Ich hab von Anfang an gedacht, daß es unklug von Ihnen war, diesen jungen Mann aufzunehmen ...«

Cornelius sagte natürlich nichts, reagierte nicht. Und Marguerite sah Joseph groß, erstaunt und flehentlich an.

»Ich möchte wissen, wie das weitergeht«, sagte Tante Maria wie beiläufig zu Hans und hob sachte den Vorhang an.

Die Leute auf der Straße wußten das auch nicht. Einige standen da und lachten. Andere hielten sich eine Zeitlang unten auf, zuckten dann die Achseln und machten, daß sie fortkamen.

Vielleicht wäre nichts weiter passiert, wenn nicht jemand Pipi Bescheid gegeben hätte, die in einem Bistro in der Rue Saint-Léonard saß und schon einiges getrunken hatte.

Man sah sie von weitem halb aufgelöst und mit geblähten Segeln näher kommen. Es war ihr bewußt, daß sie die Hauptperson war; sie bahnte sich mit den Ellenbogen einen Weg durch die Menge und pflanzte sich mittendrin auf, die eine Hand in die Hüfte gestemmt, die andere zur Faust geballt.

»Also, werden sie jetzt eingebuchtet, ja oder nein?! Die Räuber! Die Mörder!« schrie sie.

Ein distinguierter Herr mit Melone, der sie für eine x-beliebige Säuferin hielt, hatte sie offenbar zur Ruhe ermahnt, und nun hielt sie sich an ihm schadlos. In ihm hatte sie den Partner gefunden, den sie für ihren Auftritt brauchte.

»Was...? Keinen Skandal machen...?« brüllte sie. »Sie haben gut reden, Sie!!! Haben die Leute da etwa Ihre Tochter umgebracht...? Nein...? Also, dann seien Sie still!«

Unter den Versammelten gab es noch einige lachende oder lächelnde Gesichter, aber schon spürbar weniger. Die Leute traten näher an Pipi heran, um sie besser zu hören und zu sehen.

»Da drüben ist es gewesen, Leute, direkt gegenüber von ihrem Haus... Dem Haus von diesen Deutschen! Solchen wie denen hätte man nie erlauben dürfen, sich hier bei uns einzunisten! Noch dazu mit so einem Sohn! Ihrem Joseph, diesem Strolch, der allen kleinen Mädchen in der Gegend nachgestiegen ist... Wenn ich nur dran denke, daß seine Mutter mir Geld geboten hat, damit ich nichts sage...«

Sie warf einen herausfordernden Blick in die Runde.

»Ja, genau! Sie hat mir Geld geboten... Fragen Sie sie doch selbst, wenn Sie's nicht glauben! Ich bin sogar hin und hab's dem Kommissar erzählt...«

Hans sah seine Tante an. Sie war sehr blaß, und sie protestierte nicht.

Es stimmte, daß sie Pipi angefleht hatte, die Familie aus dem Spiel zu lassen. Sie hatte sie an die Babywäsche erinnert, die sie bekommen hatte, die Kredite, die ihr gewährt worden waren, an die Weihnachtsgeschenke... Und sie hatte kläglich hinzugefügt: ›Du weißt, ich hab ein gutes Herz, und ich werd es dir nicht vergessen...‹

Die andere auf der Straße unten sagte gerade: »Sie hat mir gesagt, daß sie ein gutes Herz hat und daß sie's mir nicht vergessen wird!«

Der Polizist hielt sich an die Tür gedrückt und wagte nicht einzugreifen. Er hielt ständig nach seinem Kollegen Ausschau, und als er ihn von weitem mit einem Wachtmeister auftauchen sah, sagte er nur noch:

»Gehen Sie bitte weiter, los, nicht stehenbleiben!«

Die Menge achtete gar nicht mehr auf ihn.

Eine Mutter schickte ihr Töchterchen wegen Pipis derber Redensarten weg.

»Du gehst jetzt spielen! Kleine Mädchen haben hier nichts zu suchen!«

Der Wachtmeister wollte es den Leuten gleich zeigen und stürmte in die Menge.

»Wollt ihr jetzt endlich Schluß machen! Du, Pipi, hältst den Mund, oder ich sperr dich ein! Macht Platz …! Räumt das Trottoir …«

Man spürte deutlich ein Zurückweichen, aber es hielt nur wenige Sekunden an. Dann schwappte die Welle wieder zurück. Es gab auch Proteste, vor allem, als der Wachtmeister Pipi am Arm gepackt hatte.

»Lassen Sie mich los …!« schrie Pipi. »Sie tun mir weh! Lassen Sie mich los, Sie Dreckskerl!«

»Lassen Sie sie los«, brummte ein Schiffer, der alle anderen um einen halben Kopf überragte.

»Du hältst dein Maul!«

»Was …? Mein Maul …? Sag das noch mal, du …«

»Ich weiß nicht«, funkte Pipi dazwischen, »was die mit der Polizei angestellt haben, aber sie werden von ihr beschützt … Man könnte ja meinen, man muß Deutscher sein, damit sie einen …«

Hans stand noch oben in Josephs Zimmer und fragte:

»Wo ist Joseph?«

»In der Küche …«

»Und was sagt er?«

»Nichts.«

Das stimmte. Er hatte sich allerdings in den Salon geflüchtet, und Marguerite war nachgekommen.

»Was wollen die?« bedrängte sie ihn ungeschickt, hartnäckig. »Ich versteh nicht, was die haben …«

Vor lauter Panik war er nicht imstande, ihr eine Antwort zu geben. Er hätte reagieren wollen; er hatte vorhin auch vorgehabt, anstelle von Hans die Läden zu schließen. Aber es war nicht gegangen.

Er hatte Angst, körperliche Angst, kalter Schweiß lief ihm den Rücken hinunter, fast hätte er sich übergeben, obwohl Marguerite im Raum war.

Lisbeth war nicht in der Küche. Man wußte nicht, wo sie hingegangen war.

Nur die beiden alten Männer saßen noch am Eßtisch – Cornelius immer noch unbeweglich und Monsieur Schoof voller Unruhe. Anna servierte ihnen den Kaffee wie an jedem anderen Donnerstag auch und dachte sich womöglich nichts dabei.

»Soll ich Licht anmachen?« fragte sie.

Ihr Vater antwortete nicht, und Monsieur Schoof sagte: »Nicht nötig...«

Der Wachtmeister draußen trumpfte schon weniger auf und bedauerte, nicht mehr Leute mitgenommen zu haben. Er wandte sich an einen der beiden Polizisten und raunte ihm zu:

»Geh und ruf den Kommissar an...«

»Wo? Im Büro?«

»Nein. Zu Hause... Sag ihm... Sag ihm, er muß kommen!«

Ihm schwante Übles, obwohl noch nichts wirklich Konkretes vorgefallen war. Das war wie an einem brütendheißen Tag: Der Himmel wird bleiern, die Sonne sticht, und dann erst ziehen die Gewitterwolken auf.

Die Straßenbahnen fuhren noch. In den benachbarten Häusern standen die Leute unter der Tür und unterhielten sich; sie dachten noch nicht daran, daß die Sache eine schlimme Wendung nehmen könnte. Es wurde noch gelacht, es wurde hin und her gerufen.

»Kommst du, Marcel… Abendessen!«

Und eine schrille Frauenstimme:

»Emile…! Emile…! Deine Mutter ruft dich…«

Es war nur so, daß die Leute nicht mehr vor den Uniformierten zurückwichen. Und manche Gesichter waren härter geworden. Pipi spürte den Rückhalt in der Menge, hatte nun beide Hände zu Fäusten geballt und schwang sich in ihrer Trunkenheit zu echtem Pathos auf.

»Seit Wochen ist er ihr nachgelaufen«, erklärte sie gerade, und ihre Tränen waren echt. »Aber sie, das arme kleine Ding, hat nichts von ihm wissen wollen – Doktor hin, Doktor her… Er hat ihr Geld geboten – bei denen zählt sowieso nur Geld! Und als er gemerkt hat, daß nichts zu machen ist, hat er sie am Kanalufer angefallen und erwürgt…«

Eine Frau schneuzte sich.

Pipi ließ den Blick über ihr Publikum gleiten und entdeckte in den hinteren Reihen einen roten Hut.

»Da bist du ja, Germaine! Komm her… Sag ihnen, was du weißt… Sag ihnen, daß er euch an dem Abend die ganze Zeit nachgelaufen ist…«

Da war nichts inszeniert. Die Trunkenheit verlieh Pipi schauspielerische Talente. Sie bückte sich zu Germaine hinunter, schloß die Kleine mit dem Superbusen und dem Superhintern in die Arme, und die fing wie auf Kommando ebenfalls zu weinen an.

»Na, na… Nun gebt mal Ruhe, ihr beiden«, meinte der Wachtmeister versöhnlich.

Dennoch wandte sich die Stimmung gegen ihn.

»Halt die Klappe!« schrie jemand, und ein anderer, weiter hinten, rief:

»Nieder mit den Bullen!«

Monsieur Schoof hatte, gewohnheitsgemäß und ohne sich dessen bewußt zu werden, seine Meerschaumpfeife angesteckt und die kurzen Beine unter dem Tisch ausgestreckt. »Mir ist unbegreiflich, daß Sie den jungen Mann dabehalten haben«, wiederholte er mit sanfter Sturheit.

Im Salon zog Joseph vor lauter Nervosität an den Fingern und knackte mit den Gelenken.

»Laß mich in Ruhe...«, flehte er Marguerite an.

»Nein, Joseph! Wenn du Kummer hast, dann mußt du dich mir anvertrauen...«

Aber sie hörte doch, was draußen los war! Sie begriff es einfach nicht!

»Was rufen die? Auf wen sind sie wütend?« fragte sie.

Ein Stock höher standen Tante Maria und Hans immer noch nebeneinander am Fenster, hielten sich stocksteif und spitzten die Ohren.

»Wann verhaften sie den? Worauf warten sie noch?«

»Wen?« fragte jemand, der gerade gekommen war.

»Den Mörder!«

»Welchen Mörder?«

»Den Mörder von Sidonie...«

Pipi brach in echte Tränen aus, als sie den Namen ihrer Tochter hörte, und warf sich in ihrer Verzweiflung zu Boden.

»Meine Kleine...!« brachte sie stammelnd hervor. »Ich will meine Kleine wiederhaben... Gebt mir mein Kind zurück, meinen Engel...«

Ein paar Umstehende schnieften; den meisten war nicht klar, daß Pipi betrunken war.

»Stehen Sie auf... Ich bitte Sie, so stehen Sie auf...«, forderte der Wachtmeister sie auf; mehr wagte er aber in Anbetracht der zornigen Blicke, die auf ihn gerichtet waren, nicht zu sagen.

Der andere Polizist kam vom Telefonieren zurück.

»Er kommt!« kündigte er an.

Der Himmel über dem dunkelgrünen Blattwerk der Bäume hatte zuerst einen kupfernen Schimmer angenommen, sich dann rot eingefärbt und würde bald in sommerabendliches Lila übergehen.

Die Leute aus dem Viertel, die um diese Zeit für gewöhnlich am Kanal entlang spazierengingen und frische Luft schöpften, kamen nur zögernd näher – vor allem, wenn sie Kinder dabeihatten. Sie bildeten hie und da kleine Menschentrauben in dreißig oder vierzig Meter Entfernung.

»Jojo, bleib hier! Ich verbiete dir...«

Es waren auch Liebespaare dabei. »Laß uns gehen«, sagte er. »Ach, wart noch einen Augenblick«, bat sie.

Man mußte doch sehen, ob jetzt endlich was passierte!

»Worum geht's hier?«

»Um Deutsche...«

»Was haben sie gemacht?«

»Sieht so aus, als ob sie ein Mädchen umgebracht haben...«

Auch der Schreiner nebenan ließ die Fensterläden herunter; er war offenbar der Ansicht, daß sein Haus genauso gefährdet sei wie das der Krulls.

In den hinteren Reihen wurde Spaß gemacht. Es gab Leute, die nur da waren, weil andere auch da waren; sie stellten sich auf die Zehenspitzen, rempelten die anderen an und entschuldigten sich bei ihnen.

Um Pipi herum hatte man jetzt zu murren begonnen, besonders seit der Mann von Louise freigelassen worden war und sich dazugesellt hatte. Er hatte sich gerade vor dem Wachtmeister aufgepflanzt.

»Na, willst du mich nicht auch noch festnehmen? Stehst wohl auch im Dienst der Deutschen, wie?«

*Die Deutschen* – das war das Wort, das am häufigsten auftauchte. Einige, die neu hinzukamen, hörten kaum etwas anderes als diese beiden Worte.

Plötzlich gab es einen Druck nach vorn. Vielleicht nur, weil jemand das Gleichgewicht verloren hatte.

»Zurück...! Zurück...!« schrie der Wachtmeister, der Hand in Hand mit den beiden Polizisten eine Sperre zu bilden versuchte.

»Geh selber zurück!« antwortete der hünenhafte Schiffer.

Die Menge drückte und drängte, und die Beamten schlugen mit dem Rücken gegen die Fensterläden, worauf im Inneren des Geschäfts aus den bereits zerbrochenen Scheiben ein Splitterregen niederging.

»Ich glaube, es ist besser, wenn wir jetzt gehen«, sagte Monsieur Schoof und stand auf.

»Es ist besser...«, kam es wie ein Echo von Cornelius zurück.

In der Küche war es ziemlich dunkel geworden. Anna wischte sich die Augen; ihr Vater saß immer noch reglos da, und seine Gestalt schien nach und nach mit dem Dämmerlicht zu verschmelzen.

## 12

Es gab noch ein paar lächerliche kleine Zwischenfälle. Zum Beispiel Maria Krulls Verhalten, als sie mit sorgenvoller Miene in die Küche getreten war und bemerkte, daß Monsieur Schoof im Aufbruch war. Ihr Gesicht hatte automatisch einen anderen Ausdruck angenommen; sie hatte ihre Gastgeberinnenmiene aufgesetzt und höflich-erstaunt gefragt: »Sie wollen schon gehen?«

Das war nur ein kurzer Aussetzer gewesen; in der nächsten Sekunde war sie wieder wie vorher und wie die anderen. Sie schaute sich um und runzelte angestrengt die Stirn, versuchte, sich zu konzentrieren und über den Stand der Dinge zu orientieren.

»Wo ist Marguerite? Ist sie weg?«

Das komischste war ja, daß man nicht mehr wußte, wo die einzelnen waren. Überall im Haus standen die Türen offen wie Schleusentore. Die Luft konnte frei zirkulieren. Man begegnete sich, ohne einander zu sehen.

Anna zum Beispiel war gerade noch in der Küche gewesen, und jetzt war sie weg. Und Joseph? Sie waren alle wie in der Schwebe, außer den beiden Alten, die in der Küche Wurzeln geschlagen hatten.

Jetzt aber war Monsieur Schoof aufgestanden, sah sich nach seinem Hut um und rief:

»Marguerite!«

Ja, sie kam! Sie stand noch im Salon bei Joseph, der gereizt mit den Zähnen knirschte. Seit fünf Minuten versuchte sie, ihm dumm und liebevoll die Würmer aus der Nase zu ziehen.

»Was hat er getan? Warum wollt ihr mir das nicht sagen?«

Sie dachte, es gehe um Hans. Sie war noch nie so rosig, so unwahrscheinlich tiefrosa gewesen. Bei ihrem Anblick mußte man an Kühe auf satten Weiden denken, und man erwartete unwillkürlich, sie Milch geben zu sehen...

»Ich komme, Papa... Auf Wiedersehen, Joseph... Versprich mir, dich nicht aufzuregen...«

Sie hielt ihm ihre kupfern schimmernden Wangen hin und lief mit gekünstelter Unbeschwertheit aus dem Salon.

»Wo ist Lisbeth...? Lisbeth! Komm und sag Monsieur Schoof auf Wiedersehen!«

Mag sein, daß sie sich nicht alle gegenseitig umarmten... Zum Schluß jedenfalls wurde dic Abschiedszeremonie etwas abgekürzt. Monsieur Schoof drängte zur Tür.

Tante Maria hatte ihre Hand schon am Türriegel, lauschte hinaus und murmelte:

»Schnell, beeilen Sie sich...«

Sie schlüpften hinaus, und ihr Auftauchen wurde von einem gellenden Pfiff begrüßt. Er kam von einem fünfzehnjährigen Jungen in den hinteren Reihen, der dazu vier Finger in den Mund gesteckt hatte. Der durchdringende Ton wirkte ähnlich wie die Trillerpfeife des Polizeibeamten. Er stiftete Aufruhr. Weitere Pfiffe schlossen sich an. Von den Versammelten fingen viele aus Spaß oder einfach, um sich selber zu hören, zu pfeifen an. Monsieur Schoof suchte den Schutz der Häuser und schlich sich mit Marguerite an der Hand davon.

Manche Leute waren nur stehengeblieben, weil sie nichts anderes zu tun hatten, und glaubten nun, die Sache sei vorbei, zumal der eine oder andere mißlungene Pfiff schon Gelächter hervorrief.

Doch das war in den letzten Reihen. Weiter vorn, um Pipi herum, drängten sich die Leute und ließen sich von ihrem Unglück erzählen. Und selbst die, die sie kannten, bekamen heute abend Mitleid mit ihr.

In der Nähe der Straßenbahnschienen stand eine Schiffersfrau und ließ sich über die Krulls aus. »Sogar für den Zucker verlangt sie fünf Centimes mehr«, erläuterte sie den Umstehenden, die nicht vom Kanal waren. »Leute wie die schlagen Profit daraus, daß man nicht immer bar bezahlen kann...«

Bei den Krulls waren alle Waren etwas teurer als anderswo, das stimmte. Aber andererseits blieben in dem großen schwarzen Rechnungsbuch auch wer weiß wie viele Außenstände offen!

»Einmal haben sie dem Besitzer der *Belle Hélène* Geld geliehen, und als er nicht zurückzahlen konnte, haben sie pfänden lassen...«

Es wurde nicht darauf geachtet, wer die Menge verließ und wer neu hinzukam. Diejenigen, die weggingen, waren meist Kleinbürger aus der näheren Umgebung, die zufällig vorübergekommen waren oder ihren Abendspaziergang gemacht hatten. Unter den Neuen dagegen waren viele Halbstarke mit Schirmmütze, die unverschämt dreinblickten.

Der Bursche, der im ersten Stock eine Gestalt hinter dem Vorhang zu erkennen glaubte, war auch so einer.

»Gib dem Kerl da oben eins in die Fresse...!«

Er hob einen Ziegelstein auf, zielte auf das Fenster und traf. Hans hatte gerade noch Zeit, zur Seite zu springen.

Das war ein Signal. Der Haufen Ziegelsteine war ganz in der Nähe. Ein paar andere Lümmel holten sich welche und schleuderten sie blind gegen die Fassade, von wo sie abprallten und aufs Trottoir zurückfielen, das deshalb geräumt werden mußte.

Eine Straßenbahn bimmelte vergebens zwei Minuten lang und versuchte, sich einen Weg durch die Menge zu bahnen, die wie durch ein Wunder viel dichter geworden war.

Die kaputten Ziegelsteine hatten auf den Uniformen der Polizeibeamten rote Spuren hinterlassen.

Die Menge stimmte erneut ihr Pfeifkonzert an, als sie jetzt weitere vier Polizisten auf Fahrrädern erblickte und hinter ihnen den Kommissar, der immer noch seinen Strohhut trug.

»Tod dem Deutschen...!« ertönte es aus der Menge. »Tod dem Mörder!«

Es war aufregend, weitere Ziegel gegen diese Fassade zu schleudern, hinter der nichts zu sehen war. Einige fielen in die Zimmer des ersten Stocks.

»Wer weiß?« kam von irgendwoher eine Stimme. »Die sind imstande und schießen...«

Wieder andere hatten nur dieses letzte Wort aufgeschnappt.

»Achtung! Gleich schießen sie...«

Man glaubte hinter den zerbrochenen Scheiben Schatten zu erkennen. Ein Stück Vorhang, das leicht in der Abendluft wehte, diente lange als Zielscheibe, weil man dahinter einen Feind auszumachen glaubte.

Der Kommissar wischte sich den Schweiß ab, trat auf die Schwelle und versuchte, Ruhe herzustellen. Er wollte zu der Menge sprechen. Doch da riß ihm ein Stück Ziegelstein den Strohhut vom Kopf, und unter das Gejohle mischte sich Gelächter.

Es war wie bei einem Großbrand, wenn das Feuer an der einen Stelle zurückgeht und vorübergehend ganz erlischt und in einer anderen Ecke wieder aufflackert.

Der Grünstreifen jenseits der Straße lag wie ausgestorben da; nur auf einer Bank saß ein Mann. Es war Potut, der in seinem dicken Mantel steckte, die Hände in den Taschen vergraben, eine erloschene Pfeife im Mundwinkel. Er sah sich das Ganze gelassen und gleichgültig an.

Aus den ärmeren Wohnvierteln trafen die Leute jetzt gruppen- und scharenweise ein, und sie legten von Anfang an ein unverfroreneres und aggressiveres Verhalten an den Tag.

»Nieder mit den Bullen...!«

Den Nachbarn wurde klar, daß das Ganze ernst wurde. Sie waren fassungslos, daß es soweit hatte kommen können. Sie hielten sich vorsichtig im Abseits. Sie hatten die Kinder zu Bett gebracht, warfen von Zeit zu Zeit einen besorgten Blick nach draußen und fragten sich, wo das noch enden sollte.

»Die Krulls haben auch selber schuld!« hieß es. »Sie mußten ja immer anders sein als die andern!«

Der Kommissar versuchte von einem nahe gelegenen Haus aus, den Staatsanwalt und den Untersuchungsrichter telefonisch zu erreichen – vergeblich! Sie machten alle Ferien auf dem Land! Daraufhin rief er die Gendarmerie zu Hilfe:

»Ja, schicken Sie mir Ihre Leute ... Soviel Sie abstellen können ... Im Augenblick kann ich für nichts garantieren.«

Aus der Menge kamen aufgebrachte Rufe.

»Wann wollen sie den endlich festnehmen?«

In der Küche war es vollends dunkel geworden, und Cornelius saß ganz allein in seinem Sessel. Manchmal kam jemand herein oder ging hinaus, und es war kaum am Schritt oder am Rascheln des Kleides zu erkennen, wer es war.

Joseph war immer noch im Salon. Er stand im Schutz der Fensterläden da und horchte bleich und mit verstörtem Blick nach draußen.

Seine Mutter war zwei- oder dreimal zu ihm gekommen.

»Das werden sie nicht wagen«, hatte sie zu ihm gesagt und ihm die Hand auf die Schulter gelegt. »Die Polizei ist da ...«

Er war jedoch kaum zu einer Antwort fähig. Er sah sie an, als würde er sie nicht erkennen, als würde er nichts verstehen. Er zitterte. Die Panik hatte völlig Besitz von ihm ergriffen.

»Es ist spät ... Die Leute werden bald schlafen gehen ...«

Wieso hatte Joseph die Vorstellung, daß die Menge das Haus in Brand stecken würde? Es war wie eine Vision gewesen: Da waren Flammen vor seinen Augen vorbeigezüngelt, und er hatte sich selbst inmitten eines Brandherds gesehen. Er war in alle Richtungen gelaufen und hatte keinen Ausweg gefunden.

»Reg dich nicht auf...«

Wo ging sie hin? Warum liefen sie immer die Treppe hinauf und hinunter? Und warum taten sie so, als sähen sie sich nicht, wenn sie einander begegneten?

Die Ziegelsteine trafen jetzt zwar etwas spärlicher auf die Hausfassade, aber die da draußen hatten sich bereits etwas anderes einfallen lassen.

»DEN MÖR-DER! – DEN MÖR-DER! – DEN MÖR-DER!« skandierten Dutzende von Stimmen im Takt und wie unter Anleitung eines Dirigenten.

»Meine Herren...!« Der Kommissar hatte sich auf die Zehenspitzen gestellt und versuchte sich laut schreiend Gehör zu verschaffen.

»DEN MÖR-DER!«

»Meine Herren...«

Etwas Schmutziges, vielleicht ein Lappen, flog ihm mitten ins Gesicht. Es war jedenfalls feucht und aufgeweicht und wahrscheinlich gerade aus dem Wasser gefischt worden.

»DEN MÖR-DER! – DEN MÖR-DER!«

Der Chor wurde voller, der Takt gleichmäßiger.

»Ich muß ans Fenster, wenn ich mit ihnen reden will«, sagte der Kommissar zu seinem Wachtmeister. Und er überquerte das mit roten Steinbrocken übersäte Trottoir und klopfte an die Tür.

Auch das war ein Fehler; die Stimmen wurden nur noch fordernder.

»Im Namen des Gesetzes...«

»Mama...!«

Anna stand im Laden; sie hatte gedacht, ihre Mutter sei nicht da, vielleicht ein Stockwerk höher. Aber dann hörte sie sie direkt hinter sich.

»Was gibt's?« fragte Maria Krull zur Tür gewandt.

»Öffnen Sie, hier ist der Kommissar ...«

Die Menge brüllte weiter.

»Hören Sie, Herr Kommissar«, sagte sie beflissen, »wenn ich aufmache, wird die Menge eindringen... Sie sollten vom Nachbarhaus her kommen...«

Er hatte offenbar begriffen, was sie meinte, da nichts mehr von ihm zu hören war.

Der Lärm dagegen hatte noch zugenommen. Es hatte ein übles Gepfeife und Gejohle eingesetzt.

Der Grund dafür war, daß die Gendarmen eingetroffen waren und auf die Menge vorrückten – bedrohlich, unabwendbar.

In den vorderen Reihen gab es Püffe und Schläge. Die Dahinterstehenden wurden um mehrere Meter zurückgedrängt und waren nun eingezwängt zwischen den Gendarmen und den Straßenbahnen, die bereits eine Schlange bildeten.

Ab und zu stieg ein vereinzelter Schrei auf wie eine besonders hohe Rakete in einem Feuerwerk:

»Verrecke!«

Maria Krull blieb währenddessen am Sessel ihres Mannes stehen und sagte mit gedämpfter Stimme:

»Sie sollten sich schlafen legen, Papa!«

Von Cornelius waren nur der helle Fleck des Gesichts und der Bart zu sehen. Er nickte und sagte:

»Ich gehe dann ...«

Aber er rührte sich nicht.

Lisbeth kniete im Schlafzimmer ihrer Eltern vor dem großen Ebenholzkruzifix und betete.

Hans war mal hier und mal da, und niemand schien ihn jetzt noch zu sehen oder seine Existenz überhaupt wahrzunehmen. Er war es, der vom oberen Treppenhausfenster den Kommissar im Nachbargarten entdeckte, in Begleitung des Schreiners, der gerade eine Leiter an die Mauer stellte.

Der Kommissar stieg über die Mauer und rief:

»Macht mal einer auf!«

Hans wollte hingehen, traf im Korridor jedoch mit seiner Tante zusammen.

»Lassen Sie mich das machen!« wies sie ihn zurecht.

Tante Maria war im nächsten Augenblick an der Tür. Sie ließ den Kommissar vorgehen, und der sah sich mit noch größerem Mißtrauen im Haus um als am Nachmittag, als ob ihm jede dunkle Ecke suspekt sei.

»Wo ist er?«

»Im Salon ...«

»Ich glaube, es ist das beste, wenn ich ihn vorläufig festnehme ... Ich habe niemanden erreicht, der mir eine Order gibt ... Wenn ich ihn hierlasse, wird die Menge noch die Tür eindrücken ...«

Das Los der Familie war dem Kommissar einerlei; ja, er teilte momentan die Feindseligkeit der Menge den Krulls gegenüber und die Abscheu vor Joseph.

Draußen hatte ein nichtsahnender Gendarm Pipi hart angefaßt und damit neuerlich einen Sturm der Entrüstung ausgelöst.

»Ich gehe hinauf, um von oben zu ihnen zu sprechen...«

Maria Krull stieg geräuschlos wie sein Schatten hinter ihm die Treppe hoch. Im ersten Stock stand eine Tür offen, man sah Lisbeth im Zimmer knien, und sie kamen an Anna vorbei, die unter einer Tür stand.

»Ich sollte lieber meine Schärpe anlegen«, meinte der Kommissar. »Glücklicherweise hab ich sie immer bei mir...«

Er nestelte im Halbdunkel des Zimmers herum, holte tief Luft, stürzte zum Fenster, wo er wie eine Kasperlepuppe auftauchte, und fuchtelte mit seinen kurzen Armen.

»Meine Herren...! Meine Herren...! Darf ich um Ruhe bitten!«

Er erntete vor allem Gelächter; dann setzte ein Hagel von Geschossen ein, von denen einige noch im Flur landeten.

»Ich werde Joseph Krull jetzt festnehmen... Ich bitte Sie, Ruhe zu bewahren...«

Er hatte sich seine Worte nicht zurechtgelegt, er war entsetzt über den großen Aufruhr, die lange Reihe gelber Straßenbahnwagen, die wie in der Menge eingesunken waren, und die vielen Gesichter, die sich ihm zuwandten.

»Jetzt wo Joseph Krull verhaftet ist, können Sie nach Hause gehen...«

Darauf folgte ein kurzer Moment der Ruhe und Unschlüssigkeit, den der Kommissar nutzte, um sich zurückzuziehen. Er war jedoch noch nicht auf der untersten Treppenstufe – Maria Krull immer hinterher –, als das Rufen und Schreien erneut einsetzte.

»Verrecke...! Verrecke...!«

Der Kommissar war ratlos, verlor die Beherrschung und hörte sich zu seinem eigenen Erstaunen sagen:

»Sie sind auch selber schuld…! Wo ist er?«

Joseph stand vor ihm.

»Ich nehme Sie fest, ohne Sie wirklich festzunehmen. Wenn ich Sie ohne Haftbefehl ins Gefängnis bringe, so nur, weil es das einzige Mittel ist, die Menge zu beschwichtigen…«

Joseph sagte nichts. Sein Adamsapfel hüpfte auf und ab. Seine Finger waren wie verknotet. Er folgte dem Kommissar geistesabwesend in den Laden. In der Nähe der Tür jedoch, gegen die jetzt wieder angerannt wurde, machte er endlich den Mund auf.

»Sie werden mich umbringen…«, sagte er tonlos.

Er konnte nichts dafür: Er klapperte vor Angst mit den Zähnen. Sein ganzer Körper empfand Angst, sackte in sich zusammen, fast wurde er ohnmächtig.

»Sie müssen mit ihm bei den Nachbarn durch«, sagte eine Stimme. »Die haben ein Gartenhäuschen nach hinten raus…«

Die Stimme gehörte zu Hans. Die anderen sahen einander in dem düsteren Raum an und warteten, was der Kommissar beschließen würde.

»Versuchen können wir es«, entschied der.

Tante Maria lief zu ihrem Sohn und schloß ihn in die Arme, aber er blieb starr wie ein Stück Holz.

»Kopf hoch…!« sagte sie.

Lisbeth kam nicht herunter, und Anna wiederholte, was ihre Mutter gesagt hatte.

»Kopf hoch, Joseph!«

Joseph ließ alles mit sich geschehen. Er war wieder der Schlafwandler von einst.

Keiner merkte mehr, daß Cornelius auch noch da war, zusammengesunken in seinem Sessel saß und nur kurz aufsah, als der eigenartige Zug dicht an ihm vorüberkam.

Es war wirklich keine Kunst, über die Grenzmauer zum Nachbarn zu klettern, aber Joseph stellte sich dabei so ungeschickt an, daß man ihn stützen und schieben mußte.

In den Nachbarhäusern waren Leute an den Fenstern. Sie deuteten auf ihn und machten sich gegenseitig auf ihn aufmerksam. Aber es wurde nicht gepöbelt, sie hielten sich zurück.

Tante Maria kehrte rasch in die Küche zurück, wobei sie sich die Augen abwischte.

»Sie müssen jetzt schlafen gehen, Papa! Kommen Sie …«

Sie half ihrem Mann aus dem Sessel hoch.

»Es ist besser so«, erklärte sie ihm wie nebenbei. »Morgen lassen sie ihn wieder frei. So ist er wenigstens in Sicherheit …«

Cornelius ging allein nach oben. Als Lisbeth ihn kommen sah, verließ sie das Schlafzimmer.

Das Geschrei und Gedränge draußen ließ nicht nach, wirkte aber weniger bedrohlich – jetzt, wo Josef weg war.

Übrigens war der Schreiner aus seinem Haus getreten und schlängelte sich mit wichtiger Miene zwischen den Gruppen hindurch.

»Sie haben ihn mitgenommen«, teilte er den Leuten mit.

»Wen?«

»Den Mörder! Er ist sogar bei mir durch den Garten! Der Kommissar hat ihn zum Hinterausgang gebracht …«

»Wer ist zum Hinterausgang raus?« fragte jemand aufgebracht.

»Der Mörder!«

»Dann ist er abgehauen ...?«

Zwei Gerüchte machten die Runde: Die einen sagten, Joseph Krull sei entflohen (manche behaupteten sogar, er habe sich beim Sprung aus einem Fenster das Bein verletzt), und die besser Informierten versicherten, man habe ihn ins Gefängnis gebracht.

Maria Krull war so erschöpft, als ob sie ganz allein die große Wäsche gemacht hätte. Aber sie blieb trotzdem auf den Beinen. Es sah fast so aus, als hätte sie Angst, sich hinzusetzen. Sie betrat den Salon und ging dann die Treppe hinauf ins Schlafzimmer.

»Hans muß weggehen ...«, hörte sie eine Stimme sagen.

Sehen konnte sie den alten Cornelius nicht, weil in dem nach Norden gelegenen Zimmer völlige Dunkelheit herrschte. Vielleicht trug auch das mit dazu bei, daß seine Worte einen besonderen Klang und ein Gewicht hatten wie der Spruch eines Propheten in der Bibel.

»Versuchen Sie zu schlafen, Papa!«

Maria Krull hatte ihn immer so genannt, seit sie Kinder hatten, und sie war noch nie auf den Gedanken gekommen, ihn zu duzen.

»... muß weggehen!« wiederholte er.

»Ja... Morgen ...« Sie schloß die Tür, betrat das danebenliegende Zimmer von Joseph und stellte fest, daß die Unruhe sich noch nicht gelegt hatte.

Sie huschte lautlos über den gebohnerten Holzfußboden, ging dann wieder die Treppe hinunter, zögerte, ob sie

Licht anmachen sollte oder nicht, aus Angst, daß selbst der schwächste Lichtschimmer die Meute draußen noch mehr anstacheln könnte.

»Bist du da, Anna?«

»Ja, Mama …«

»Und Lisbeth?«

»Ich weiß nicht … Vielleicht im Salon …?«

Maria Krull ging hinüber, weil sie Lisbeth nicht mit Hans allein lassen wollte. Aber er war nicht im Salon, sondern ging ratlos von Raum zu Raum, auf der Suche nach einem Platz für sich, obwohl er spürte, daß sogar die Wände ihn abwiesen.

»Komm, Lisbeth … Trink noch etwas vor dem Schlafengehen …«

Der Kommissar war wieder vor dem Haus eingetroffen. Er war in wilder Bewegung – gestikulierte, schrie und stürmte von einer Gruppe zur anderen.

»Ich sage Ihnen doch, ich habe ihn gerade ins Gefängnis gebracht … Der Schreiner von nebenan kann es bestätigen … Sie haben hier also nichts mehr zu suchen …«

Germaine, das Mädchen mit dem roten Hut, war vor längerer Zeit von ihrer Mutter abgeholt worden. Sie hatte im Bett einen Wutanfall bekommen, weil sie nicht bis zum Schluß dabeisein durfte.

»Wenn Sie nicht endlich auseinandergehen, rufe ich die Feuerwehr und lasse Sie naß spritzen!«

Es gab noch einige böse Worte, aber auch viel Gelächter. Die vorderste Straßenbahn fing nachhaltig zu bimmeln an, setzte sich ganz langsam in Bewegung und drängte dadurch einen Teil der Menge auf den Grünstreifen ab.

»Er ist festgenommen!« brüllten die Polizeibeamten, wobei sie die Hände trichterartig vor den Mund legten. »Gehen Sie auseinander, oder die Feuerwehr kommt mit dem Wasserwerfer!«

Maria Krull rang sich dazu durch, in der Küche Licht zu machen. Sie schürte nebenher den Herd, griff nach der Kaffeekanne und schüttelte sie ein wenig: Es war noch lauwarmer Kaffee da.

»Hol den Rum, Anna...«

Normalerweise gab es bei den Krulls keinen Schnaps, außer wenn jemand krank war. Doch jetzt goß Tante Maria ihren Töchtern eigenhändig etwas Rum in den Kaffee, und der ungewohnte Duft zog durch die Küche.

Hans stand an der Küchentür und lehnte am Türrahmen. Sie achteten nicht auf ihn. Sie boten ihm keinen Kaffee an.

»Hört sich an, als ob es ruhiger wird«, murmelte Anna.

»Es ist fast zwölf...«

Normalerweise war bei den Krulls niemand mehr wach, wenn die Zeiger auf dem hellen Zifferblatt eine so vorgerückte Stunde anzeigten.

Sie hatten sich nervlich so verausgabt, daß sie nur stumpf dasaßen, ohne sich zu rühren. Sie dachten nicht nach. Sie horchten auf die Geräusche von draußen, die nicht mehr voneinander zu unterscheiden waren. Nur das Gebimmel der Straßenbahnen trat deutlich hervor und verhieß baldige Rückkehr zum normalen Leben.

Hans steckte sich eine Verlegenheitszigarette an. Die drei Frauen hatten die Ellenbogen auf dem Tisch aufgestützt.

»Das ist keine richtige Festnahme«, murmelte Tante

Maria wie als Antwort auf unausgesprochene Gedanken. Joseph war schließlich im Gefängnis!

»Wenn es ihn nur nicht zu sehr mitnimmt...«, sagte Anna.

Joseph hatte bei allen einen bedauernswerten Eindruck hinterlassen; sie hätten ihn aufmuntern, ihm Mut zusprechen wollen.

Anna war in Gedanken bereits beim nächsten Thema.

»Ich hab mich die ganze Zeit gefragt, wann die Schoofs endlich gehen... Marguerite hat rein gar nichts kapiert...«

Lisbeth war seit Stunden nach Weinen zumute, aber die Tränen wollten einfach nicht fließen.

Draußen schien der Mond, und die Menschen gingen grüppchenweise und laut redend nach Hause. Das Ganze erinnerte an einen Feuerwerksabend, wenn die halbe Stadt auf den Beinen ist.

Sowohl Gendarmerie- wie Polizeiposten waren noch vor dem Haus. Einige Gruppen hielten sich hartnäckig, aber sie bestanden vor allem aus Jugendlichen, die Witze rissen und herumblödelten.

In der Küche herrschte eine beklemmende Atmosphäre; selbst das Licht war bedrückend.

Sie fuhren alle zusammen, als an die Ladentür geklopft wurde. Maria Krull stand auf.

»Wer ist da?«

»Polizei... Der Kommissar... Sie können aufmachen.«

Es war ein denkwürdiger Anblick, als die Ladentür nun endlich wieder aufging, das Mondlicht hereinfiel und die entstandene Unordnung mitsamt den Scherben auf dem Fußboden beleuchtete.

»Ich möchte Ihnen mitteilen, daß es vorbei ist... Sie

sehen, daß die Leute anders nicht zur Ruhe zu bringen waren. Ich lasse aber trotzdem ein paar Leute hier, die das Haus die Nacht über bewachen.«

Er hätte gern gesehen, was drinnen vor sich ging. Das Licht in der Küche machte ihn neugierig, und er versuchte, Maria Krull über die Schulter zu sehen. Die jedoch wollte rasch wieder schließen.

»Ich danke Ihnen«, sagte sie nur. Dann verriegelte sie wieder, kam zu den anderen zurück und bemerkte:

»Wir müssen schlafen gehen.«

Sie waren alle nicht müde, mußten aber so tun, als ob sie sich schlafen legten, mußten vom Tisch aufstehen, die Treppe hinaufgehen und sich wie an anderen Tagen auch gute Nacht sagen, weil das Leben trotz allem weiterging.

Hans wurde immer noch nicht dazugerechnet. Man vermied es, ihn zur Kenntnis zu nehmen. Vor allem Lisbeth, die nicht ein einziges Mal zu ihm hinübergesehen hatte.

»Gute Nacht, Anna!«

»Gute Nacht, Mama!«

»Gute Nacht, Lisbeth!«

Sie waren im ersten Stock angekommen. Maria Krull machte die Tür zum Schlafzimmer auf und knipste das Licht an.

»Wo ist Vater?«

Die anderen blieben stehen und blickten auf das leere und unberührte Bett.

»Anna...! Lisbeth...! Euer Vater!«

Maria Krull lief die Treppe hinunter und stürzte zuerst zum Salon.

»Vater! Vater...!« schrie Lisbeth.

Sie fühlten einen Lufthauch durchs Haus ziehen, wie eine neue Leere. Sie machten in jedem Raum, in den sie kamen, das Licht an, auch im Laden, und sahen nichts als Unordnung und Scherben.

»Das ist doch nicht möglich!«

Maria Krull war auf dem Weg zur Werkstatt, nachdem sie ihren Mann sonst nirgendwo gefunden hatte. Da erblickte sie Hans, der gerade die Werkstattür öffnete. Er hatte sich von seiner Intuition leiten lassen und überließ es nun seiner Tante, das Licht anzudrehen.

Gleich darauf gab es einen dumpfen Aufprall: Maria Krull fiel auf die Knie. Dann stieß Lisbeth einen gellenden Schrei aus.

»Was ist los?« fragte Anna verstört.

Die Werkstatt war der einzige Raum, in dem noch Ordnung herrschte. Die nackte Glühbirne warf ein hartes Licht auf die weißgekalkten Wände, die halbfertigen Körbe, die niedrigen Sitze des Gehilfen und von Cornelius.

Und direkt neben diesem Sitz baumelte ein Schatten, der auf der Wand einen noch längeren Schatten warf.

»Papa...! Papa...!«

Niemand hatte ihn hinuntergehen sehen. Keiner wußte, wann er das Schlafzimmer verlassen hatte. Aber er war häufig lautlos durchs Haus getappt! Und wie oft schon hatte er kein Wort gesagt!

Er hatte sich erhängt, man wußte nicht genau, warum. Aber man wußte auch nicht genau, warum er sich nach seiner Wanderschaft gerade hier am Stadtrand niedergelassen und viele Jahre schweigend und in Gesellschaft des buckligen Gehilfen in seiner Werkstatt zugebracht hatte!

Was wußte man eigentlich vom ihm?

Er war ganz allein hier angekommen. Er war geblieben – allein inmitten seiner Familie, als bärtiger Patriarch und mit jenem besonderen Gesichtsausdruck, der geheimnisvoll war oder auch nur in sich ruhend. Und er war ganz allein wieder gegangen. Er hatte sich in seiner Arbeitsecke erhängt, gleich neben seinem Stuhl mit den abgesägten Beinen und einem angefangenen Korb aus geschälten Weidenruten, der nun nicht mehr fertig wurde.

Er hatte nichts gesagt, und man fragte sich jetzt einigermaßen entsetzt, was er gewußt hatte.

Man war versucht zu glauben, daß er nicht nur aus Emden gekommen und von dort als Geselle durch Deutschland und Frankreich gewandert war, sondern daß er von viel weiter her aus Raum und Zeit kam, aus einer Welt, wie sie in den Gestalten der Bibel, den Skulpturen und Fensterbildern der Kirchen festgehalten war.

»Nein!« sagte Tante Maria bloß, als Hans nach vorne trat und ihn abhängen wollte.

Lisbeth bekam einen Nervenzusammenbruch. Sie warf sich zu Boden, und ihr Schreikrampf erinnerte an die Schreie von der Straße.

»Komm, sei still«, sagte Anna unwillkürlich, die selbst mit den Nerven am Ende war.

Hans trat einen Schritt zurück. Das Licht der nackten Glühbirne warf ihre Umrisse als tanzende Schatten auf die weißen Wände.

Tante Maria war auf den niedrigen Stuhl gestiegen.

»Gib mir ein Messer, Anna«, kam es von ihren Lippen.

»Wo ist hier eines, Mutter?«

»Dort auf der Werkbank müßten welche sein ...«

Worte, die deplaziert klangen und doch ausgesprochen werden mußten!

»Achtung ... Halt ihn fest ...«

Hans lehnte an der Wand, als ob er Angst hätte, seine Hände lagen flach auf der gekalkten Backsteinwand.

»Laß ihn nicht fallen ...«

Weiß der Himmel, wie sie es fertigbrachten, aber die Leiche glitt sanft zu Boden, und der Kopf sank auf den angefangenen Korb wie auf ein Kopfkissen.

Maria Krull hatte noch keine Träne vergossen. Mit ihrer geschnürten Brust und dem faltenreichen schwarzen Kleid wirkte sie wie eine leblose Plastik. Dann wandte sie sich an Hans:

»Sie müssen gehen ...«

»Aber ...«

»Sie müssen gehen, Hans. Sofort!«

Da bekam er es mit der Angst zu tun. Er sah sie alle drei an. Vielleicht spürte er, daß nun er hier der Fremde war, die Ursache allen Übels ...

»Das Geld von Monsieur Schoof ...«, fing er an und griff in die Tasche.

»Gehen Sie!«

»Lisbeth!«

Sie gab ihm keine Antwort, wandte nicht den Kopf.

Darauf lief er in den Laden hinüber, schob den Riegel zurück, öffnete die Tür und stieß beinahe mit den beiden Wachen zusammen, Gendarmen, die sich gegenseitig etwas erzählten.

»Was ist los?« fragten sie ihn.

»Nichts! Ich geh mal raus...«

Er mußte sich beherrschen, um, solange sie ihn noch sehen konnten, normale Schritte zu machen.

Vielleicht schämten sich die Leute am nächsten Morgen ein wenig? Aber sie waren auch neugierig. Sie schauten von weitem herüber, und die Nachbarn taten so, als hätten sie vor der Tür etwas zu tun.

Madame Krull war sehr früh in die Stadt gegangen, und die Leute sahen sie schon um halb neun zurückkommen. Sie trug ihr schwarzes Kleid und den Hut mit der Schleife.

Die Posten hatten sich gerade etwas vom Haus entfernt, als sie heimkam.

Maria Krull betrat den Laden und kam anschließend gleich wieder heraus, immer noch mit dem Hut auf dem Kopf. Sie trug einen Stuhl heraus und hatte einen Hammer in der Hand.

Es dröhnte wie gestern beim Aufprall der Ziegelsteine, als sie das weiße Schild mit dem schwarzen Rand, das sie soeben in einer Druckerei erstanden hatte, auf den Fensterladen hämmerte.

WEGEN TODESFALL GESCHLOSSEN

## 13

Jahre später, in Stresa...

Es war mitten im August; die Hitze lag brütend über dem See, und das tägliche Gewitter war erst gegen Abend zu erwarten. Das Wasser wirkte so bleiern, daß man tatsächlich den Eindruck hatte, die Boote würden darin stekkenbleiben.

Auf der Promenade schmolz der Asphalt, und aus den weißen Prachtfassaden der großen Hotels blickten Hunderte von schattigen Fensterhöhlungen herunter.

An der Anlegestelle machten sich zwei Schiffsagenturen mit bunten Anzeigetafeln und Lautsprecherdurchsagen Konkurrenz. Gleich davor hielten auch die Busse – blaue, gelbe und schwarze; sie kamen aus der Schweiz, aus Belgien, aus Frankreich, waren voll besetzt und schwer beladen, dick mit Staub bedeckt und entließen eine einheitlich wirkende Menschenmenge. Alle steckten in hellen Anzügen, trugen leichte Sommerkleider, waren starr vor Staunen, erschöpft, übersättigt, hatten zu viele Sehenswürdigkeiten hinter sich, zu viele Ankünfte und Aufbrüche, zu viele hastig eingenommene Mahlzeiten. Sie schleppten Kinder mit und Mäntel, Fotoapparate und Gepäckstücke, und sie wagten nur mit Sonnenblende oder getönter Brille zum italienischen Himmel aufzusehen.

»Joseph! Nimm du den Kleinen...«

Es waren gerade drei Busse gleichzeitig angekommen, für die das Mittagessen jedoch nicht im gleichen Hotel reserviert war, und es herrschte ein großes Durcheinander. Die Reiseleiter griffen zum Megaphon.

»An alle Reisenden aus dem blauen Bus... Die Reisenden aus dem blauen Bus werden gebeten, sich zum Mittagessen ins ›Ristorante della Caverna‹ zu begeben... Weiterfahrt pünktlich um ein Uhr fünfundvierzig!«

»Achtung, Reisende aus Genf...! An die Reisenden aus Genf! Das Mittagessen findet im ›Albergo Lago Maggiore‹ statt... Weiterfahrt um...«

Man suchte sich, man verlor sich gegenseitig; manche erkundigten sich nach einem Stand mit Ansichtskarten.

Joseph trug einen grauen Anzug, ein offenes Hemd und einen Panamahut. Er hielt einen mageren blonden Jungen an der Hand, der etwa sieben Jahre alt war.

»Sag, Papa...«

»Joseph! Die Kleine will nicht laufen! Sprich ein Machtwort...«

Das kleine Mädchen mochte drei sein und war so rund und rosig wie die Mutter.

»Anna, wenn du jetzt nicht alleine gehst...«

Andere Leute kamen vorüber; solche, die sich seit Wochen hier aufhielten und die Abfertigung der Busladungen ironisch betrachteten. Ein Mann und eine Frau blieben stehen.

»Joseph!« Eine Männerstimme.

Die pralle Sonne und das starke Hitzeflimmern beeinträchtigten die Sicht und dämpften sogar die Geräusche.

»Hat da nicht jemand deinen Namen gerufen?« fragte Marguerite.

»Ich weiß nicht...«

Sie blickten sich um und sahen eine nicht mehr ganz junge Frau mit stark geschminktem Gesicht und grellrot lackierten Finger- und Zehennägeln, ihre Füße steckten in eigenartigen Sandalen.

Sie jedoch hatte nicht gerufen. Sie war genauso erstaunt wie die Krulls.

Ihr Begleiter hatte sie plötzlich stehenlassen und eilig ein paar Schritte auf die Menge zu gemacht.

Es war Hans. Er war braungebrannt, trug eine weiße Hose, und auch er ging barfuß in Sandalen.

»Joseph! Was für eine Überraschung! Schön, dich zu sehen...«

Die Kinder, und vor allem der Junge, sahen den Mann verwundert an.

»Darf ich vorstellen: Lady Bramson, mit der ich gut befreundet bin... Das ist mein Cousin Joseph und seine Frau... Nun, was ist, Joseph?«

»Nichts ist...«, antwortete Joseph kühl.

»Hat sich damals alles wieder eingerenkt? Stell dir vor, daß ich seinerzeit direkt ins Ausland bin, und ich hab in den Zeitungen vergebens nach einer Meldung gesucht...«

Marguerite hatte Hans erkannt und versuchte ihren Mann wegzuziehen. Und der Junge zog am anderen Arm.

»Immer noch in der gleichen Stadt?«

»Ja.«

»Und Tante Maria?«

»Auch.«

»Im Laden?«

Joseph nickte unwillkürlich, suchte aber gleichzeitig nach einer Möglichkeit, Hans zu entkommen.

»Anna…?«

»Ist bei ihr…«

»Und Lisbeth?«

»Sie ist verheiratet… Wenn Sie mich jetzt entschuldigen wollen… Aber unser Bus…«

»Machen Sie eine Italienrundfahrt?«

Joseph hatte sich einen kleinen rötlichen Schnurrbart wachsen lassen, der ihm ein verändertes Aussehen gab.

Lady Bramson hatte einen Foxterrier dabei. Der Hund zog an der Leine, und sie wurde ungeduldig.

»Arzt…?«

»Ja.«

»In dem Haus, das…«

Glücklicherweise hatte der Reiseleiter der französischen Gruppe Joseph entdeckt und setzte das Megaphon wieder an den Mund.

»Die Reisenden aus dem blauen Bus werden gebeten, sich zu Tisch zu setzen… Abfahrt in zwanzig Minuten…«

»Und ich«, versuchte Hans noch zu erklären, »bin hier bei einer Freundin, die…«

Ein oberflächlicher Händedruck.

»Ja… Auf Wiedersehen.«

»Auf Wiedersehen. Wie ist das mit…«

Die Krulls waren bereits in die Menge auf der Terrasse eingetaucht, wo in Windeseile ein Mittagessen serviert wurde.

»Wer ist das?« fragte Lady Bramson.

»Komischer Bursche ... Das ist eine lange Geschichte ...«

Er nahm ihr die Leine ab und ging schweigend ein paar Schritte. Seine Begleiterin steckte sich mit einem goldenen Feuerzeug eine Zigarette an.

»Das mußte ja so kommen!«

»Was mußte so kommen?« fragte sie unbeteiligt.

»Ach, nichts weiter«, gab er im gleichen Ton zurück. »Joseph ... Alles eben ...«

Sie gingen zum Zeitungskiosk bei der Anlegestelle und kauften sich englische Tageszeitungen.

»Wer ist das?« fragte Josephs Sohn, während er am Tisch saß und die Beine baumeln ließ.

»Niemand!« bekam er zur Antwort. »Du sollst dir angewöhnen, nicht immer Fragen zu stellen ...«

Und seine Mutter schob noch nach:

»Iß jetzt!«

Der Junge saß da, und um ihn herum war ein Klirren und Glitzern, das alles erfaßte – Menschen, Dinge, die hellen Kleider, die Teller, eine Platte mit Lammbraten, den See, die Sonnenstrahlen ... Er hantierte ungeschickt mit seiner Gabel und versuchte in diesem blendendhellen und ungeordneten Universum den außergewöhnlichen Mann zu entdecken, der da auf- und wieder untergetaucht war.

*La Rochelle, den 27. Juli 1938*

*Das Gesamtwerk*
*von Georges Simenon*
*erscheint im*
*Diogenes Verlag*

»Simenon ist eine Sucht, der man immer mehr und mit wachsendem Genuß verfällt ... Simenons Geschichten sind alle mit bewundernswerter Logik aufgebaut, aber das Merkwürdige ist, daß man sich nach einem Jahr nicht mehr an die Handlung erinnert. Was zurückbleibt, ist bloß ein Eindruck, ein unverwechselbares, sehnsüchtiges Gefühl, und dieses Gefühl lockt einen, das Buch noch einmal und noch ein zweites Mal wiederzulesen. Man gerät in eine beinahe unbegrenzte Umlaufbahn des Lesens hinein, so daß Simenon dauert, so lange man nur will, einen das ganze Leben lang begleitet, sich mit dem eigenen Leben verbindet.«
*Federico Fellini*

»Simenon ist ein Schriftsteller, der überall gebraucht wird ... Eigentlich Unterhaltungsautor, ist er schon früh mit Dostojewskij, Balzac und Čechov verglichen worden. In seinen Romanen herrscht eine dichte Atmosphäre, eine Gegenständlichkeit der Darstellung, daß man meint, man könne Simenons Welt riechen und schmecken, auch wenn sie verschwunden ist.«
*Judith Kuckart*

»Er ist ein Monarch. Sein Königreich sind die unzählbaren Leser überall auf der Welt, die Nacht für Nacht seiner bedürfen: die glücklichen Schlaflosen, die keines seiner Bücher aus der Hand legen können, bevor sie es nicht in einem Zug von Anfang bis Ende ausgelesen haben.« *Henry Miller*

Verlangen Sie unseren ausführlichen Katalog bei Ihrem Buchhändler.